Jutta Schütz wurde in Lebach (Saarland) geboren.

Mit ihrem ersten Bestseller „Plötzlich Diabetes" gilt die Autorin bei Kritikern als Querdenkerin.
2010 startete sie mit ihren Gesundheitsbüchern ihr Pilotprojekt in Bruchsal und später bei der VHS in Wolfsburg.
Sie hat bis heute über 40 Bücher geschrieben und an vielen anderen Büchern mitgewirkt.
Als Journalistin schreibt Schütz für viele Verlage und Zeitungen. Ihre Themen sind: Gesundheit, Kunst, Literatur, Musik, Film, Bühne, Entertainment.

Mehr Infos finden Sie auf der Webseite der Autorin.
www.jutta-schuetz-autorin.de/

© 2015 Autor: Jutta Schütz (3. Auflage)
(Erstveröffentlichung 2008)
Webseite: www.jutta-schuetz-autorin.de/
E-Mail: info.jschuetz@googlemail.com

© 2015 Herstellung und Verlag:
BoD – Books on Demand, Norderstedt

ISBN 978-3-7347-6056-3

Das Werk, einschließlich seiner Teile, ist urheberrechtlich geschützt. Jede Verwertung ist ohne Zustimmung des Verlages und des Autors unzulässig. Dies gilt insbesondere für die elektronische oder sonstige Vervielfältigung, Übersetzung, Verbreitung und öffentliche Zugänglichmachung.

Bibliografische Information der Deutschen Nationalbibliothek:
Die Deutsche Nationalbibliothek verzeichnet diese Publikation in der Deutschen Nationalbibliografie; detaillierte bibliografische Daten sind im Internet über http://dnb.d-nb.de abrufbar.

Jutta Schütz

Wunder brauchen Zeit

GEFÜHL HUMOR EROTIK
Roman (3. Auflage)

*Ich wünsche „UWE"
für seine/ihre Zukunft
alles Gute und viel Glück
und bedanke mich
recht herzlich
bei der Selbsthilfegruppe
für die vielen Tipps.*

Kapitel 1

Als ich gegen siebzehn Uhr in der Firma ankam, klebte mein hauchdünner, schwarzer Hosenanzug an meinem Körper wie eine zweite Haut, auf meinem Dekolleté bildeten sich die ersten Schweißperlen und sehnsuchtsvoll dachte ich an Palmen und Meer.

Aber es war nicht nur die unerträgliche schwüle Hitze, die mir zu schaffen machte, sondern auch meine großen Probleme mit meinem Mann Roger. Die unendlich vielen Streitereien mit ihm und im Anschluss die langen nächtlichen Diskussionen, die am Ende doch keine positiven Ergebnisse brachten, zerrten an meinen Nerven. So langsam kam es mir vor, als balancierte ich auf einem schmalen Pfad und wartete nur darauf abzustürzen. Und weil ich keine Ignorantin war, musste ich mir selbst eingestehen, dass unsere Ehe nur noch eine Farce war. Aber dennoch glaubte ich immer noch, in all dem Durcheinander um meine Ehe kämpfen zu müssen.

Als ich an der Firma ankam, um Roger abzuholen, schickte ich ihm eine kurze SMS: Er sollte wissen, dass ich jetzt da war. Hoffentlich wird sein Auto bald repariert sein, dachte ich mir, dann brauche ich nicht mehr hin und her zu fahren.

Wie aus heiterem Himmel streckte plötzlich ein junger Mann seinen Kopf durch das geöffnete Fenster an der Beifahrertür und starrte einen Augenblick zu lang auf meine Brüste.

„Hallo, ich bin Uwe, und du bist sicherlich Rogers Frau. Deine Kuchen sind wirklich lecker. Ich sage Roger, dass du schon da bist", stellte er sich mir vor und war so schnell wieder verschwunden, wie er aufgetaucht war. Wie sollte ich jetzt diese Vorstellung verstehen? Mir fehlten die Worte und ich konnte für Sekunden nicht mehr klar denken. Was war das für ein komischer Kauz?

Als Roger dann ein paar Minuten später ins Auto stieg, erzählte er mir, dass Uwe schon lange von meinen Backkünsten schwärmen würde und er sich gefreut hatte, mich auch mal persönlich gesehen zu haben.

Ich backte immer Kuchen, wenn ich mich nach einem Streit mit Roger abreagieren musste. Und da ich in den Wochen zuvor sehr backwütig gewesen war, ich aber selbst nicht viel davon essen konnte, freuten sich seine Kollegen in der Firma über seine Mitbringsel. Dort gab es viele willige Abnehmer.

Zwei Wochen danach traf sich die ganze Firma an einem großen Baggersee zu einem geselligen Betriebsausflug. Uwe brachte auch seine Frau Betty mit, die mir von Anfang an nicht sonderlich sympathisch erschien. Irgendwann an diesem Tag erklärte sie mir ihren gasbetriebenen Lockenstab, den sie natürlich immer dabei hatte. Ich musste ihr den Spiegel halten, damit sie ihre Haare in Form bringen konnte, nachdem sie ihre Füße ein wenig ins Wasser gehalten hatte. Anschließend redete sie ununterbrochen über wasserfeste Kosmetik und schwärmte von einem neu eröffneten Fingernagelstudio.

Ziemlich gelangweilt sah ich zwischendurch den Männern bei ihrem Ballspiel zu, und als auch noch ihre Freundin damit anfing, über Schmuck und andere Accessoires zu reden, begriff ich, dass es wohl für solche Frauen anscheinend kein anderes Thema mehr gab. Um diesem oberflächlichen Geplapper zu entkommen, begab ich mich fluchtartig in das verlockende kühle Wasser des Sees.

Zum Ende dieses Tages erzählte Betty mir dann auch noch von ihrer unglücklichen Ehe mit Uwe, und ich fragte mich, warum sie mir das jetzt anvertraute. Wir kannten uns doch gar nicht! Ich äußerte mich nicht dazu, versuchte aber wenigstens, ihr ein bedauerndes Gesicht zu zeigen.

Roger und ich besuchten jetzt jedes Wochenende irgendwelche Veranstaltungen oder gemeinsame Freunde. So konnten wir unsere Eheprobleme etwas zur Seite schieben und mussten uns nicht damit befassen. Am Silvesterabend hatte ich das Gefühl, dass dies vielleicht die letzte gemeinsame Feier mit Roger sein könnte.

Kapitel 2

Auch andere Ehen gingen zu Ende. Zu Ostern teilte uns Uwe mit, dass er sich schon vor Monaten von Betty getrennt hätte und auch schon geschieden sei. Er wollte nicht erzählen, woran es gelegen hatte, und wir wollten auch nicht taktlos nachfragen. Bald gehörte er zu unserem festen Freundeskreis. Irgendwann allerdings sah ich in ihm einen Weiberhelden, da er jeder Frau hinterher sah: Ich glaubte erkennen zu können, dass er unter seiner Scheidung nicht allzu viel litt.

Im Mai flogen Roger und ich nach Kenia. Ohne es direkt auszusprechen, wollten wir beide versuchen, mit diesem Urlaub unsere Ehe zu kitten. Es freute mich, dass Uwe sich anbot, uns zum Flughafen zu fahren. Als ich mich von ihm verabschiedete, spürte ich ein sonderbares, ja prickelndes Gefühl, und wir umarmten uns länger als nötig. Auf dem langen Flug musste ich oft an diese Situation denken und ich fragte mich, wie es wohl wäre, wenn jetzt Uwe anstelle von Roger neben mir säße.

Als wir nach zehn Stunden aus dem Flugzeug stiegen, prallte uns direkt die schwüle Hitze von Kenia entgegen, und es roch auch sehr unangenehm. Übermüdet und verschwitzt rumpelten wir in einem klapprigen Bus vierzig Kilometer an üppigen Küstenvegetationen aus Palmen, Oleander und Mangobäumen vorbei zu unserem Hotel. Roger und ich stritten uns zwar nicht, aber wir hatten uns auch nicht mehr viel zu sagen. So konnten wir uns beide unabhängig voneinander unseren Gedanken hingeben. Ich dachte bei dem fantastischen Anblick des vom ewigen Eis bedeckten Gipfels des Kilimandscharo wieder an Uwe. Was er wohl im Moment gerade so machte? Am letzten Tag unseres Urlaubes spazierten wir mit einer Gruppe noch einmal durch Mombasa. Wir schlenderten langsam an den großen Markthallen vorbei, und der Duft von vielen Gewürzen beflügelte unsere Sinne. Viele Menschen drängelten sich eilig durch die engen Gassen zwischen den Verkaufsständen, an denen wir uns holzgeschnitzte Löwen, Elefanten und andere Schnitzereien ansahen. Hier gab es alles, was sich ein Touristenherz nur wünschen konnte. Unter den metallenen Elefantenstoßzähnen, die das Wahrzeichen von Mombasa darstellen, wurde mir schlagartig bewusst, dass ich mir sehr gut ein Leben ohne Roger vorstellen konnte. Auf dem Rückflug sprachen wir kaum ein Wort miteinander und auch die Fahrt mit dem Zug verbrachten wir schweigsam.

Kapitel 3

Das dicke Ende meiner Ehe mit Roger kam nur eine Woche nach diesem Urlaub: Diesmal hatte sich Roger in seinem Jähzorn selbst übertroffen. Nachdem er unsere Wohnung verwüstet hatte, fuhr er wie immer mit quietschenden Reifen davon. Ich wusste, es würden Stunden vergehen, bis er zerknirscht und reumütig wieder auftauchen würde. Am ganzen Körper zitternd, setzte ich mich auf die noch heil gebliebene Eckbank und begann zu meiner großen Verwunderung dieses Mal nicht zu weinen, sondern atmete tief durch. Am Kühlschrank hing die Tür nur noch an einer Schraube, und die Kühlung schaltete sich immer wieder neu ein.

Das würde eine saftige Stromrechnung geben, dachte ich mir und stand vorsichtig auf. Das Ganze ging mich nichts mehr an, entschied ich sehr schnell und stopfte all meine Papiere in einen Koffer. Schnell sortierte ich meine Lieblingskleidung in weitere Koffer und platzierte diese in den Hausflur. Glücklicherweise besaß ich einen Schlüssel für die Wohnung meiner Freundin Charly, die für mehrere Wochen verreist war. Aber leider lag diese Wohnung zwanzig Kilometer von hier entfernt, und Roger war mit meinem Auto unterwegs, da sein Wagen einmal mehr wegen einer Reparatur in einer Werkstatt stand. Mit dem Bus konnte ich unmöglich das ganze Gepäck transportieren, überlegte ich mir. Vielleicht war ja Uwe zu Hause, der in der gleichen Stadt wie Charly wohnte. Und außerdem könnte ein Freund sich dieses Desaster auch mal ansehen.

Es war Sonntagmorgen und vielleicht konnte ich Uwe zu Hause erreichen. Zu meiner großen Erleichterung hob er beim dritten Klingeln ab.

„Hallo Lissy, ich habe gerade an dich gedacht", begrüßte er mich mit seiner schönen dunklen Stimme, die mich auf sonderbare Weise immer berührte. Sie gab mir in diesem Augenblick so etwas wie Zuversicht und Geborgenheit. Er fragte, wie es mir und Roger so ergangen sei im Urlaub und was wir im Moment denn gerade täten. Ohne auf seine Fragen einzugehen, fragte ich ihn, ob er gleich kommen konnte. Natürlich konnte er, und ich war froh, dass er keine Fragen stellte. Es dauerte keine dreißig Minuten, bis ich durch das Wohnzimmerfenster sah, wie er sportlich aus seinem Wagen sprang. Zögernd bat ich ihn hereinzukommen. Seine Fröhlichkeit wechselte in Erstaunen und Ungläubigkeit, als er die verwüstete Wohnung sah. Er schaute mich stumm an und wartete wohl auf eine Erklärung.

„Danke Uwe, dass du so schnell gekommen bist. Das hier erkläre ich dir später. Können wir zuerst meine Koffer ins Auto tragen?"

Als ich einige neugierige Nachbarn aus den Fenstern schauen sah, war ich doppelt froh, von hier verschwinden zu können. Nur für Sekunden ließ ich die Vergangenheit mit Roger noch einmal Revue passieren und ich war mir sicher, niemals mehr hierher zurückzukehren.

„Was ist passiert?" wagte Uwe erst nach circa zehn Kilometern Fahrt zu fragen.

„Wir hatten mal wieder Krach und es war nicht das erste Mal, dass Roger dann alles verwüstet. Aber heute war es am schlimmsten."

„Was hast du jetzt vor, Lissy?"

„Charly ist mit Horst vor ein paar Tagen in Urlaub geflogen, und sie hat mir den Auftrag gegeben, nach ihrer Wohnung zu sehen. Ich glaube nicht, dass sie etwas dagegen hat, wenn ich kurzfristig dort wohne."

„Gut; bringen wir also zuerst einmal deine ganzen Sachen dorthin, und dann zeige ich dir auch mal mein neues Zuhause. Du warst ja noch nicht bei mir. Und nach der Wohnungsbesichtigung lade ich dich zu einer Pizza ein." Er versuchte mich zu beruhigen, indem er zärtlich mit seiner Hand über meine Wange strich.

Als wir eine Stunde später das Lokal betraten, empfing uns ein Duft von eben gebackenem Hefeteig und frischen Kräutern. Der freundliche Kellner führte uns galant an einen abgelegenen Tisch. Sicher hielt er uns für ein verliebtes Pärchen und wollte uns mit dieser Geste einen Gefallen tun. Das Ambiente um uns herum war im italienischen Stil gehalten. Bis auf das I-Tüpfelchen war alles aufeinander abgestimmt, und aus den Lautsprechern erklangen leise italienische Liebeslieder. Eigentlich müsste ich jetzt doch tieftraurig sein, dass meine Ehe zu Ende ging, dachte ich, aber ich fühlte nur eine große Erleichterung. Ich wusste zwar nicht, wie es mit mir weiter gehen sollte, aber einen Weg zu Roger zurück würde es nicht mehr geben.

Uwe streichelte angelegentlich meine Hand, und ich dachte mir, dass er mich damit wohl trösten wollte. Seine Hände waren sehr gepflegt und weich, seine Fingernägel perfekt maniküre. Solche Hände hatte ich bei einem Mann noch nie gesehen. Nur einen Bruchteil einer Sekunde stellte ich mir vor, wie sie mich überall an meinem Körper streichelten.

„Und was wirst du jetzt tun?" Er riss mich mit seiner Frage aus meinen Gedanken. Wie konnte ich jetzt an solche Dinge denken? Ich schüttelte innerlich den Kopf über mich und versuchte mich zusammenzureißen.

„Nun ja, den ersten Schritt habe ich ja jetzt getan. Und dank Charly habe ich auch sofort eine gemütliche Unterkunft. Bis sie wieder zurückkommt, hoffe ich, eine eigene Wohnung gefunden zu haben. Wenn du morgen Roger in der Firma siehst, dann sage ihm bitte nicht, dass du über uns Bescheid weißt."

„Das wäre mir auch lieber. Für mich als seinen Arbeitskollegen und Freund wird es auch nicht einfach sein, wenn ich mich weiterhin mit dir treffen werde. Und das möchte ich schon. Wann willst du ihm sagen, wo du bist?"

„Also heute bestimmt nicht mehr. Der kann ruhig ein paar Tage schmoren. Und wenn ich daran denke, dass ich morgen zur Arbeit muss, wird mir jetzt schon schlecht."

„Ja, das ist jetzt wohl ein Nachteil, dass dein Arbeitsplatz genau gegenüber eurer Wohnung liegt."

„Dafür wird sich auch eine Lösung finden. Nur heute will ich keine Entscheidung mehr treffen." Er sah mich nachdenklich an und meinte:

„Als ich euch zum Flughafen brachte, ist mir schon aufgefallen, dass zwischen euch etwas nicht in Ordnung sein kann."

Als der Kellner das Essen brachte, redeten wir nicht mehr über unsere gescheiterten Ehen, es gab andere, interessantere Themen. Es war eigentlich das erste Mal, dass ich mich alleine mit ihm unterhielt, ihn auch als Mann wahrnahm und nicht nur als den gemeinsamen Freund. Es fiel mir auch zum ersten Mal auf, wie interessant er zu erzählen wusste. Er sah nicht nur gut aus, sondern war auch sehr intelligent, was mir gut an ihm gefiel.

Nach der Pizza bestellten wir einen Nachtisch und schließlich einen Cappuccino. Wir wollten wohl beide diese schöne Atmosphäre noch lange genießen. Wie gern hätte ich jetzt die Zeit angehalten! Denn gerade jetzt schien sie uns davonzulaufen. Ich hatte ein wenig Angst, die Nacht alleine in Charlys Wohnung zu verbringen und zögerte das nach Hause gehen richtig heraus. Aber die Tatsache, dass wir beide am nächsten Tag früh aufstehen mussten, holte mich schneller wieder ein als mir lieb war.

„Sei mir bitte nicht böse, Lissy, aber ich würde dich jetzt gerne nach Hause fahren. Ich muss morgen früh raus, weil ich einen Serviceeinsatz in Braunschweig habe."

Ich hätte auch zu Fuß laufen können, denn sowohl das Lokal als auch seine Wohnung lagen nur zehn Minuten zu Fuß von Charlys Wohnung entfernt, aber er wollte mich um diese späte Zeit nicht mehr alleine gehen lassen. Bevor ich schlafen ging, stand ich noch lange auf dem Balkon im zehnten Stock und blickte auf die tausend Lichter, die immer noch in der Stadt brannten. Die Luft war vollgesogen von Blütenstaub, und ich spürte plötzlich eine ungeheure Stärke in mir wachsen. Ich wusste, dass jetzt ein neuer Lebensabschnitt für mich begann. Dieser Gedanke gefiel mir ausnehmend gut.

Natürlich wollte mir mein Chef so schnell keinen Urlaub geben, aber ich bestand ohne große Erklärung darauf. Dann telefonierte ich mit Charly.

„Lass dir ruhig Zeit mit dem Suchen einer Wohnung. Ich würde mich freuen, deine Gesellschaft noch lange zu genießen, wenn ich wieder zurück bin", antwortete sie mir und sie schien nicht sehr überrascht zu sein, dass ich mich so plötzlich von Roger getrennt hatte.

„Du weißt doch, wo mein Autoschlüssel liegt! Also schnapp dir mein Auto und fahr es spazieren!"

„Das ist sehr lieb von dir, Charly. Das werde ich dir nie vergessen. Du glaubst gar nicht, wie viel du mir im Moment mit all dem hilfst."

„Weißt du Lissy, du hast mir in all den vielen Jahren mit meinen schweren Depressionen immer wieder sehr geholfen. Ich konnte jederzeit damit zu dir kommen, und du hast mich immer wieder zu Recht gerückt. Es ist mir eine Ehre, dir endlich auch einmal helfen zu können."

Anschließend fuhr ich zum Einwohnermeldeamt und danach direkt zu meiner Bank, wo ich meinem Mann die Kontovollmacht entzog. Es war eine kleine Filiale, und ich dachte, mein Sachbearbeiter wird schon komisch schauen, aber sie ließen sich nichts anmerken. Erleichtert ging ich hinaus und machte mich auf den Weg zum Supermarkt. Gegen Mittag rief ich meine Mutter an, die in Amerika lebte, und erzählte ihr die Neuigkeiten.

„Sei froh, dass du dich endlich zu diesem Entschluss durchringen konntest. Dieser Kerl war mir noch nie geheuer, und ich wusste, dass bei euch etwas nicht stimmt, auch wenn du mir nie etwas erzählt hast. Möchtest du zu mir kommen?"

„Nein Mama, das ist nicht nötig. Es geht mir ja gut, und ich habe hier auch viele liebe Freunde."

Ja, die musste ich auch noch alle anrufen, dachte ich mir und machte mit meiner Freundin Traudel, die ich schon aus Kindheitstagen kannte, den Anfang.

„Oh, das tut mir aber leid, Lissy", meinte sie. Der nächste Satz von ihr traf mich völlig unvorbereitet.

„Du kannst dich ja wieder melden, wenn es dir besser geht! Sei mir bitte nicht böse, aber da möchte ich mich nicht einmischen."

Hatte ich jetzt richtig gehört? Ich durfte mich erst wieder melden, wenn es mir wieder gut ging?

Eine Freundin, bei der ich öfter den Babysitter für ihre Mädchen spielte, hatte keine anderen Worte für mich übrig als mich so am Telefon abzufertigen? Als ich mit Doris darüber redete, meinte sie, dass ich solch eine Freundin besser abschießen sollte. Am späten Abend rief mich Uwe aus dem Hotelzimmer an und fragte, wie es mir ginge.

„Ich habe heute Morgen Roger in der Firma noch kurz gesehen. Er hat sich überhaupt nichts anmerken lassen. Wenn ich es nicht besser wüsste, hätte ich gedacht, dass es ihm ganz gut geht!"

Erst am dritten Tag teilte ich Roger mit, dass ich jetzt bei Charly wohne. Wie ich es nicht anders erwartet hatte, versuchte er mir am Telefon zu drohen. Er wollte mir befehlen, auf der Stelle zurückzukommen, sonst würde ich mein Sparbuch und mein Geld auf der Bank nicht mehr zu Gesicht bekommen. Schade, dass er mich jetzt nicht lächeln sah, denn ich war diesmal schneller als er gewesen. Was bist du nur für ein dummer Mensch, dachte ich mir und sagte ihm, dass ich nie mehr zurückkomme. Als er merkte, dass seine drohenden Worte bei mir nicht ankamen, schwenkte er auf der Stelle um und versuchte es auf die sanfte Tour. Ach, wie flexibel konnte Roger in dieser Hinsicht sein! Weinerlich versuchte er mich umzustimmen und meinte, ohne mich nicht mehr leben zu können.

„Wenn du das denkst, empfehle ich dir zu unserem Hausarzt zu gehen. Vielleicht kann er dir einen guten Psychologen empfehlen!"

Er überlegte kurz, denn es wurde am anderen Ende der Leitung still.

„Vielleicht tue ich das auch. Wenn du also nicht mehr zurückkommst, könnten wir doch auch Freunde bleiben?"

„Das werden wir sehen, Roger!"

Kapitel 4

Uwe war in den nächsten Tagen oft an meiner Seite, wenn ich mir eine Wohnung ansah. Nach nur zwei Wochen hatte ich die Richtige gefunden. Sie befand sich direkt gegenüber Charlys Eigentumswohnung, und ich konnte ein paar Tage später dort einziehen. Am letzten Tag in Charlys Wohnung lud ich Uwe abends auf ein Glas Wein ein. Als er dann gegen neunzehn Uhr in der Tür stand, begannen sich Gefühle bei mir zu regen, die wohl nichts mehr mit Freundschaft zu tun hatten. Wir setzten uns gleich zusammen aufs Sofa und Uwe fragte mich:

„Wie klappt es mit Roger?"

„Bis jetzt ganz gut. Er scheint es ehrlich mit seinem Angebot zur Freundschaft zu meinen. Aber ich wollte noch nicht, dass wir uns treffen. Außerdem habe ich ihm erzählt, dass wir ab und an Kontakt hätten."

„Ich weiß, er hat es mir heute Morgen gesagt. Ich sehe da auch keine Schwierigkeiten, denn er meinte, dass es gut sei, dass ich für dich da bin. So könnte ich auch etwas auf dich aufpassen."

Ich schaute in Uwes Gesicht und spürte eine starke Anziehung zu ihm. Verlegen griff er nach einem Kreuzworträtsel. In all der Zeit, die ich ihn nun kannte, musste ich immer wieder aufs Neue feststellen, dass er mir gegenüber sehr schüchtern war. Der Wein zeigte bei mir seine Wirkung: Ich wurde mutiger. Langsam legte ich meinen Arm um seine Schultern, meine Finger verschwanden in seinem dichten schwarzen Haar. Ganz vorsichtig strich ich zärtlich über seinen Nacken, den Rücken hinunter bis zum Bund seiner Hose. Er ließ das alles geschehen, aber als ich versuchte sein Hemd aufzuknöpfen, sprang er panikartig auf.

„Das lässt du besser sein, Lissy", sagte er energisch und sah mich mit weit aufgerissenen Augen an.

Jetzt stand ich ebenso ruckartig auf und riss dabei versehentlich die Damasttischdecke vom Tisch. Wie in Zeitlupe fiel das halb volle Glas um: Der Wein ergoss sich auf den Glastisch und tropfte von dort langsam auf Charlys weißen Teppich.

„Warum kommst du hierher und lässt dich von mir auch noch streicheln, wenn du nichts von mir willst?" Ich war sehr enttäuscht darüber, dass meine Verführungskünste bei ihm nicht ankamen.

„Ich habe dir nicht gesagt, dass du das machen sollst."

Nachdem wir uns minutenlang ungläubig angestarrt hatten, verließ er fluchtartig die Wohnung, und ich spürte, dass sich mein Gefühl der Niederlage langsam in Zorn verwandelte. Hatte ich mich so in ihm getäuscht? Uwe stand wartend am Aufzugschacht. Ich rief ihm zu, dass ich immer bekäme, was ich will und er antwortete, dass das bei ihm aber nicht klappen würde. In meiner ganzen Wut setzte ich mich gleich an den Tisch und schrieb ihm ein paar Zeilen des Inhalts, ich hielte ihn einfach nur für verklemmt und steckte den Brief noch in der gleichen Nacht in seinen Briefkasten. Natürlich tat mir meine unüberlegte Aktion am nächsten Tag wieder leid, aber ich konnte es nicht mehr ungeschehen machen. Der Brief lag in seinem Kasten, und da kam ich nicht mehr ran.

Ein paar Tage ließ er nichts von sich hören, was ich auch nicht als schlimm empfand, weil ich mit meinem Umzug beschäftigt war. Roger half mir dabei und organisierte einen kleinen Transporter. Es waren nur wenige Möbel aus unserer gemeinsamen Wohnung, die ich aus dem Gästezimmer mitnahm. Am gleichen Tag wurden auch das neue Bett und der neue Schrank geliefert, und Roger baute ihn mir auf. Ich freute mich sehr über seine plötzliche Hilfsbereitschaft. Eigentlich kamen wir in der letzten Zeit gut miteinander aus.

Er war freundlich und zuvorkommend und versuchte kein einziges Mal mich zu überreden, wieder zu ihm zurückzukommen. Natürlich erzählte ich ihm nicht, wie innig das Verhältnis zu Uwe geworden war, und auch nicht, dass ich versucht hatte, ihn zu verführen. Schon am späten Nachmittag waren wir fertig und bestellten uns eine Pizza, da ich ja noch keine Küche hatte. Als Roger sich gegen Abend verabschiedete, meinte er:

„Ich muss dir noch was erzählen, Lissy. Uwe hat mir gestern etwas Sonderbares gesagt."

„Ja?", fragte ich neugierig und mein Herz setzte für Sekunden aus.

„Als er gestern Abend von seinem Einsatz zurückkam, meinte er, ich bräuchte keine Angst zu haben, du seist nicht sein Typ. Lissy, weißt du vielleicht, was er damit gemeint haben könnte?"

Ich schaute Roger erstaunt an und wusste auch nicht, was ich darauf antworten sollte. Aber bevor Roger auf falsche Gedanken kam, sagte ich schnell:

„Vielleicht wollte er dir damit sagen, dass du keine Angst zu haben brauchst, wenn ich mich so oft mit ihm treffe." Ich fragte mich, was Uwe damit gemeint haben könnte. Vielleicht war das die Reaktion auf meine Annäherungsversuche und meinen Brief danach? Oder Uwe dachte, ich würde es ein zweites Mal bei ihm versuchen. Aber darauf konnte er lange warten, ich hatte schließlich auch meinen Stolz. Von Roger wusste ich, dass er für die Firma viel unterwegs war, auch in dieser Woche. So konnte ich Uwe leider nicht danach fragen, was das alles sollte.

Am Freitagabend rief Uwe mich von zu Hause an, um mich zu fragen, ob er mir noch bei irgendetwas in der neuen Wohnung helfen könnte. Er sprach weder das Gespräch mit Roger noch meinen Brief an.

„Das ist lieb von dir, dass du mir helfen möchtest, aber ich bin soweit fertig. Viel ist es ja nicht gewesen."

„Es freut mich für Dich, dass das alles so gut geklappt hat."

„Ich möchte mich für den doofen Brief entschuldigen, Uwe."

„Der ist vom Tisch, Lissy. Ich habe ihn schon entsorgt. Ich denke, Du hattest einfach ein Glas Wein zu viel getrunken. Wir vergessen das Ganze einfach!"

„Warum hast du Roger gesagt, ich wäre nicht dein Typ!"

„Na ich wollte Roger etwas beruhigen, nicht dass er noch falsche Schlüsse zieht, wenn wir in der nächsten Zeit mehr zusammen sein werden."

„Werden wir das sein?", wunderte ich mich.

„Denke schon, natürlich nur, wenn ich nicht weg muss. Oder hast du etwas dagegen?"

„Du hast keine Angst, dass ich dich vielleicht wieder anbaggern möchte?"

„Das lass mal lieber. Aber wie du weißt, kann ich ganz gut Nein sagen!"

Kapitel 5

Ein paar Tage danach erhielt ich einen langen Brief von Uwe. Er musste ihn persönlich in meinen Briefkasten geworfen haben, denn der Umschlag war ohne Briefmarke. Ich steckte ihn, ohne zu öffnen in meine Tasche, da ich sehr in Eile war. Außerdem wollte ich seine Zeilen in Ruhe lesen. Ich fragte mich den ganzen Tag, was er mir wohl geschrieben hatte und wurde immer ungeduldiger. Gegen sechzehn Uhr verließ ich das Büro und fuhr nach Hause. Eilig schloss ich die Tür auf, warf meine Jacke achtlos aufs Sofa und begann zu lesen.

Er schrieb über seine Gefühle, die ihn nicht mehr losließen. Er beschrieb sie voller Leidenschaft, und ich konnte jedes einzelne Wort in meiner Seele spüren. Nein, sein Geständnis erschreckte mich nicht, seine Gefühle waren nur so überraschend für mich. Sollte ich jetzt schockiert, erschüttert oder traurig sein?

Ich saß auf meinem blau melierten Teppichboden und konnte wegen meiner weichen Knie nicht aufstehen. Dieser tolle Mann hatte mir soeben ein Geständnis gemacht und er vertraute jetzt auf mein Mitgefühl.

Rot lackierte Fingernägel, die Wimpern lang und seidenschwarz getuscht, Make-up und rubinrote, glänzende Lippen. Dazu einen engen und nur bis zum Po reichenden Minirock, Nylonstrümpfe und hohe Pumps.

Uwe fand das an Frauen toll.

Aber am meisten an sich selbst. Die Frau in ihm wollte endlich zu leben anfangen!

Nein, ich war nicht traurig und auch nicht entsetzt, vielleicht nur etwas erschüttert. Und was ich sonst noch fühlte, hätte ich nicht mit Worten beschreiben können. Vielleicht war es so wie rückwärtsgehen, oder im Kopfstand zu versuchen, ein Glas Sekt zu trinken und dabei die Schwerkraft außer Acht zu lassen? Selbstverständlich wusste ich, dass es „solche Menschen" irgendwo gab, nur hatte ich nie einen von ihnen kennengelernt. Und ausgerechnet Uwe sollte solch ein Mensch sein?

Er schrieb über Gefühle, die weiblich oder männlich wären, und ich fragte mich, was Gefühle mit dem Geschlecht zu tun hatten? Und ich dachte mir, nicht männlich oder weiblich bilden den Unterschied, sondern echt und unecht.

Seine Schilderungen, diese Reise in sein Inneres, hatten mich auf eine Weise berührt wie die Tautropfen im Gras, wenn sich der Nebel langsam im Morgengrauen erhebt. Ich spürte, dass er jetzt wie ein Vergissmeinnicht für mich war, das ich ganz nah an meinem Herzen spüren wollte, aber trotzdem nicht pflücken durfte.

An den vorhergehenden Tagen hatte ich sehr viel an ihn denken müssen, und wenn ich an ihn gedacht hatte, dann war es stets ein berauschendes Gefühl gewesen. Daran änderte jetzt auch dieser Brief mit seinem Bekenntnis nichts mehr.

Kapitel 6

Der nächste Tag war mein dreißigster Geburtstag, und ich hatte Uwe zum Frühstück eingeladen. Pünktlich um neun Uhr klingelte es an meiner Tür und ich öffnete mit glühenden Wangen. Natürlich war ich unsicher und wusste nicht, wie ich mich ihm gegenüber verhalten sollte. Die letzten Wochen hatte ich immer deutlicher gespürt, wie magisch mich dieser Mann anzog, dieser Mann, der jetzt lieber eine Frau werden wollte. Wie selbstverständlich nahm er mich zur Begrüßung in seinen Arm und küsste mich auf den Mund. Viele unbekannte Gefühle baten in diesem Augenblick vor meinem Herzen um Einlass und ich ließ sie einfach ohne weiteres Nachdenken hinein. Als ich uns Kaffee einschenkte, brachten mich sein umwerfender Charme und sein unwiderstehliches Lächeln etwas aus dem Konzept, und er bemerkte das Zittern meiner Hände.

„Ich spüre deine Unsicherheit mir gegenüber", fing er zögernd an. „Du hast meinen Brief gelesen?"

„Ja, Uwe."

„Und du weißt jetzt nicht, was du sagen sollst?"

„Stimmt."

„Liebe Lissy, es ist heute dein Geburtstag und wir sollten wirklich ein anderes Mal darüber reden. Wärst du damit einverstanden?"

Natürlich war ich damit einverstanden, denn ich wusste ja überhaupt nicht, wie ich mit dieser Situation umgehen sollte. Aber wenn ich mir ihn ansah, konnte ich überhaupt nicht fassen, was ich gestern gelesen hatte. So ein toller Mann, dem alle Frauen hinterher schauten, wo auch immer er auftauchte, will eine Frau werden? Das war doch wohl ein Witz? Nach dem Frühstück gingen wir stundenlang am Fluss spazieren. Am Ufer sitzend schauten wir dem Wellenspiel des Wassers zu, in dem sich die verschiedenen Figuren der Wolken spiegelten. Unsere Hände fanden sich oft, und er drückte dann zärtlich für Sekunden meine Hand. Menschen, die an uns vorübergingen, hielten uns für ein Liebespaar.

Wieder zurück, hörten wir zusammen Tracy Chapman, Elton John, Robbie Williams und Roxette. Am Ende dieses Tages stellten wir uns beide die eine Frage:

Was ist Liebe?

Uwe spürte schnell, dass ich ihn noch genauso mochte wie vor seinem Bekenntnis, auch ohne dass wir viel darüber reden mussten. Wir gingen miteinander um wie zwei sehr gute Freunde, und meine Gefühle, die ich nicht beschreiben konnte, hielt ich aus Scheu - oder vielmehr aus Angst - vorerst einmal zurück. Ich wusste, es war diese Rücksichtnahme auf seine Situation und wohl manches Mal auch Unsicherheit und Trotz.

Kapitel 7

Ende August bekam Roger plötzlich eine Lungenentzündung. Er rief mich an und klagte über starke Rückenschmerzen mit hohem Fieber. Mit gemischten Gefühlen fuhr ich zu ihm und rief sofort den Hausarzt an. Der schrieb ihm eine Einweisung ins Krankenhaus. Ein kleines bisschen fühlte ich mich wohl Roger gegenüber noch verpflichtet. Jedenfalls kümmerte ich mich die nächsten drei Wochen um ihn.

Natürlich war das falsch gewesen, denn Roger bildete sich scheinbar ein, dass wieder etwas aus uns werden könnte. Als ich ihm bei seiner Entlassung klar machte, dass seine Krankheit nichts an unserem Verhältnis geändert hätte, rastete er aus und beschimpfte mich. Außerdem zeigte er zum ersten Mal seine Eifersucht auf Uwe. Es kam kein einziges Wort der Dankbarkeit über seine Lippen, dass ich drei Wochen lang seine Wäsche gewaschen hatte, ihn jeden Tag im Krankenhaus besucht und auch noch seine Wohnung geputzt hatte. Ich schaute ihn nur stumm an und verließ schnell das Krankenzimmer, bevor er vielleicht noch anfing, mit Gegenständen zu werfen.

Es war schön, nach solch einer Situation in meine eigene kleine Wohnung zurückzukommen, für die er keinen Schlüssel hatte. Aber Uwe hatte einen Schlüssel von mir bekommen, und im Wohnzimmer brannte Licht. Ob er da war?

Auf dem Tisch lag ein Brief, und auf meiner Musikanlage stand eine fünfzig Zentimeter große, vergoldete Frauenfigur die eine Uhr in Händen hielt. Das wäre einfach mal so ein Geschenk für mich, schrieb er mir. Und er meinte auch, dass ich, egal wie spät es bei mir würde, noch bei ihm anrufen konnte. Natürlich wollte ich mit ihm telefonieren, denn ich sehnte mich nach ihm.

„Vielen Dank für das tolle Geschenk. Wie komme ich zu der Ehre?" Ich war sehr aufgeregt, und gleichzeitig freute ich mich, seine Stimme zu hören.

„Ich habe gehofft, dass du mich heute noch anrufst. Das mit der Uhr soll ein kleines Dankeschön sein, wenn du mir in den nächsten Tagen meine Blumen versorgst. Ich muss morgen nach Bremen!"

„Ach, darum hast du mir deine Schlüssel vorbei gebracht. Natürlich mache ich das gerne für dich", antwortete ich und fand es schade, dass er wieder weg musste.

„Wie geht es Roger?"

„Na, das ist so eine Sache, Uwe. Heute hat er das erste Mal gezeigt, dass er ziemlich eifersüchtig auf dich ist. Er ist ganz schön zornig geworden."

„Warum ist er eifersüchtig auf mich? Was hast du ihm denn von uns erzählt?" fragte er, und ich dachte mir, dass es doch gar nichts so Geheimnisvolles von uns zu erzählen gab.

„Was könnte ich ihm denn sagen, außer dass wir nur gute Freunde sind. Er hat sich scheinbar eingebildet, nur weil ich ihm helfe, komme ich zu ihm zurück."

„Das wirst du doch hoffentlich nicht tun?" Uwes Stimme klang entsetzt.

„Nein, natürlich nicht. Wie kommst du nur darauf?"

„Ich habe mir gleich gedacht, dass Roger deine Hilfe falsch verstehen wird. Hoffentlich macht er auf der Arbeit nicht auch noch Zoff, wenn er wieder da ist."

Als ich das Telefonat beendet hatte, nahm ich seinen Brief mit dem Bekenntnis zur Hand, den ich mittlerweile schon oft gelesen hatte. Ich kam immer wieder zu dem gleichen Ergebnis: Der Mensch im Brief und Uwe waren zwei ganz verschiedene Personen. Mein Gott, so ein attraktiver Mann! Was wird nur aus ihm werden?

Am nächsten Morgen fuhr ich mit gemischten Gefühlen ins Büro, weil ich wusste, dass Roger aus dem Krankenhaus entlassen worden war. Vom Fenster aus konnte ich genau auf das Wohnzimmerfenster meiner ehemaligen Wohnung schauen und sah, dass Roger dort stand und zu mir her starrte. Er hatte das Fenster weit geöffnet und rauchte eine Zigarette nach der Anderen. Gestern hatte er mir noch erklärt, dass er das Rauchen nicht mehr anfangen würde, weil es ihm die Ärzte geraten hätten. Sicherlich wollte er mich mit seinem Verhalten nur provozieren, dabei schadete er sich jedoch selbst. Mir war es doch egal, ob er rauchte oder nicht! Ich dachte nicht zum ersten Mal, was für ein dummer Mensch er eigentlich war, und war froh, dass ich mich endlich von ihm getrennt hatte. Jetzt rief er mich auch noch im Büro an und fragte, ob ich in der Mittagspause rüber käme, er würde uns etwas kochen.

„Das ist nett von dir, aber ich kann heute keine Mittagspause machen. Es gibt so viel zu tun", versuchte ich freundlich zu ihm zu sein. Schließlich musste ich hier noch länger arbeiten. Wenn er wieder ausrastete, kam er womöglich auch noch hierher. Was die Leute von ihm dachten, war ihm ja völlig egal, wie ich wusste.

„Dann vielleicht nach Büroschluss", ließ er nicht locker und ich überlegte schnell, was ich antworten könnte.

„Das geht auch nicht, tut mir leid. Heute Abend habe ich mich mit Charly verabredet. Eigentlich geht es in den nächsten Tagen überhaupt nicht, Roger. Am besten ist, wenn ich mich wieder bei dir melde."

„Tu das", sagte er knapp und legte auf.

Gott sei Dank ließ mich Roger in den nächsten Tagen in Ruhe.

Ein paar Tage später kam ich müde und ausgelaugt vom Büro nach Hause. Im Hausflur hörte ich schon mein Telefon klingeln und beeilte mich daher so sehr, dass ich mit meiner Seidenbluse am Türgriff hängen blieb. Ratsch, der dünne Stoff war eingerissen. Fluchend lief ich zum Telefon, weil ich sehr hoffte, dass es Uwe war, der sich seit Tagen nicht mehr gemeldet hatte.

„Was bist du denn so außer Atem?", hörte ich seine wunderbare Stimme, und ich stand sofort unter Strom.

„Bin gerade erst nach Hause gekommen. Von wo rufst du an?" Mein Herz klopfte jetzt sehr schnell.

„Von zu Hause. Ich bin gerade erst angekommen und habe Kaffee gemacht. Dazu gibt es leckere Croissants und Kuchen. Meinst du, ich könnte dich damit in meine Wohnung locken?"

Wenn jemand anders ihn jetzt so reden gehört hätte, würden doch alle denken, dass er etwas von mir wollte, nur: Ich allein wusste es besser!

„Ich wollte gerade duschen gehen!"

„Das kannst du auch bei mir tun, Lissy. Ich habe Sehnsucht nach dir und würde mich sehr freuen, wenn ich dich heute noch sehen könnte. Kommst du?"

Bei dem Wort Sehnsucht hätte ich mich fast verschluckt, aber ich wusste, dass er das zwar ehrlich meinte. Was das Wort allerdings für eine Bedeutung hatte, würde er mir nicht so richtig erklären können. Oder wollte er heute doch versuchen, mich zu verführen? Warum sollte ich sonst bei ihm duschen?

„Gut, ich werde kommen. Aber lass mir bitte ein paar Minuten Zeit. Bis gleich dann."

Ich setzte mich erst einmal auf mein Sofa und dachte nach. Meine Wangen glühten, und mir war sehr heiß. Gut, dann werde ich bei ihm duschen, dachte ich mir und fragte mich, was dann danach geschehen würde. Ich schnappte mir mein neues Nachthemd, das ich in einem sündhaft teuren Laden gekauft hatte, und packte es in meine Tasche. Diese Errungenschaft war aus nachtblauer, durchsichtiger Spitze, und wenn man genau hinsah, konnte man meine Brustwarzen durchschimmern sehen. Es fiel fließend bis zu meinen Fußknöcheln, und mit hohen Schuhen sah ich richtig toll darin aus. Also, wenn er davon nicht schwach wurde, wovon dann?

Wie er mich anzog! Immer wenn ich an ihn dachte, bekam ich Tausende von diesen Schmetterlingen in meinen Bauch. Daran konnte auch dieser bestimmte Brief von ihm nichts ändern, der in meinem Schrank lag, und den ich gerne in einem solchen Moment ignorierte.

„Ich habe dir schon frische Handtücher und meinen Bademantel im Bad bereitgelegt. Du kannst gleich loslegen", empfing er mich lächelnd. Ich bekam bei seinem Anblick weiche Knie.

Toll sah er aus, in seiner schwarzen Stoffhose und diesem Designerhemd. Er hätte leicht bei jeder Fotosession mitmachen können. Andere sagten über ihn, dass er arrogant und introvertiert sei, aber wenn wir zwei beieinander waren, konnte ich davon nichts spüren. Trotz all dem war die Atmosphäre wie immer angespannt: Ich wusste nicht, wie ich mich ihm gegenüber verhalten sollte.

Er nahm mich einfach in seinen Arm und gab mir einen Kuss auf meine Wange. Ich schmolz dahin.

Im Badezimmer sagte ich mir deutlich, dass ich so langsam aufpassen musste, mich nicht in ihn zu verlieben, denn er war ja schon vergeben. Vergeben an das andere Leben, von dem er mir in seinem Brief geschrieben hatte.

Ich stand schon unter der Dusche, als er einfach hereinplatzte. Natürlich konnte er meine Nacktheit durch die nur leicht beschlagene Glaswand der Duschkabine erkennen aber er hatte damit keine Probleme. Er entschuldigte sich nur, weil er eine Nagelfeile bräuchte.

„Möchtest du zu mir unter die Dusche kommen?"

„Nein danke, Lissy, ich habe heute schon geduscht. Mach das lieber mal alleine", antwortete er mir und verließ schnell das Bad.

Nach der Dusche zog ich seinen Bademantel an und fragte mich, ob ich so überhaupt hinausgehen konnte. Als ich das Bad verließ, empfing mich der Duft des Kaffees, und ich setzte mich Uwe gegenüber. Der Mantel fiel dabei im Ausschnitt ein wenig auseinander und ließ den Ansatz meines Dekolletés sehen. Wie ich gehofft hatte, schaute er mich an und sein Blick streifte zärtlich meine Brüste.

„Du wirst dich noch erkälten", riss er mich aus meinem Tagtraum heraus und griff mir an das Revers des Bademantels. Dann schob er die Stoffkanten weiter übereinander, sodass nichts mehr von meinen Brüsten zu sehen war. Dass er sie dabei berührte, störte ihn scheinbar überhaupt nicht.

„Du kannst gerne die Nacht hier verbringen", schlug Uwe plötzlich vor. Ich schaute ihn entsetzt an, obwohl ich damit ja eigentlich schon gerechnet hatte. Was hatte er vor?

„Wir zusammen in deinem Bett?"

„Siehst du hier vielleicht noch ein Bett rumstehen?"

Wenn er das vorhatte, woran ich jetzt dachte, fand ich es gemein von ihm, dass er mich so lange zappeln ließ. Warum sonst sollte ich diese Nacht hier verbringen? Gut, wenn du ein Spielchen mit mir spielen willst, dachte ich mir, dann kannst du das haben. Ich sagte ihm:

„Ich bin es aber gewohnt, nackt zu schlafen." Ich dachte an das Nachthemd, das ich für diesen Fall mitgenommen hatte. Dann blieb es halt in meiner Tasche.

„Ich habe damit keine Probleme, tu das ruhig." Er blieb ganz gelassen und nahm sich noch ein Stück Kuchen.

Als wir ins Bett gehen wollten, verschwand er kurz ins Bad. Oh mein Gott, dachte ich, was sollte ich tun? Sollte ich mich jetzt wirklich darauf einlassen, hier zu bleiben? Am liebsten wäre ich vor meiner Unsicherheit einfach weggelaufen.

Nur mit einem knappen Slip bekleidet, kam er aus dem Bad zurück und kuschelte sich ins Bett.

„Willst du die ganze Nacht auf dem Sessel verbringen?", scherzte er mit mir und zeigte auf den Platz neben sich, wo ein zweites Kopfkissen lag. Aber es gab nur eine Decke.

Jetzt war ich wohl an der Reihe, dachte ich und zog mich langsam aus und der Bademantel fiel zu Boden. Ungeniert schaute er mir dabei zu, verzog aber keine Miene. Ich lag dann einfach neben ihm, aber es kamen keine Annäherungsversuche von ihm. Ob er darauf wartete, dass ich ihn verführte? Zögernd begann ich ihn am Arm zu streicheln. Als ich beim Bauchnabel angekommen war, sprang er hastig auf und verschwand im Bad. Zurück kam er dann in einem giftgrünen Frotteeschlafanzug und sagte, dass es schon spät sei und wir schlafen mussten. So schnell konnten sich anscheinend seine Gefühle drehen. Gut, dachte ich mir, dann würden wir das ebenso lassen, wie er es wollte. Und ich war überrascht, dass ich darüber diesmal nicht enttäuscht war.

An seinen gleichmäßigen Atemzügen konnte ich hören, dass er schnell eingeschlafen war. Eingekuschelt in seinem Arm lag ich noch lange wach: Ich wusste nun, dass das kein Spiel von ihm war.

Beim Aufwachen am nächsten Morgen war er wie immer sehr höflich und lieb zu mir und brachte mir die erste Tasse Kaffee ans Bett.

„Entschuldige Lissy, dass ich so schroff zu dir war, aber du weißt doch, dass ich mich entschlossen habe, Frau zu werden. Und du hast heute Nacht den Mann in mir aufgefordert, mit dir zu schlafen. Ich konnte mich nur noch mit letzter Kraft gegen diese Gefühle wehren. Solch eine Situation darf einfach nicht mehr passieren."

Den Tag darauf verbrachte ich wie in einem Nebel. Meine Gefühle zu ihm waren unbegreiflich stark: Immer wieder sah ich mich liegend in seinen Armen. Ich versank in seinen grünen Augen und musste doch aus diesen Tagträumen immer wieder auftauchen. Ich verlor mich in seiner Nähe und wusste, dass ich nicht daran sterben würde. Ich konnte mich ihm öffnen, und er verdarb mir diese Offenheit nicht, nutzte sie nicht aus.

Ob das Liebe ist?

Kapitel 8

Die nächsten Tage waren in Bezug auf Uwe schwierig und etwas kompliziert. Vielleicht standen wir uns auch selbst im Weg? Und trotzdem suchte ich immer wieder seine Nähe, von der ich mich dann aber sofort wieder zurückzog. Es gab intime und auch traurige Momente, in denen ich etwas Liebes und Zärtliches sagen wollte, aber es gelangen mir nur sachliche und ironische Worte. Ich war in meiner eigenen Unsicherheit gefangen. Ich wusste, dass wir eigentlich mehr miteinander unternehmen konnten.

In der Abendschule wurde in diesem Semester ein Japanisch-Sprachkurs angeboten, und ich schrieb mich dafür ein. Uwe fand es ganz lustig, dass ich diese exotische Sprache lernen wollte, und wünschte mir viel Glück.

Eine Stunde vor Kursbeginn traf ich mich mit ihm in seiner Wohnung. Seit unserer missglückten Nacht versuchten wir es ganz vorsichtig miteinander, aber wir konnten wohl beide nicht voneinander lassen. Ich hatte meine Jacke zu Hause vergessen und er gab mir seine für den Weg zu Schule. Bevor ich ging, erzählte ich ihm, dass Roger mich angerufen hatte.

„Hat er sich endlich bei dir bedankt, dass du dich so lange um ihn gekümmert hast?"

„Nein, darüber hat er überhaupt keine Worte verloren. Er wollte nur von mir wissen, was ich denn so machen würde!"

„Ich bin im Moment ganz froh, dass ich so viel unterwegs bin und nicht in der Firma sein muss. So brauche ich ihm nicht so oft zu begegnen. Bis heute hat er noch niemandem erzählt, dass ihr euch getrennt habt. Ich frage mich, wie lange er damit noch warten will?"

„Nun ja, das hast du damals ja auch nicht getan, Uwe. Daran kann ich mich noch gut erinnern."

„Ja das stimmt. Betty wollte das so haben."

„Hast du Roger gesagt, dass wir uns oft treffen?"

„Nein, ich erzähle ihm überhaupt nichts Wichtiges mehr. Ich spüre immer, dass er auf mich eifersüchtig ist. Manchmal tut er mir sogar leid. In der Firma ist sein Jähzorn auch schon aufgefallen. Wenn ihm etwas nicht passt oder er sich über etwas ärgert, fliegt sein Werkzeug durch die Gegend. Vom Chef wurde er deswegen auch schon abgemahnt", berichtete Uwe mir.

Eingehüllt in seine Jacke, ging ich gemütlich den Weg zur Schule. Ich war früh da, und vor dem Unterrichtsraum fragte ich einen jungen Mann, ob ich hier richtig sei. Er nickte mir zustimmend zu und stellte sich mir als Dozent dieses Sprachkurses vor. Er war vielleicht Mitte zwanzig und sah richtig süß aus. Ein klein wenig erinnerte er mich auch an Uwe.

Zehn Minuten später begann der Kurs mit den Worten:

Kon nichi wa! Das hieß so viel wie guten Tag. Die fremde Sprache hörte sich für mich recht lustig an, ich musste häufig darüber schmunzeln.

Walter war ein sehr angenehmer und geduldiger Dozent. Am Ende der Stunde meinte er, wer noch Lust hätte etwas trinken zu gehen, könne gleich mitkommen. Das war ein guter Vorschlag, und ich schloss mich den anderen an.

Als wir aus dem Schulgebäude herauskamen, sah ich mit Schrecken, dass Roger auf mich wartete. Bei unserem letzten Telefongespräch hatte ich ihm ohne nachzudenken von diesem Kurs erzählt. Sofort sah er, dass ich Uwes Jacke anhatte, und es zeigten sich die ersten Zornesfalten auf seiner Stirn. Ohne mich überhaupt zu begrüßen, fragte er mich, warum ich Uwes Jacke trug. Ich versuchte freundlich zu reagieren, denn ich wollte mich wegen Rogers lauter, schroffer Stimme nicht vor den neuen Kursteilnehmern und dem Dozenten blamieren.

„Oh, das ist aber eine Überraschung, dich hier zu sehen, Roger. Bist du zufällig hier?"

„Nein, ich wollte dich auf ein Glas Wein einladen." Seine Stimme klang sehr zornig.

„Gut, dann lass uns gehen!"

Im Lokal fragte er noch einmal nach Uwes Jacke, und ich antwortete ihm kurz und sachlich, dass ich meine Eigene zu Hause vergessen hatte und es jetzt doch wohl recht kühl sei.

„Ihr ward schon wieder zusammen?", konnte er es sich nicht verkneifen zu fragen, und ich dachte mir, dass ihn das ja nun wirklich nichts mehr angehe.

„Ja, wir treffen uns ab und zu. Wo wir jetzt hier so zusammensitzen, könnten wir doch mal über die Scheidung reden!"

„Warum sollen wir uns so schnell scheiden lassen? Wieso hast du es jetzt so eilig damit?" Aggressiv fuchtelte er mit seinen Händen in der Luft herum. Ich rückte mit dem Stuhl etwas zur Seite.

„Ich finde es für uns beide wichtig, wenn wir endlich klare Verhältnisse schaffen. Außerdem müssen wir klären, was mit unserer Eigentumswohnung wird, in der du jetzt noch wohnst. Willst du sie verkaufen?"

„Nein, will ich nicht. Ich werde dich schon noch ausbezahlen. Da brauchst du keine Angst zu haben."

„Ich frage mich zwar, wie du das finanzieren willst, aber du wirst es sicherlich schon wissen. Wenn Du willst, höre ich mich mal nach einem Anwalt um", versuchte ich freundlich zu bleiben.

„Warum, verdammt nochmal, hast du es so eilig?"

„Nun, ich habe mir überlegt, ob ich vielleicht zu meiner Mutter nach Amerika ziehe." Hoffentlich konnte ich ihn mit dieser Aussage etwas beruhigen.

„Gehst du jetzt noch zu Uwe?"

„Nein, gehe ich nicht mehr. Ich bin müde und froh, wenn ich gleich in mein Bett komme." Ich erhob mich schnell von meinem Stuhl und legte das Geld für meinen Wein auf den Tisch. Dann wünschte ich ihm knapp eine gute Nacht und verschwand.

Bevor ich in meiner Wohnung das Licht anknipste, schaute ich aus dem Fenster: Genau, wie ich vermutet hatte, sah ich Roger draußen herumschleichen. Wartete er darauf, ob Uwe zu mir kommen würde? Gut, dass mein Bad kein Fenster hatte, so konnte ich dort das Licht anmachen. Schnell war ich bettfertig und schlief sofort ein.

Schon seit Jahren hatte ich mit meinen Händen große Schwierigkeiten: Mein Arzt hatte mir dringend zu einer Operation geraten. Der Karpaltunnel, erklärte er mir, war mit Knorpel zugewachsen, der die Nerven immer mehr zusammendrückte.

Als ich wieder einmal mit Schmerzen zu ihm ging, meinte er, dass ich mich doch endlich zu dieser Operation entschließen sollte. Also ließ ich mir für drei Tage später einen Termin geben. Mein Arbeitgeber würde sich freuen, dachte ich mir, aber das war mir letztlich egal.

„Lissy, es tut mir sehr leid, dass ich ausgerechnet morgen, wo du deine Operation hast, weg muss. Aber ich habe dir die Telefonnummer von der Firma und die Nummer vom Hotel aufgeschrieben. Den Zettel lege ich dir auf meinen Tisch", sagte Uwe am Telefon zu mir. Es rührte mich, dass er so um mich besorgt war.

Natürlich war ich aufgeregt und hatte ein wenig Angst vor dieser ambulanten Operation. Aber der Arzt und die zwei Arzthelferinnen redeten beruhigend auf mich ein. Nach nur dreißig Minuten war der ganze Spuk schon zu Ende: Ich verließ die Arztpraxis mit einem Gips an meiner rechten Hand. Die Betäubung ließ mich überhaupt keine Schmerzen spüren. Sechs Wochen musste ich den Gips tragen, hatte der Arzt gesagt. Was sollte ich mit meinen langen Haaren machen? Als ich zufällig auf dem Weg zum Busbahnhof an einem Friseurgeschäft vorbeischlenderte, dachte ich mir, dass jetzt eine Dauerwelle zweckmäßig für mich sei. Das Styling an meinen Haaren hätte nicht länger dauern dürfen, denn als die Betäubung nachließ, wurde mir ziemlich übel. Die Friseurin wechselte gleichzeitig mit mir ihre Gesichtsfarbe, denn sie dachte, dass sie vielleicht etwas mit der Dauerwelle falsch gemacht hätte. Nachdem wir dann gemeinsam einen starken Kaffee getrunken hatten, und ich eine der von dem Arzt mitgegebenen Pillen schluckte, ging es uns beiden wieder besser.

Am Abend rief mich Uwe an und erkundigte sich, ob alles gut gelaufen sei. Dann fragte er mich, ob er mir für morgen zutrauen könnte, in seiner Wohnung nach dem Rechten zu sehen?

„Ich habe ja nichts an den Füßen!" Ich musste schallend lachen und freute mich sehr, dass er so viel an mich dachte. Wollte er wirklich eine Frau werden? „Oh Uwe, was soll nur aus dir werden?" dachte ich bei mir.

Kapitel 9

Die erste Nacht mit dem Gips war grauenvoll. Ich konnte nicht viel schlafen und war bei jedem Umdrehen im Bett sofort hellwach. Wenn ich mir vorstellte, dass sich diese Prozedur in ca. acht Wochen wiederholen würde, wurde mir jetzt schon schlecht. Auch das Anziehen und das Zubereiten meines Frühstücks erwiesen sich als ziemlich kompliziert. Wie schließt man einen Büstenhalter mit nur einer Hand? Aber auch für sehr schwierige Dinge im Leben gab es letztendlich eine Lösung!

Als ich gefrühstückt hatte, machte ich mich auf den Weg zu Uwes Wohnung. Schon beim Aufschließen spürte ich diese knisternde Atmosphäre, und sein Duft schwebte immer noch im Raum. Auf dem Tisch stand seine benutzte Tasse, ein getragenes Hemd hing über dem Stuhl. Ich nahm es hoch, kuschelte mein Gesicht hinein und sofort überkam mich eine große Sehnsucht nach ihm. Nein, das durfte nicht sein. Nein, ich musste mich dagegen wehren, solche Gefühle für ihn aufkommen zu lassen. Ich würde nur seine Blumen versorgen und schnell wieder nach Hause gehen. Nein, so durfte es wirklich nicht weitergehen.

Ich wusste, dass er am Freitag gegen Mittag wieder zurück sein würde, und ging daher stundenlang nicht ans Telefon, wenn es läutete. Ich wollte eigentlich das ganze Wochenende nicht drangehen, aber am Abend hielt ich es nicht mehr aus und hob ab, nachdem es zehn Mal geklingelt hatte.

„He, wo hast du denn die ganze Zeit gesteckt? Ich versuche dich schon seit Stunden zu erreichen!", meldete Uwe sich.

„Charly und Ruth sind der Meinung, dass es so langsam Zeit würde, mich nach einem Mann umzusehen. Also waren wir in der Stadt bummeln." Ich bemühte mich, unbeschwert zu klingen. Am anderen Ende der Leitung war es ruhig geworden, und ich fragte nach, ob er noch dran war.

„Ja, ich bin noch da. Meinst du nicht, dass das für dich noch etwas zu früh ist?", hörte ich ihn fragen. Seine Antwort überraschte mich doch sehr.

„Warum sollte es für einen Freund zu früh sein?" War er jetzt vielleicht eifersüchtig?

„Na, du musst es ja wissen, Lissy."

Wir verabredeten uns im Eiscafé, das natürlich an einem Freitagnachmittag brechend voll war. Da saßen wir dann wieder nebeneinander, und ich spürte seine Nähe wie eine Decke, die mich zärtlich umhüllt. Ich hatte Durst nach seiner Liebe und Hunger nach Zärtlichkeiten aber ich wusste, es war nicht nur die Zeit, die zwischen uns stand, sondern auch diese Frau, die er werden wollte.

„Lissy, ich muss dir ein Geständnis machen!", fing er zögernd an, als der Kellner uns das Eis gebracht hatte.

„Dann schieß mal los."

„Ich liebe dich!" Er sah mich mit glänzenden Augen an und mir wurde abwechselnd heiß und kalt. „Du darfst das jetzt nicht falsch verstehen. Das mit der Liebe meine ich ganz anders, als du es jetzt denkst. Ich liebe dich platonisch, so ganz wie unter guten Freunden!"

Ich schaute ihm prüfend in die Augen. Ich versuchte zu verstehen, was er mir da sagen wollte, aber ich begriff es wohl nicht. Oder wollte ich es vielleicht nicht begreifen?

Kapitel 10

Ich durfte mich nicht mehr so sehr in diesem Gefühlschaos verlieren, dachte ich mir, als ich auf dem Heimweg war. Nein, ich wollte nicht, dass er mich heimbrachte und ich wollte auch nicht mehr seine Anziehungskraft spüren, der ich immer wieder aufs Neue verfiel. Ich musste versuchen, mich gefühlsmäßig von ihm zu entfernen. Zu Hause angekommen, stöpselte ich das Telefon aus der Steckdose und schaltete mein Handy aus. Ich brauchte jetzt Zeit zum Nachdenken.

Abends ging ich dann mit dem Gipsarm zum Japanischkurs. Danach lud mich Walter zum Essen ein. Ich gefiel ihm ganz gut, das konnte ich klar spüren, und auch er gefiel mir. Die Unterhaltung zwischen uns war leicht und amüsant. Er erzählte viel über sich und seine Eltern. Mit diesem Sprachkurs finanzierte er sein Studium. Ab und zu flirteten wir zaghaft miteinander, und Walter bat mich beim Abschied um ein Wiedersehen. Ich stellte mich auf meine Zehenspitzen und gab ihm einen Kuss auf seine Wange. Dann verschwand ich schnell in meine Wohnung.

Uwe war anscheinend in meiner Wohnung gewesen und hatte mir irgendein Buch mit einem kleinen Kärtchen auf den Tisch gelegt. Auf der Karte stand geschrieben:

Für meine Vertraute.

Von Uwe und Nicole

(So möchte ich mich später nennen).

Das Buch war von einer Frau geschrieben, die früher einmal ein Mann gewesen war. Wahrscheinlich wollte Uwe, dass ich mich über Transsexualität informiere, um ihn besser verstehen zu können. Oder wollte er mir deutlich sagen, dass ich mir endlich den Mann in ihm aus dem Kopf schlagen sollte?

Umständlich schmierte ich mir mit einer Hand ein Käsebrot, denn ich hatte bei dem japanischen Essen nicht viel von dem rohen Fisch gegessen. Es war zwar schon Mitternacht, aber ich war sehr neugierig auf dieses Buch. Herzhaft biss ich in mein Brot und machte es mir auf dem Sofa gemütlich.

Gleich zu Anfang zitierte die Autorin Shakespeare mit dem Satz:

Ihr solltet Weiber sein, und doch verbieten eure Bärte mir, euch so zu nennen!

Dann fragte sich die Autorin, wer sie denn eigentlich sei! Wenn sie in den Spiegel sähe und an sich herunter blicke, könnte sie in ihrem Morgenmantel ihre kleinen Brüste abgezeichnet erkennen. Dann beschrieb sie ihre lackierten Nägel und erwähnte, dass sie jetzt auch auf ihre Figur und Gewicht achten musste, weil sie Frau sei. Außerdem hätte sie nun auch die Hausarbeit lernen müssen, und sie sei jetzt viel umweltbewusster!

Sie sortierte ihre Gefühle in Männliche und Weibliche.

Der Grund, warum mich das alles so interessierte, war nicht das Interesse an dieser Autorin, sondern dieses delikate Thema Transsexualität, das ja etwas mit Uwe zu tun hatte. Ob er sich an ihr orientieren wollte?

Sie schilderte die Transsexualität aus ihrer eigenen Sicht: dass es nur die einzige Lösung gäbe, nämlich eine Geschlechtsumwandlung! Nur so würde man sich wie ein neuer Mensch fühlen. Es war gut, dass Uwe im Moment nicht da war, so konnte ich mich später in der Bibliothek weiter darüber informieren.

Am nächsten Morgen ging ich, bewaffnet mit ein paar Büchern aus der Bibliothek, in mein Lieblingscafé und fing interessiert zu lesen an. Einige Psychologen schrieben, dass die verborgenen sexuellen Bedürfnisse die Ursache der emotionalen Probleme dieser Menschen wären, die glauben, in einem falschen Körper geboren zu sein. Das Gefühl tauche sehr früh im Leben des Betreffenden auf und würde zu einer hartnäckigen und tief empfundenen Überzeugung.

Gegen Abend war ich mit Uwe zu einem kleinen Spaziergang verabredet. Er fragte mich gleich, ob ich das Buch schon gelesen hätte. Was sollte ich ihm jetzt sagen?

„Ja, ich habe es schon gelesen. Willst du jetzt meine weiblichen oder meine männlichen Gedanken dazu hören?" Diese Frage war pure Provokation von mir. Er schaute mich skeptisch an und sagte, dass er das jetzt nicht verstanden hätte.

„Ich will dir damit sagen, dass ich dieses Buch überhaupt nicht gut finde."

„Was findest du daran nicht gut?", fragte er und war sichtlich über mich enttäuscht.

„Ich glaube nicht, dass dieser Weg für dich der Richtige ist. Du musst dir selbst noch mehr Zeit geben, darüber gut nachzudenken", versuchte ich ihm meine Bedenken nahe zu legen.

„Lissy, du kannst unmöglich wissen, was ich mir wünsche. Du siehst einfach nur den Mann in mir!"

„Nein, es geht mir nicht darum, nur den Mann in dir zu sehen. Weißt du, was ich im Moment in dir sehe?

Einen Menschen, der sehr einsam ist, der Durst nach Liebe und Zärtlichkeit hat und eine unendliche Sehnsucht nach Geborgenheit fühlt. Was hat das alles mit weiblichen oder männlichen Gefühlen zu tun?"

„Du verstehst das alles nicht, Lissy. Ich glaube, ich kann heute nicht mit dir darüber reden. Ich gehe jetzt nach Hause."

Kapitel 11

Ein paar Tage später waren wir im Eiscafé verabredet und ich hatte Stunden damit verbracht, mich mit einer Hand zu frisieren. Ich zog einen schwarzen, langen, fließenden Seidenrock an und dazu eine schöne gelbe Bluse, die ich weit über meinem Dekolleté offen stehen ließ. Als ich mein Äußeres im Spiegel betrachtete, fand ich, dass ich das ganz gut hinbekommen hatte. Ein wenig aufgewühlt machte ich mich auf den Weg in die Stadt. Die anerkennenden Blicke von den vorbeigehenden Männern gaben mir die Bestätigung, dass ich ganz nett aussehen musste.

Im Café angekommen, half mir Uwe aus meiner Jacke und fasste mir gleich darauf an meinen Ausschnitt, um mir zwei Knöpfe zu schließen. Ich war sprachlos.

„So läuft man als anständige Frau nicht herum", versuchte er mir sein Verhalten zu erklären.

„Also das musst du mir jetzt aber genauer erklären!"

„Du hast doch das Buch gelesen. Warum fragst du jetzt noch?"

„Was habe ich mit dieser Autorin zu tun? Ich finde überhaupt nicht gut, was sie in ihrem Buch schreibt."

Uwe kniff seine Augen zusammen, und ich bemerkte zum ersten Mal, dass er seine Augen dezent mit einem Kajalstift nachgezogen hatte. Das sah gut aus, fand ich und dachte, dass das auch nichts damit zu tun hatte, Frau werden zu wollen. Der Kellner brachte unseren Cappuccino, und Uwe sah mich nachdenklich an.

„Du musst langsam akzeptieren, dass ich in naher Zukunft eine Frau sein werde!"

„Gut, Uwe, das ist deine Entscheidung. Aber du musst ebenso akzeptieren, was ich davon halte! Und außerdem denke ich mir, dass man auch ohne diese Operation ein anderer Mensch werden kann!"

„Es fällt mir auf, dass du, seit du dieses Buch gelesen hast, nur noch dagegen argumentierst. Es hat im Moment wirklich keinen Sinn, mit dir weiter darüber zu diskutieren."

„Es tut mir Leid, Uwe, aber ich finde, der Inhalt dieses Buches hat überhaupt keinen Charakter. Die Gefühle werden darin in zwei Geschlechter aufgeteilt. Wer es liest, sieht keine andere Chance als eine Geschlechtsumwandlung."

Natürlich wollte ich ihn nicht vor den Kopf stoßen, aber ich konnte auch nicht so tun, als ob ich das alles in Ordnung fände, was er mit sich vorhatte.

„Wenn alles nur so einfach wäre", seufzte er und schaute mir tief in die Augen.

„Man kann immer ein neues Leben beginnen, ohne dass man an sich herumschnippeln lässt."

„Ach, und wie?"

„Ich denke mir, wenn man mit der ganzen Kraft seines Herzens daran glaubt, kann man seine Ziele erreichen. Wenn du deiner inneren Stimme vertraust, egal was die Leute sagen und was vorher war, dann wird völlig unwichtig werden, was morgen sein wird. Du lebst heute und im Jetzt, in diesem Augenblick!"

„O Lissy, wenn das nur so einfach wäre!"

Plötzlich betraten zwei Frauen das Café, und Uwes Blick ging in ihre Richtung. Sie trugen beide kurze Miniröcke, hochhackige Schuhe, in denen sie kaum gehen konnten, und waren grell geschminkt. Die Zwei gefielen Uwe offensichtlich sehr, denn er hielt sich nicht lange mit seinem Kommentar zurück. Aus seinem Mund kamen solche Laute wie „oh!" und „wow!", die eigentlich nicht sonderlich geistreich waren. Ich schaute prüfend in sein Gesicht und fragte mich, was er wohl in diesem Augenblick dachte. Sicherlich nicht an seine geplante Umwandlung zur Frau!

Ein paar Minuten später fragte er mich nach meinem Rendezvous mit Walter und wie es denn so mit ihm gewesen sei.

„Mein Abend mit ihm war wunderschön, und wir waren bis zum Morgengrauen zusammen!" schwärmte ich und sah prüfend in seine Augen. Irritiert schaute er schnell weg, wieder zu diesen Frauen, die sich in unsere Nähe gesetzt hatten. Sein Vokabular war in diesem Bereich scheinbar nicht sonderlich gut bestückt, denn es kamen wieder die gleichen Ausdrücke. Jetzt wurde es mir aber zu dumm. Er wollte selbst Frau werden und benahm sich wie ein Mann, der die Puffstraße entlang schlenderte.

„Ich werde jetzt zahlen und nach Hause gehen. Dann kannst du dir in Ruhe all diese Weiber weiter betrachten. Vielleicht ist ja sogar eine dabei, die du anbaggern willst, und du überlegst es dir dann noch mal, selbst eine Frau zu werden." Mit ernster Miene stand ich auf, und Uwe sah mich erschrocken an.

„Wir werden gemeinsam gehen, Lissy, bei mir eine Tasse Kaffee trinken und dabei unsere Musik genießen", sagte er in einem Ton, der keinen Widerspruch dulden würde. Schweigsam verließen wir das Café, und als wir an den beiden Frauen vorbei kamen, würdigte er sie keines einzigen Blickes mehr. Galant hielt er mir die Wagentür auf, und ich stieg ein. Dann beugte er sich über mich, um mich anzuschnallen, weil ich das mit meinem Gipsarm so schlecht konnte. Wir waren uns in diesem Augenblick sehr nahe. Einen Moment lang dachte ich, dass wir uns beide jetzt gerne geküsst hätten. Als wir dann wenige Minuten später in seiner Wohnung ankamen, war mein Ärger schon wieder verflogen. Uwe jedoch fing wieder damit an.

„Diese Frauen, die ins Café kamen, gefallen mir sehr gut. So möchte ich später auch aussehen!"

„Du willst so aussehen wie eine Nutte?" Ich war ziemlich geschockt. Hilflos schaute er mich an. Dann wechselte er auf der Stelle das Thema und erzählte von seiner Arbeit. Aber später kam Uwe wieder auf das Buch zu sprechen. Er meinte, dass diese Autorin, die vorher einmal Mann gewesen war, ihn sehr ermutigt hätte. Und ich dachte wiederum, dass dieses Buch eigentlich verboten werden musste.

„Wem hast du dein Vorhaben schon mitgeteilt?"

„Du bist immer noch die Einzige, außer Betty natürlich. Sie hatte eines Tages meine Frauenkleider gefunden und wollte trotzdem, dass ich bei ihr bleibe. Aber ich wollte gehen."

Dieses Gespräch mit ihm schlauchte mich sehr, und ich wurde ziemlich müde. Er rief mir ein Taxi, und ich fuhr nach Hause. Als ich gerade die Zahncreme im Mund hatte, klingelte mein Telefon. Es war Roger, der mich für den nächsten Abend, unseren Hochzeitstag, zum Essen einlud. Was für ein absurder Gedanke, ging mir durch den Kopf.

„Was denkst du dir dabei? Wir leben getrennt und werden bald geschieden sein. Außerdem habe ich mich schon mit Uwe verabredet."

„Nun ja, das mit uns ist in der letzten Zeit nicht so gut gelaufen und ich möchte dir damit zeigen, dass ich es jetzt wirklich ernst mit unserer Freundschaft meine. Es ist ja nur ein Essen, und anschließend könnten wir bei Uwe vorbeischauen. Bitte mach mir die Freude", bettelte er, und ich gab des lieben Friedens wegen nach. Vielleicht würde sich dann auch das Verhältnis zwischen den Männern wieder bessern.

Das Essen mit Roger verlief sehr verkrampft. Wir saßen uns gegenüber, und mit jeder Minute, die verging, fühlte ich mich immer mehr deplatziert. Seine Gestik und seine Ausdrucksweise widerten mich an. Ich konnte nicht verstehen, dass mir dieser Mensch einmal etwas bedeutet hatte. Wie schnell sich doch alles ändern konnte!

„Gehen wir anschließend noch zu Uwe?", fragte er.

„Hast du ihn denn gefragt, ob es ihm recht ist, dass wir vorbeikommen?" Im Moment konnte ich mir gar nicht mehr vorstellen, dass ich das mittags noch für eine gute Idee gehalten hatte.

„Ja, es ist ihm sogar sehr recht. Er freut sich auf uns, hat er am Telefon gesagt."

Als Uwe uns die Tür öffnete, begrüßte Roger ihn überschwänglich und tat so, als seien die beiden Männer die besten Freunde. Mit schnellen Schritten stampfte er zum Tisch und ließ sich schwerfällig auf einen Stuhl plumpsen. Uwe setzte sich ihm gegenüber. Ich nahm den Sessel, etwas abseits der beiden. Von hier aus hatte ich beide im Blick, und ich fühlte eine äußerst explosive Stimmung im Raum, die mich fast erdrückte. Uwe fing an zu reden und schaute dabei Roger an.

„Ich habe mich heute entschlossen dir etwas von mir zu erzählen", begann Uwe zögernd. „Vielleicht hast du schon bemerkt, dass bei mir etwas anders ist."

„Dass mit dir etwas nicht stimmt, habe ich mir schon gedacht. Aber ich hoffe nicht, dass es das sein wird, was ich glaube." Roger schaute aggressiv zwischen Uwe und mir hin und her.

„Also, um es kurz zu machen, Roger. Ich habe mich entschlossen, eine Frau zu werden. Vielleicht hast du ja schon von Transsexuellen gehört?"

Die Spannung im Raum explodierte fast, und ich dachte, wenn Uwe so etwas seinem Arbeitskollegen erzählte, musste es ihm bitterernst mit seinem Vorhaben sein. Rogers Gesicht sah aus, als ob ihn ein Pferd getreten hätte. Er erholte sich jedoch erstaunlich schnell wieder. Jetzt glich sein Gesichtsausdruck einer Fratze, und er versuchte krampfhaft, ein Grinsen zu unterdrücken. Mit einem ironischen Blick schaute er Uwe lange an. Er schien sich über diese Nachricht auch noch zu freuen und forderte sein Gegenüber auf, weiter zu reden.

„Ich war zwar mit Betty zwei Jahre verheiratet, aber wir hatten kein einziges Mal Sex. Ich habe bis heute überhaupt noch nie mit einer Frau geschlafen", gestand Uwe leise. Ich dachte mir, dass meine Vermutung, der Sex sei das eigentliche Problem, schon richtig war. Ich fragte mich, wie Betty damit umgegangen war, und wie sie ihn überhaupt hatte heiraten können! Eine Partnerschaft ohne Sex, das konnte ich mir überhaupt nicht vorstellen.

Roger unterbrach plötzlich diese Totenstille.

„Ja, wenn das so ist, dann gehst du am besten einmal in den Puff! Dort gibt es Frauen, die dir sagen, wo es lang geht. Ich kann dir auch einmal ein paar Pornos besorgen, in denen gezeigt wird, wie man es einer Frau so richtig besorgt."

Ich erschrak über seine harten Worte, und auch Uwe sah ihn erschrocken und hilflos an und plötzlich wurde mir speiübel.

„Ich muss an die frische Luft. Bin gleich wieder da." Schnell lief ich nach draußen. Das Gespräch drinnen schien aber ohne mich nicht weiter zu gehen, denn nach nur wenigen Minuten kam Roger hinterher. Er stellte sich dicht vor mich hin und schaute mich nachdenklich an. Dann meinte er leise:

„Ihr liebt euch doch!"

Das waren starke Worte, und sie brannten sich ganz tief in mein Herz hinein. Unsicher strich ich eine Strähne meines Haares aus meiner Stirn.

„Lass uns wieder hineingehen, mir wird so langsam kalt." Mehr konnte ich nicht dazu sagen.

Als ich wieder hereinkam, sah mich Uwe mit einer unglaublichen Zärtlichkeit an. Es war, als schaue er direkt hinunter bis tief in meine Seele. Roger forderte Uwe auf, weiter von sich zu erzählen und goss sich einen zweiten Cognac ein. Nach einigen schweigsamen Minuten hörte ich Uwe plötzlich sagen:

„Tut mir leid Roger, aber ich kann nicht mehr auf Lissy verzichten!"

„Das habe ich schon begriffen Uwe. Aber was soll jetzt das Theater mit deiner Transsexualität? Vielleicht weißt du irgendwann, was du wirklich willst. Dann kannst du es mir ja mitteilen. Ich muss jetzt nach Hause." Er erhob sich so ruckartig, dass der Stuhl nach hinten umfiel. Für mich war diese Situation auch unbegreiflich und gleichzeitig war ich von Uwes Worten wie verzaubert. Ich stand auch auf und fragte Roger, ob er mich an meiner Wohnung absetzen konnte.

„Du willst jetzt wirklich nicht hier bleiben?", wunderte er sich und schaute in Uwes Gesicht.

„Es ist schon spät, und ich bin sehr müde", antwortete ich ihm und sah, dass auch Uwe sehr erschöpft war. Seine Ehrlichkeit hatte ihn viel Kraft gekostet.

Roger sprach auf dem kurzen Weg kein einziges Wort. Zum Abschied meinte er nur:

„Und das alles an unserem Hochzeitstag. Aber ihr müsst es ja wissen."

In der Nacht träumte ich einen Traum, in dem Uwe mir einen Ring schenkte. Ich rief meine Freundin Vera an, die sich mit Träumen sehr gut auskannte. Sie erklärte mir, dass ein Ring immer ein Symbol für eine große Verbundenheit und tiefe Freundschaft sei. Es gäbe Wissenschaftler, die sich unser Universum als eine Art Kreis vorstellen würden. Das sei die einzige Möglichkeit, sich etwas Unbegreifliches wie die Ewigkeit plastisch vor Augen zu halten. Ein Gebilde ohne Anfang und ohne Ende!

Kapitel 12

Der erste Oktober war ein sommerlicher Tag und ich machte einen langen Spaziergang. Der Gips an meiner Hand war mir sehr lästig und ich war froh, ihn in den nächsten Tagen entfernt zu bekommen. Nachdem ich eine Stunde gegangen war, setzte ich mich an den Feldrain und sah den Vögeln zu. Ich spürte die warmen Sonnenstrahlen auf meiner Haut und den leichten Wind in meinen Haaren. Seit meinem Hochzeitstag vor zwei Tagen hatte ich Uwe nicht mehr gesehen. Nur ganz kurz am Morgen hatte er mit mir telefoniert und wir hatten kein einziges Wort über diesen Abend gesprochen. Er hatte mir mitgeteilt, dass er am nächsten Tag in die USA fliegen musste. Das ist gut so, hatte ich gedacht und war gleichzeitig auch traurig gewesen. Zu wissen, dass ich ihn liebe und nichts tun zu können, war für mich im Moment ein schwieriger Zustand. Wieder zurück, fand ich einen Brief von ihm auf meinem Tisch. Er musste in meiner Abwesenheit da gewesen sein.

Er schrieb, dass er an mich denken werde, so wie jetzt, wo er mich lächeln sehe. Er werde mit seiner Hand durch die Zeit greifen, um mir einen Kuss in mein Haar zu zaubern, und er werde die unendliche Weite aufrollen wie ein Seil, um an ihrem Ende meine Wärme spüren zu können.

Nachdem ich seine zärtlichen Worte gelesen hatte, fuhren meine Gefühle Karussell und ich brauchte lange, bis ich wieder auf dem Boden der Tatsachen zu stehen kam.

Kapitel 13

Zur zweiten Handoperation begleitete mich Charly und wartete im Café auf mich. Gott sei Dank verlief auch dieses Mal alles reibungslos, und sie brachte mich gleich nach Hause. Roger rief mich an und erkundigte sich, ob alles in Ordnung sei und ob er noch vorbei kommen könnte.

„Im Moment möchte ich nur schlafen. Ich rufe dich an."

Zwei Tage später meldete sich Matthias.

„Du tust mir richtig leid, Lissy. Kann ich dir irgendwie helfen?"

„Nein, danke. Ich komme schon zurecht. Wie geht es dir?"

„Auch ganz gut. Roger hat mir von deinen Operationen erzählt. Ich habe in ein paar Minuten Feierabend. Hättest du Lust, mit mir Essen zu gehen?"

„Eigentlich ist das ja ein guter Vorschlag, zumal ich auch sehr hungrig bin. Du müsstest mir aber dabei helfen, mit Messer und Gabel umzugehen!"

„Ich werde dir jeden Bissen mundgerecht zuschneiden", lachte er. Eine halbe Stunde später saßen wir schon im Restaurant, und er schnitt mir die Pizza in kleine Stücke.

„Roger hat mir heute Mittag etwas Ungeheuerliches erzählt!" Jetzt wurde mir schlagartig klar, warum er unbedingt mit mir essen gehen wollte.

„Und was?"

„Er meint, dass Uwe eine Frau werden will, denkt sich aber, dass er vielleicht auch schwul sei! Nun ja, ich finde es nicht richtig, dass Roger das jetzt in der ganzen Firma herum erzählt. Aber das ist unglaubwürdig, ausgerechnet der Uwe. Er ist als Weiberheld in der Firma bekannt!"

„Ja wirklich?"

„Bei unserer letzten Weihnachtsfeier hatte er versucht, die Frau seines Arbeitskollegen anzubaggern. Und wenn wir gemeinsam auf Service sind, lässt er in dieser Hinsicht auch nie etwas anbrennen. Nach jeder Frau dreht er sich um, und er hat ja auch das Glück, dass er bei allen Frauen immer sehr gut ankommt. Ich kenne ihn und seine Exfrau ja schon länger. Du glaubst gar nicht, wie oft die Betty mir darüber schon ihr Leid geklagt hat, wie eifersüchtig sie deswegen ist."

„Hat sie das?", wunderte ich mich.

„Jetzt sag mir mal, was er dann noch von dir will!"

„Wie meinst du das?"

„Na ja, Roger hat mir auch erzählt, dass Uwe sich in dich verliebt hätte, und du ihm gegenüber auch nicht abgeneigt wärst."

„Roger redet viel, wenn der Tag lang ist. Außerdem ist er sehr erfinderisch im Geschichtenerzählen. Soll ich dir welche von meiner Zeit mit ihm erzählen?", wollte ich Matz von Uwe ablenken, aber meine Absicht schlug fehl.

„Ich verstehe Uwe nicht. Er war doch zwei Jahre mit Betty verheiratet."

„Vielleicht ist es besser, du unterhältst dich selbst mit Uwe darüber", riet ich ihm und wollte jetzt wirklich das Thema beenden.

„Hm", bemerkte er nur und wirkte sehr hilflos auf mich.

Abends im Bett dachte ich über das Gespräch mit Matz noch lange nach. Uwe soll also ein Schürzenjäger sein. Dass er sich nach Frauen umschaute, war mir natürlich auch nicht verborgen geblieben. Vielleicht war er doch nicht so schüchtern, wie er immer mir gegenüber tat? Und trotzdem gab es diese Unsicherheit zwischen Uwe und mir, denn wir wussten oft nicht, was wir mit uns anfangen sollten. Wir fühlten beide, dass es mehr als Freundschaft geworden war, konnten uns aber ganz und gar nicht erklären, was das jetzt denn sein sollte.

Und manchmal hatte ich Sehnsucht, einfach nur seine Hand zu halten, seinen Mund zu küssen und seinen Körper nah an meinem zu fühlen, um dann zu weiteren Höhenflügen aufzubrechen.

Am nächsten Morgen rief mich Susanne, Uwes Schwester an. Bis jetzt hatte ich sie nur ein einziges Mal gesehen. Was sie wohl von mir wollte?

„Du wunderst dich sicherlich, warum ich dich anrufe. Es geht um Uwe!" Sie klang hektisch und schien mir auch ziemlich aufgeregt zu sein.

„Um was geht es denn?", fragte ich sie, obwohl ich da schon so eine Ahnung hatte.

„Könnten wir uns gleich in der Stadt treffen? So in einer halben Stunde?" Sie wollte mir am Telefon keine Antwort geben. Charly fuhr mich mit dem Auto in die Stadt, denn sie hatte in der Nähe noch etwas zu erledigen. Susanne war schon da und reichte mir zur Begrüßung ihre Hand. Ich hatte mich noch nicht richtig hingesetzt, als sie schon zu reden begann.

„Einen Tag, bevor Uwe in die USA flog, hat er mir etwas Schlimmes erzählt", begann sie stockend zu erzählen. „Ich will und werde das nicht so einfach hinnehmen und akzeptieren. Mein Bruder will eine Frau werden!" Sie fing fast an zu weinen, und ich fühlte, dass es schrecklich für sie sein musste.

„Wenn Uwe dir gesagt hat, dass er transsexuell ist, werdet ihr das alle schon akzeptieren müssen."

„Aber er darf das nicht tun", widersprach sie mir laut, und ich bekam große Bedenken, ob ich hier für sie die richtige Ansprechpartnerin war. Vielleicht sollte sie besser zu einem Psychologen gehen.

„Also, viel kann ich darüber auch nicht sagen, Susanne. Ich habe gelesen, dass mit einer Geschlechtsumwandlung die Ärzte einen Männerkörper an eine Frau angleichen können. Dann sieht es so einigermaßen äußerlich nach einer Frau aus. Uwe hat sich schon nach solch einer Operation erkundigt!", versuchte ich ihr vorsichtig zu erklären.

„Ich muss ihm helfen und ihn daran hindern, und du, Lissy, musst mir dabei helfen." Sie war jetzt sehr aufgebracht, und Tränen liefen über ihre Wangen. Ich konnte sie gut verstehen, denn sie war seine Schwester und sie liebte ihn anscheinend sehr. Wenn es schon für mich kaum nachvollziehbar war, wie schwer musste es dann für alle Familienmitglieder sein?

Aber letztlich waren es seine Gefühle, und wenn er das wirklich vorhatte, mussten sie sich wohl auf diese Tatsache vorbereiten, irgendwann eine Schwester mehr zu haben. Und ich hoffte, dass sie ihn dann als Mensch nicht fallen ließen.

Plötzlich verabschiedete sie sich hastig von mir und meinte, sie rufe mich wieder an. Ich bezahlte unsere Rechnung, die sie wohl wegen ihrer Verzweiflung vergessen hatte, und schlenderte dann durch die Straßen. Ich schaute mir die Auslagen in den

Geschäften an und dachte lange über Uwes Situation nach. Es war gut, dass er jetzt in den USA war, denn ich fühlte, dass sich meine Distanz zu ihm dadurch vergrößerte. Und genau das brauchte ich jetzt auch. Manchmal hatte ich das Gefühl, dass er mir die Luft zum Atmen nahm: So etwas durfte ich nicht mehr zulassen.

Er wollte Frau werden und ich würde seinen Entschluss akzeptieren und ihn als Freundin unterstützen. Nein, ich würde ihn nicht zurückhalten, dazu hatte ich kein Recht.

Es war sein Leben!

Froh über meinen Entschluss, ihn loslassen zu können, setzte ich mich in ein Café, denn nach Hause wollte ich noch nicht. Zwei junge Männer saßen ein paar Tische von mir entfernt und sahen lächelnd zu mir rüber. Einer von ihnen glich einem Popstar, und er gefiel mir recht gut. Als ich zurücklächelte, erhob er sich und kam zu mir an den Tisch.

„Darf ich Sie zu einem Getränk einladen?", fragte er höflich.

„Vielen Dank, aber ich bleibe bei meinem Kaffee. Außerdem muss ich gleich gehen." Es freute mich zwar, dass ich ihm gefiel, aber im Moment genoss ich einfach meine Einsamkeit, die ich als positiv empfand. Gut gelaunt spazierte ich wieder nach Hause.

Einige Tage später kam eine Postkarte von Uwe. Er schrieb darauf, dass er eine fantastische Frau kennengelernt hätte und jetzt mächtig verliebt sei. War diese Karte von dem gleichen Uwe, der eigentlich eine Frau werden will? Auf der einen Seite war ich froh für ihn, dass er vielleicht doch noch als Mann weiter leben wollte, auf der anderen Seite klopfte die Eifersucht an die Tür meines Herzens. Trotzdem befahl ich mir, mich für ihn zu freuen.

Bei der Post war leider auch ein Brief von meinem Arbeitgeber, der mich zum Vertrauensarzt schickte. Zuvor hatte er mir geraten, dass ich meinen Jahresurlaub nehmen sollte, anstatt mit meiner zweiten Hand einen Krankenschein zu machen. Mein behandelnder Arzt gab mir den Operations-Bericht mit, den sich die Amtsärztin durchlas. Sie schrieb eine Bestätigung, dass alles in Ordnung sei. Ich fragte sie, ob ich mit dem Gipsarm auch verreisen konnte und ging ins nächste Reisebüro. Am nächsten Morgen brachte mich Charly zum Flughafen.

Wie ich mich auf Griechenland freute!

Kapitel 14

Ein feiner Duft der Macchia-Sträucher stieg in meine Nase, als ich mit dem Taxi vom Flughafen ins Hotel fuhr. In den kleinen Tavernen am Wegesrand spielten ältere Männer Tavli, die griechische Variante des Backgammons. Ja, es war eine gute Idee gewesen, so kurz entschlossen hierher zu kommen. Das Hotel war wirklich ein Traum und Chalkidiki, Griechenlands grünes Paradies, wie es auch genannt wurde, war ein sehr guter Tipp vom Reisebüro gewesen. Man hatte mir auch gesagt, in Ouranopolis auf Athos endeten sämtliche Straßen. Der Ortsname heißt auf Deutsch übersetzt: Himmelsstadt. Die fünf Tage waren viel zu schnell vorbei, und ich flog wieder zurück. Charly holte mich am Flughafen ab und ich lud sie zum Essen ein.

„Gut siehst du aus, Lissy. Die paar Tage scheinen dir richtig gut getan zu haben."

Ich erzählte ihr, was ich alles erlebt hatte und ließ auch den kleinen Flirt mit dem charmanten Griechen in Afytos auf Kassandra nicht aus.

Wieder zurück in meiner Wohnung, konnte ich es nicht erwarten, bei Matz anzurufen. Er müsste doch wissen, ob Uwe schon aus den USA zurück war.

„Wo hast du nur die letzten Tage gesteckt? Ich habe oft versucht, dich anzurufen. Roger wusste auch nicht, wo du sein könntest", schimpfte er mit mir.

„Ich war in Griechenland!"

„Du machst Witze!"

„Nein, das stimmt schon. Ich habe kurz entschlossen diese Reise gemacht. Es waren doch nur ein paar Tage."

„Aber Roger hat mir nichts davon gesagt."

„Konnte er auch nicht. Ich hatte ihm nichts von der Reise erzählt."

„Ich weiß auch nicht. Aber Roger tut immer so, als ob ihr vielleicht wieder zusammen kommt und er über alle deine Schritte Bescheid weiß."

„Ich kann dir ehrlich sagen, dass ich niemals mehr mit Roger was zu tun haben möchte. Und wäre er auch der letzte Mann auf der Welt."

„Uwe kommt morgen wieder aus den USA zurück", erzählte er mir dann endlich. „Der muss sich dort drüben ja mächtig verknallt haben. Oder hätte ich dir das jetzt nicht erzählen dürfen?"

„Ich weiß das schon, Matz. Er hat es mir geschrieben, und außerdem freue ich mich für ihn." Ich glaubte in diesem Moment wirklich, was ich sagte. Und trotzdem fing diese verdammte Eifersucht schon wieder an, in mir zu rumoren.

„Ich wusste nicht so genau, wie du das auf nehmen würdest. Manchmal frage ich mich halt, wie ihr zwei zueinander steht!"

„Wir sind gute Freunde!"

„In der ganzen Firma wird schon über ihn geredet. Die Mutter seiner Angebeteten ist doch die Sekretärin unserer Zweigstelle in New York. Ich kenne sie auch sehr gut. Und die hat allen erzählt, wie Uwe ihre Tochter anbaggert."

„Ich finde das schön, Matz. Vielleicht hat er sich dann seine Umwandlung zur Frau überlegt?"

„Gerade deshalb wird ja so viel über ihn geredet. Roger hat natürlich jedem erzählt, was Uwe vorhat. Auch dem, der es gar nicht hören wollte,"

„So etwas habe ich mir schon gedacht. Aber Uwe hätte sich vorher überlegen müssen, dass Roger ihm in den Rücken fallen würde."

„Auch ich finde es nicht richtig von Roger, dass er das allen erzählt hat. Lissy, du kannst dir gar nicht vorstellen, wie die sich jetzt das Maul zerreißen."

„Doch, das kann ich mir schon vorstellen. Uwe tut mir jetzt schon leid."

„Aber was mich jetzt am meisten freut, ist, dass du so locker damit umgehst", meinte Matz leise.

„Ja, warum nicht. Ich hoffe sehr, dass du Uwe gegenüber auch noch sein Freund bleiben kannst."

„Lissy, da brauchst du dir keine Gedanken zu machen. Das werde ich auf jeden Fall."

Als ich das Telefonat beendet hatte, machte ich mich schnell auf den Weg in seine Wohnung und goss die wenigen Blumen, die dort standen. Wenn er am Tag darauf aus den USA zurückkam, wollte ich ihm nicht gleich über den Weg laufen. Ich hinterließ ihm die Nachricht, dass ich heute in seiner Wohnung gewesen sei, um noch einmal nach dem Rechten zu sehen, und wünschte ihm viel Glück mit seiner Freundin. Auch für ihn würde es wohl besser sein, wenn wir uns in der nächsten Zeit nicht mehr so viel sehen werden, dachte ich mir und machte mich auf den Heimweg.

Ruth, eine ehemalige Schulfreundin, die gerade nach einer Scheidung ihre neu gewonnene Freiheit in vielen Diskotheken genoss, wollte unbedingt, dass ich sie einmal dorthin begleitete. Sie freute sich sehr, dass ich ihr für den nächsten Abend zusagte.

Als ich Ruth gegenüber Uwe und seine Probleme erwähnte, meinte sie:

„Ich als Psychologin würde dir den Rat geben, die Finger von so einer komplizierten Sache zu lassen. Du wirst dich doch hoffentlich nicht in solch einen Menschen verliebt haben?" Sie schaute mir ernst in die Augen.

„Er würde mir schon als Mann gefallen, dir übrigens auch, aber er will ja bald eine Frau sein."

„Da wirst du auch nichts machen können, Lissy. Wenn sich so ein Mensch einmal darauf eingeschossen hat und es in seinem Bekanntenkreis und, wie du sagst, auch bei seinen Kollegen angekündigt hat, meint er es ziemlich ernst damit."

„Das sage ich mir auch die ganze Zeit und ich denke mir, es wird besser sein, wenn ich mich vielleicht ganz von ihm zurückziehe. Eigentlich hatte ich vor, ihm zu helfen."

„Nun, wenn du ihm eine gute Freundin sein kannst, wäre das für ihn sehr positiv, denn er wird bald spüren, dass ihm alle Freunde und Bekannte und vielleicht auch seine Familie davon laufen werden. Die meisten Menschen mögen sich mit komplizierten Dingen nicht auseinandersetzen, die gehen lieber den bequemeren Weg."

„Du meinst also, dass er eine gute Freundin brauchen könnte?"

„Ja, wenn du das für ihn sein kannst. Es wäre gut für ihn. Aber es wird nicht einfach für dich sein, wenn du mehr als Freundschaft für ihn empfindest."

Als ich nach Hause kam, lag in meinem Briefkasten ein Brief von Uwe, den er wohl persönlich eingeworfen hatte. Das Datum war von gestern und er schrieb, dass er oft versucht hätte, mich telefonisch zu erreichen. Aber genau das war ja meine Absicht gewesen, als ich mit Ruth zum Tanzen ging. Er sollte mich nicht erreichen können. Ich ging gleich darauf zu Bett und schreckte zwei Stunden später wegen des verdammten Telefons wieder auf. Ich hätte den Stecker rausziehen sollen!

„Warum meldest du dich nicht, wenn du zu Hause bist?", hörte ich Uwes Stimme am anderen Ende der Leitung.

„Weil ich vielleicht geschlafen habe?"

„Ich habe bis um ein Uhr in der Nacht versucht, dich anzurufen. Du warst nicht da!"

„Ich war ausgegangen. Aber was hat dich das zu interessieren?"

„Hast du nicht gewusst, wann ich nach Hause komme?", fragte er ungeduldig.

„Doch. Matz hat es mir gesagt. Aber was hat das mit mir zu tun?"

„Was das mit dir zu tun hat, fragst du auch noch! Na, ich habe dich vermisst und wollte dich sehen. Magst du zum Frühstück kommen und mit mir das Wochenende genießen?"

„Du, ich habe gerade mal zwei Stunden geschlafen. Ich werde jetzt wieder in mein Bett zurückgehen und vorsorglich auch den Stecker von meinem Telefon raus ziehen." Jetzt nur nicht schwach werden, dachte ich mir und hörte im gleichen Moment:

„Hattest du keine Sehnsucht nach mir?"

„Nach dieser Karte von dir bestimmt nicht mehr."

„Hast du nur eine Karte bekommen?"

„Ja. Es war die Karte, wo du mir schreibst, dass du dich wahnsinnig verliebt hättest!"

„Das mit dem verliebt sein ist anders, als du denkst. Aber ich merke schon, Lissy, mit dir kann man heute Morgen nicht gut reden. Du brauchst wirklich noch ein paar Stunden Schlaf. Ich muss noch den Leihwagen in die Firma zurückbringen und rufe dich dann wieder an."

„Aber nicht vor zwölf Uhr!", sagte ich und ging wieder in mein Bett.

Kurz nach elf stand ich auf und ließ mir ein Schaumbad ein. Mit einem großen Pott Milchkaffee bewaffnet, machte ich es mir in dem herrlich nach Rosenblüten duftenden Schaumbad gemütlich. Ich dachte an das kurze Telefonat am Morgen mit Uwe und kam zu dem Entschluss, dass ich nicht so kratzbürstig hätte sein sollen. Er konnte ja wirklich nichts dafür, dass ich vielleicht mehr für ihn empfand, als es sein durfte. Aber diese Gefühle würden dann sicherlich auch von alleine verschwinden, wenn er Frau wurde, dachte ich mir und passte auf, dass mein Gipsarm nicht zu nass wurde. Pünktlich, nachdem ich aus dem Bad kam, klingelte das Telefon. Ob das wieder Uwe war?

„Hallo Lissy. Hast du schon ausgeschlafen?" Es war Ruth.

„Ja, ich habe es sogar schon geschafft, meine Haare mit einer Hand zu waschen", antwortete ich ihr stolz.

„Warum ich anrufe: Ich habe ein Attentat auf dich vor", versuchte sie sich vorsichtig auszudrücken.

„Hoffentlich nichts Schlimmes."

„Hast du vier Tage Zeit und fährst mit mir mit dem Zug nach Italien?"

„Was sollen wir denn in Italien?"

„Mein Vater hat mir ein neues Auto gekauft. Das steht in Apulien und muss dort abgeholt werden", erklärte sie mir knapp.

„Warum kauft dir dein Vater in Italien ein Auto und nicht hier?"

„Er hat es für einen symbolischen Wert von seinem Geschäftspartner bekommen. Wir fahren heute Nacht um dreiundzwanzig Uhr mit dem Zug und kommen mit dem Auto wieder zurück. Um die Fahrtkosten brauchst du dir keine Gedanken zu machen, die übernehme ich natürlich. Bitte fahr mit!", bettelte sie.

„Liegt Apulien nicht im italienischen Stiefelabsatz? Und wäre es da nicht besser, wir würden dorthin fliegen?"

„Du kommst mit?", freute sie sich.

„Wenn ich dir damit eine Freude machen kann, ja. Erkundige dich mal, wie viel mehr so ein Flug kostet. Ich werde mein Ticket selbst bezahlen." Ruth legte gleich auf und, ich dachte mir, dass mir dieser Ausflug gerade recht kam. So brauchte ich mich nicht direkt mit meinen Gefühlen für Uwe auseinanderzusetzen, und wir bekamen noch mehr Abstand voneinander. Es vergingen keine dreißig Minuten, bis Ruth mich wieder anrief.

„Wir fliegen morgen früh um sieben. Natürlich zahlt mein Vater unsere Tickets. Ich wollte halt mit dem Zug fahren, weil ich vor dem Fliegen immer Angst habe. Aber wenn du mitkommst, ist das eine andere Sache. Du glaubst gar nicht, wie ich mich darüber freue", sagte sie noch einmal und meinte, dass es besser sei, wenn ich heute Abend zu ihr käme und bei ihr schliefe.

„Das ist eine gute Idee. Ich bin dann gegen einundzwanzig Uhr bei dir. Oder ist das zu spät für dich?"

„Passt mir gut. Dann bis heute Abend, Lissy!"

Ich musste noch zum Geldautomaten, dachte ich mir und machte mich auf den Weg. Beim Herauskommen aus der Bank tippte mir jemand von hinten auf die Schulter.

„Ja hallo, wen sehen meine Augen da? Ist das nicht meine nette Tanzpartnerin von letzter Nacht? Ich gehe einen feinen Salat essen. Hast du Lust mitzukommen?", fragte er mich.

„Tut mir leid, ich fahre morgen in Urlaub, und da habe ich noch eine Menge zu tun."

Aus meinem Briefkasten entnahm ich vier Postkarten, die Uwe mir aus Amerika geschrieben hatte. Sie hatten ein späteres Datum als die Erste und handelten nicht mehr von Liebe und verliebt sein. Was war geschehen?

Am Nachmittag rief ich ihn an und bedankte mich für seine Post. Gleichzeitig teilte ich ihm mit, dass ich mit Ruth nach Italien fliege.

„Schade, dass du so wenig Zeit für mich hast. Ich wünsche dir einen schönen Urlaub." Seine Stimme klang sehr traurig, aber es war gut, den Abstand zwischen uns zu vergrößern.

Kapitel 15

Der weiße Strand entlang des Golfs von Tarent sah hinreißend aus: Es war ein richtiges Paradies für Sonnenanbeter und Wassersportler. Ruths Vater, der uns am Flughafen abholte, schwärmte von seiner zweiten Heimat, wo er schon seit drei Jahren lebte. Wir fuhren an leuchtend gelben Sonnenblumenfeldern und Olivenbäumen vorbei, und er zeigte uns den fünf Kilometer langen Puderzuckerstrand. Dann erreichten wir die Stadt Alberobello und er erklärte uns, dass die Dächer dieser weißen Steinhäuser „Trulli" hießen. Schade, dass wir gleich am nächsten Tag wieder zurück mussten, aber Ruth hatte nicht länger Urlaub bekommen.

Die Rückfahrt über den Brenner war ziemlich mühsam, und es gab kilometerlange Staus, bis wir endlich zu Hause ankamen. Ob Uwe zu Hause war?

„Schön, dass du wieder da bist. Hast du Lust, zu mir rüberzukommen?", freute er sich, meine Stimme zu hören.

„Ich bin von der langen Fahrt sehr müde und muss mich erst ein paar Stunden aufs Ohr legen. Du kannst mich ja in zwei Stunden wecken."

„Mache ich gerne, Lissy. Dann bis zwanzig Uhr!"

Ich musste fest geschlafen haben, denn ich hörte nicht, als er die Tür aufschloss, Kaffee aufsetzte und in mein Schlafzimmer kam.

„Was für schöne Dessous du anhast!", stellte er anerkennend fest und gab mir einen Kuss auf meine Nasenspitze.

Bevor ich etwas dazu sagen konnte, war er auch schon wieder in Richtung Wohnzimmer verschwunden, und ich hörte ihn in einer Tasse mit dem Löffel klappern. Ich schlüpfte in meine Jeans, zog eine weiße Bluse an und kämmte mich umständlich mit einer Hand.

„Hast du Lust, zum Griechen zu gehen? Ich habe heute noch nichts Anständiges gegessen!", fragte er und reichte mir die Tasse Kaffee.

„Das ist eine gute Idee."

Das Essen schmeckte wie immer vorzüglich, und ich erzählte ihm von Griechenland und Italien. Gegen dreiundzwanzig Uhr fragte er mich, ob ich vielleicht Lust hätte, heute Nacht bei ihm zu schlafen. So könnten wir noch stundenlang quatschen und Musik hören.

„Du überraschst mich immer wieder, Uwe. Was sagt denn deine Geliebte aus Amerika dazu, wenn du eine Frau bei dir übernachten lässt?"

„Da musst du etwas falsch verstanden haben, Lissy. Ich habe keine Geliebte in Amerika", erklärte er mir verärgert.

„Das verstehe ich jetzt aber gar nicht. Du hast mir doch auf deiner ersten Karte geschrieben, dass du dich verliebt hättest. Ich kann sie dir auch zeigen! Außerdem redet jeder in deiner Firma über eure Liaison."

„Das habe ich auch schon mitbekommen, dass in der Firma über mich geredet wird. Aber zwischen ihr und mir war noch nicht einmal ein Kuss!", erwiderte er schroff.

„Und warum schreibst du mir dann, dass du dich verliebt hättest? Was war das sonst für dich?"

„Vielleicht eine Schwärmerei. Einen Tag, nachdem ich diese Karte schrieb, konnte ich das auch nicht mehr verstehen. Als ich sie das zweite Mal sah, musste ich leider feststellen, dass sie dem Alkohol sehr zugeneigt war."

„Und den Drogen auch. Matz hat mir erzählt, dass sie dafür bekannt ist. Ich konnte wirklich nicht verstehen, dass dir das gefallen würde!"

„Vielleicht war es gar nicht sie, die mich an diesem Abend so fasziniert hatte. Ich denke mir, es war dieses ganze Flair von New York, das mich so verzauberte. Vielleicht habe ich da die Gefühle verwechselt?", versuchte er mir zu erklären. Ich schaute ihn an und fragte mich, ob er in jenem Moment wohl eher Mann oder Frau gewesen war!

Da saßen wir jetzt nebeneinander, und ich spürte seine Nähe und die Atmosphäre zwischen uns. Konnte dies vielleicht doch eine Aufforderung zu mehr sein? Ich wollte es in diesem Moment lieber nicht zulassen. Hastig verabschiedete ich mich, und auf dem ganzen Heimweg dachte ich nur noch, dass ich aufpassen musste, mich nicht in ihn zu verlieben. Oder hatte ich das etwa schon längst?

Kapitel 16

Seit ein paar Wochen ließ ich mir von Charly meine Bewerbungen tippen, weil ich das ja mit dem Gips nicht konnte. Ende des Jahres lief mein Zeitvertrag in der Firma aus, und laut meinem Anwalt bräuchte ich den Vertrag nicht zu verlängern. Endlich hatte ich auch einen Termin zum Vorstellungsgespräch in einem Reisebüro. Vielleicht konnte man den Gips am Arm ein paar Tage vorher abnehmen? War das ein tolles Gefühl, endlich wieder zwei Hände zur Verfügung zu haben! Wieder zu Hause angekommen, schaltete ich den Fernseher ein.

Was für ein Zufall! Jetzt konnte ich diese Autorin, die vorher einmal Mann gewesen war, doch tatsächlich live im Fernsehen erleben. Sie versuchte ihre Geschlechtsumwandlung vor mehreren Gegnern zu rechtfertigen, widersprach sich dabei jedoch immer wieder selbst. Ihre Gesprächspartner ließen an ihr kein gutes Haar und griffen sie hart an. Sie tat mir sehr leid: Natürlich hatten sie mit ihren Argumenten recht, ich war derselben Meinung, aber sie hätten sich vielleicht etwas sanfter ausdrücken können. Ihre Umwandlung konnte sie ja letztlich nicht mehr rückgängig machen, auch wenn sie das vielleicht wollte, was sie vermutlich nie zugeben würde.

Zufällig rief mich eine Stunde später Uwe an. Ich sagte ihm, dass ich eine Sendung mit dieser Frau gesehen hätte.

„Schade, ich habe sie nicht gesehen. Wenn ich das gewusst hätte! Was wurde denn so alles diskutiert?" fragte er sehr interessiert.

„Wenn du willst, könnte ich gleich bei dir vorbei kommen, Uwe. Dann können wir ausgiebig darüber reden."

„Ich weiß nicht, ob es gut ist, wenn du jetzt vorbei kommst."

„Was hast du für einen Grund, dass ich nicht kommen soll?"

„Ich habe Frauenkleider an, Lissy. Willst du mich wirklich so sehen?"

„Ist mir egal, wie du aussiehst, Uwe. Irgendwann muss ich dich ja mal als Frau sehen!", antwortete ich und hoffte, dass er mir mein Erschrecken nicht anmerkte.

„Ich bin in ein paar Minuten da. Lass schon mal den Kaffee durchlaufen."

Als ich den Hörer auflegte, musste ich mich zuerst einmal hinsetzen. Was würde mich bei Uwe erwarten? Würde ich in Tränen ausbrechen, oder vielleicht endlich begreifen: Dieser Mensch war für mich als Mann verboten? Vielleicht konnte ich heute endlich einen Schlussstrich ziehen und meine Verliebtheit an den Nagel hängen. Ja, vielleicht brauchte ich es jetzt: Zu sehen, wie er Frau war. Dann könnte ich endlich „nur" die Freundin sein, die er sich von mir wünschte.

Als er mir die Tür öffnete, erschlug mich sein Anblick beinahe. Er hatte hohe Pumps, an und unter dem Minirock schauten glänzende Nylonstrümpfe hervor. Der Büstenhalter war mit viel Watte ausgefüllt. Darüber trug er eine glänzende weiße Bluse aus Chiffon. Mit der dicken Puderschicht im Gesicht und der Perücke wirkte das Gesicht wie eine Maske. Der grelle pinkfarbene Lippenstift knallte richtig hervor. Seine Fingernägel waren exakt mit roter Farbe lackiert, und an jedem Finger steckte ein großer Ring. Die riesigen Ohrringe schaukelten mit jeder Kopfbewegung hin und her, und um den Hals trug er eine große weiße Perlenkette aus Plastik.

Was Uwe wohl nicht erkannte, war, dass er so seiner Männlichkeit noch mehr Ausdruck verlieh. Mit einer gekünstelten Geste bat er mich herein. Ich setzte mich an seinen runden, rotlackierten Tisch und beobachtete, wie er die Kaffeemaschine füllte. Seine markanten Gesichtszüge konnte er auch unter dieser dicken Puderschicht nicht verstecken. Seine Körperhaltung wirkte steif wie die einer Marionette. Diese Maskerade machte mich jetzt aggressiv und ich fragte ihn, wann er denn zu einem Psychologen gehen würde!

„Wie kommst du jetzt auf einen Psychologen?"

„Du hast einmal erwähnt, dass du dort hingehen möchtest."

„Kann ja sein, aber im Moment habe ich keine Zeit", versuchte er mir auszuweichen.

„Du hast dich anscheinend noch nicht sehr gut über dein zukünftiges Leben informiert. Ohne psychologische Betreuung erreichst du hier in Deutschland keine Geschlechtsumwandlung. Außerdem musst du vorher zwei Jahre als Frau in der Öffentlichkeit gelebt haben, bevor du diese Operation von der Krankenkasse bezahlt bekommst."

„Ja, ich weiß. So etwas Ähnliches habe ich auch gelesen. Nächste Woche habe ich einen Termin bei meiner Hausärztin. Vielleicht kann sie mir einen Therapeuten nennen?"

Er saß vor mir und schien für diesen Moment sehr verzweifelt zu sein. Ich dachte nur, mein Gott, was für ein Dilemma.

„Wann willst du anfangen, als Frau zu leben?"

„Vielleicht schon sehr bald!", meinte er ernst.

„Das stelle ich mir sehr schwierig vor, Uwe. Wenn ich da an deinen Arbeitgeber und all die Arbeitskollegen und Freunde denke, glaube ich, dass dir nicht viel Toleranz entgegengebracht wird."

„Lissy, man wird sehen."

„Und wenn du dadurch deine Arbeitsstelle verlierst?"

„Du weißt doch, dass ich auf der Abendschule auch eine zweijährige, kaufmännische Ausbildung gemacht habe. Vielleicht setzt mich mein Chef ins Büro?"

„Das glaubst du jetzt nicht wirklich! Der wird dir schneller kündigen, als du bis drei zählen kannst."

„Du willst nur, dass ich Mann bleibe."

„Kann schon sein, aber aus ganz anderen Gründen, als du mir jetzt unterstellen willst. Was du mir hier vorspielst, hat doch nichts mit Weiblichkeit zu tun. Das ist eine reine Maskerade! Dadurch ändert sich deine Persönlichkeit nicht, und du hast noch das Gleiche in dir drin wie vorher."

„Ich glaube, dass ich heute nicht mit dir reden kann, Lissy. Es wird besser sein, wenn du gehst."

„Weißt du, Freunde sagen eigentlich immer das, was sie denken, auch wenn es manchmal für den anderen nicht schön ist. Am besten nimmst du dir einen Spiegel und schaust dir mal an, wie du aussiehst", antwortete ich, nahm meine Tasche und verließ ihn ohne Gruß.

Zu Hause schrieb ich ihm, dass ich, egal wie er sich für seine Zukunft entscheiden würde und egal, wie auch immer ich darüber denken würde, seine Vertraute bliebe. Den Brief warf ich am nächsten Morgen in seinen Briefkasten und machte mich dann auf zu dem Vorstellungsgespräch. Nach nur einer halben Stunde erhielt ich auch gleich die Zusage, dass ich im Januar anfangen konnte. Jetzt konnte ich getrost kündigen. Obwohl mein Chef wegen der langen Erkrankung böse war, wollte er, dass ich blieb. Ich erklärte ihm, dass es für mich besser sei, woanders neu anzufangen, da ja mein Mann gegenüber wohnte. Weil ich jede Menge Überstunden hatte und noch mein ganzer Jahresurlaub zur Verfügung stand, musste ich nicht mehr hierher zurückkommen, worüber ich sehr froh war.

Mit Ruth stieß ich dann am Abend auf meinen neuen Arbeitsvertrag an und erzählte ihr von Uwe und seinen Plänen.

„Liebe Lissy, kennst du den Spruch: Du selbst musst dafür sorgen, dass das kommt, was du liebst sonst musst du lieben, was du bekommst?"

„Ich weiß aber nicht, ob es richtig ist, mir zu wünschen, dass er Mann bleibt", antwortete ich ihr.

„Du weißt schon, was du dir in deinem Herzen wünschst. Glaube an die Erfüllung deiner Wünsche. Wenn du erfolgreich sein willst, dann solltest du dir bewusst sein, was du willst. Du musst Vertrauen in dich selbst und in deine Fähigkeiten haben."

Es war noch nicht spät am Abend, als ich wieder nach Hause kam, und so überlegte ich mir, ob ich vielleicht noch bei Uwe vorbeischauen konnte. Aber bevor ich seine Nummer eintippen konnte, klingelte mein Telefon, und Uwe war dran.

„Ich muss morgen wieder in die USA fliegen und habe überhaupt keine Lust dazu."

„Na, das ist halt dein Beruf", antwortete ich ihm. Mir fiel nichts Gescheiteres dazu ein.

„Hast du Lust, noch zu mir zu kommen?"

Gott sei Dank hatte er keine Frauenkleider an, als er mir die Tür öffnete. Wir unterhielten uns nett miteinander, bis es plötzlich stürmisch klingelte. Es war ein Hausbewohner aus der ersten Etage.

„Vor eurem Fenster steht ein Spanner", meinte er und ich fragte mich, wer das denn sein konnte. Uwe bedankte sich, schloss wieder die Tür und ging zum Fenster, vor dem sein Bett stand. Aber bevor er es öffnen konnte, trommelte es an seiner Tür.

„Mach sofort die Tür auf, sonst trete ich sie ein", schrie Roger von draußen, der anscheinend direkt nach dem Hausbewohner in den Hausflur gekommen war. Das war also der Spanner vor dem Fenster.

Uwe öffnete die Tür. Ich ging zum Telefon und nahm den Hörer in die Hand. Dann rief ich laut zu Roger:

„Wenn du nicht auf der Stelle verschwindest, rufe ich die Polizei."

Erstaunlicherweise drehte sich Roger auf der Stelle um und stampfte wieder hinaus. Mit quietschenden Autoreifen fuhr er davon. Der Mann, der im Treppenhaus stehen geblieben war, fragte:

„Was war denn das für ein Irrer?"

„Eigentlich sollte das heute ein schöner Abend werden, Lissy", meinte Uwe traurig und setzte sich zu mir an den Tisch.

„Du kannst ja nichts dafür. Vielleicht liegt es daran, dass ich noch nicht offiziell die Scheidung eingereicht habe. Das werde ich aber morgen direkt in Angriff nehmen."

„Ich frage mich schon die ganze Zeit, warum du damit so lang wartest?"

„Ich weiß auch nicht."

„Für Roger ist es besser, wenn du das bald tust. Dann braucht er sich keine Hoffnungen mehr auf dich zu machen."

„Das denke ich mir jetzt auch. Morgen suche ich mir einen Anwalt, und dann werde ich sehen!"

„Schaust du wieder nach meiner Wohnung, wenn ich weg bin?"

„Wie immer! Vielleicht schlafe ich auch mal hier, mal sehen. Auf jeden Fall werde ich dich vermissen. Wann fliegst du morgen?"

„Am Nachmittag."

Wir verabschiedeten uns voneinander wie zwei liebe Freunde, die einander verstehen, umarmen, zusammen lachen und traurig sind und nicht gerne auseinandergehen.

Er und ich, was war das nur?

Kapitel 17

Am nächsten Morgen rief ich gleich gegen acht Uhr eine Anwältin an, die mir Ruth empfohlen hatte. Zufällig hatte sie gleich einen Termin frei, und ich fuhr zu ihr. Wieder zu Hause angelangt, hatte ich doch ein sonderbares Gefühl, diesen Schritt getan zu haben. Auf meinem Kopfkissen fand ich einen kleinen Brief von Uwe. Er musste also noch einmal vor seinem Abflug hier gewesen sein. In dem Brief stand nur ein Satz:

Ich liebe dich. Dein Uwe.

Bei diesen Worten wurde mir richtig heiß, und ich öffnete mein Fenster. Roger lief draußen herum, aber es war mir total egal. Sollte er doch bis zum nächsten Morgen dort herumlaufen.

Ein paar Tage später erhielt Roger das Schreiben meiner Anwältin und rief wutentbrannt an.

„Ja was hast du denn erwartet? Meinst du, ich lasse mir das noch länger gefallen, wie du dich Uwe und mir gegenüber benimmst?"

„Aber Lissy, wir haben doch ausgemacht, dass wir uns nicht scheiden lassen!"

„Nein Roger, so haben wir das nicht ausgemacht. Wir haben gesagt, dass wir nach dem Trennungsjahr die Scheidung gemeinsam und ohne Komplikationen einreichen wollen. Und jetzt habe ich diesen Schritt alleine getan."

„Der Vorfall bei Uwe tut mir wirklich leid. Ich habe mich noch bei ihm entschuldigt, als er abflog. Hat er dir das nicht gesagt?"

„Nein, wir haben noch nicht miteinander gesprochen. Ich werde die Scheidung trotzdem nicht zurückziehen. Es ist besser so."

Am Abend redete ich mit Ruth darüber, und sie erklärte mir:

„Weißt du, ich habe Roger ja nur ein paar Mal gesehen, aber schon seine Gesichtszüge sehen so aggressiv und zornig aus. Ich wundere mich, dass bei euch in all den Jahren nicht mehr passiert ist."

Am Abend telefonierte ich mit Charly. Sie erzählte mir, dass sie Roger oft vor meiner Wohnung herumlaufen sähe.

„Es ist doof, dass du im Parterre wohnst. So kann er dir von der Straße aus in deine Wohnung sehen. Du musst abends mehr aufpassen, wenn du Licht anhast."

„Ich weiß, Charly. Ist mir aber egal. Meine Anwältin hat mir erklärt, dass ich im Moment wenig dagegen machen kann. Ich wäre heilfroh, wenn er endlich eine Frau kennenlernen würde."

„Ja, das wäre für dich wirklich besser. Was machst du morgen? Hättest du Lust, zu einem späten Frühstück zu mir zu kommen?"

„Gerne, Charly. Um elf? Ich fahre vorher noch in Uwes Wohnung und schaue nach der Post und seinen Blumen."

„Gut, bis dann, Lissy."

Als ich am nächsten Morgen in Uwes Appartement kam, klingelte gleich sein Telefon. Ob ich rangehen sollte?

„Ja hallo!", meldete ich mich zögernd.

„Ist Uwe da?", fragte eine unbekannte, weibliche Stimme.

„Nein! Mit wem spreche ich, bitte?", wollte ich wissen.

„Mit der Angelika aus Braunschweig. Ich arbeite in der Firma von Brunnenkessel und Partner. Wann kann ich Uwe erreichen?"

„Das kann ich Ihnen nicht so genau sagen, tut mir leid. Er ist für seine Firma nach Amerika geflogen. Kann ich etwas ausrichten?"

„Ja, sie können ihm einen Zettel hinlegen, dass ich ihn vermisse und er sich bitte gleich bei mir melden soll, wenn er wieder im Lande ist", sagte sie mir. Ich bekam sofort ein unangenehmes Gefühl in der Magengegend.

„Ich werde es ihm ausrichten."

„In jedem Hafen ein Mädchen!", dachte ich mir, und wusste gleichzeitig, dass es auch ganz anders sein konnte. Ich spürte so etwas wie Eifersucht und ärgerte mich sehr darüber. Uwe war nur ein guter Freund und sonst gar nichts. Und meine Gefühle hatten sich gefälligst auch danach zu richten.

Das Frühstück bei Charly war sehr angenehm. Sie erzählte von ihrem neuen Job in Stuttgart.

Abends nach der Japanischstunde gab mir Walter einen Briefumschlag, den ich aber erst zu Hause öffnen sollte. Nachdem ich geduscht hatte, machte ich es mir auf dem Sofa bequem. Es war eine schöne Karte mit großen Sonnenblumen: Er schrieb, dass er mich gerne zum Essen einladen würde.

Kapitel 18

Am Freitag holte er mich ab, und ich bemerkte nicht zum ersten Mal, wie gut er aussah. Walter trug eine eng anliegende blaue Jeans, ein weißes Hemd aus Seide und dazu eine schwarze Lederjacke. Sein Körper wirkte durchtrainiert, und er hatte einen knackigen Hintern.

„Hallo Lissy, hast du schon gepackt?", begrüßte er mich und gab mir einen Kuss auf meine Wange.

„Wieso gepackt?", fragte ich erstaunt.

„Es wäre schön, wenn du bei mir übernachten könntest. Das Lokal, das ich für uns ausgesucht habe, ist etwas Besonderes. Es sind aber mehr als zweihundert Kilometer von hier bis dorthin. Da dachte ich mir, dass du vielleicht bei uns im Gästehaus übernachten könntest?"

Schnell packte ich ein paar Kleinigkeiten ein und sagte noch Charly Bescheid, dass ich über Nacht nicht da sein würde. Nach nur wenigen Minuten saß ich neben ihm in seinem roten Sportwagen, und wir brausten los. Unsere Unterhaltung war leicht und beschwingt. Ich fühlte mich an seiner Seite sehr wohl.

„Sind deine Eltern auch da?"

„Ja. Meine Mutter möchte dich noch kurz kennenlernen, bevor sie nach Holland in ihr Haus fahren. Sie haben eine Woche Urlaub und wollen einige Dinge reparieren."

„Liegt das Haus am Meer?"

„Ja, direkt in den Dünen. Wenn du Lust hast, können wir irgendwann mal für ein paar Tage hinfahren. Es sind ja nur vier Stunden von uns", erklärte er mir.

„Warum wolltest du nicht mit ihnen fahren?"

„Ich muss am Montag wieder in die Uni."

Nach einer Stunde Fahrt erreichten wir ein Wäldchen, und dann kam ein Neubaugebiet zum Vorschein. Walter bog nach rechts in einen großen parkähnlichen Vorgarten ab. Von Weitem sah ich ein weißes Haus, das einem kleinen Schloss ähnelte. Das Haus war wirklich sehr groß und hatte sicherlich mehr als vierzig Zimmer. Er hatte nie erwähnt, dass seine Eltern so betucht waren. Sein Auto kam vor einem großen schmiedeeisernen Tor zum Stehen, das sich automatisch öffnete. Als er seinen Wagen auf dem großen Platz parkte, kam uns seine Mutter entgegen. Sie war fast so groß wie Walter, aber von molliger Figur und wirkte weich und sympathisch. Gekleidet war sie mit einer sportlichen, weißen Jeans und einer dazu passenden weißen Bluse. Ihre schulterlangen, glatten, blonden Haare hatte sie zu einem Pferdeschwanz gebunden. Sie wirkte dadurch viele Jahre jünger, als sie wohl in Wirklichkeit war.

„Schön, dass ich Sie endlich kennenlerne. Walter hat mir schon viel von ihnen vorgeschwärmt. Kommt beide herein, ich habe uns einen Kuchen gebacken."

Kaffee und Kuchen schmeckten wunderbar, und Walters Mutter gefiel mir von Minute zu Minute immer besser. Irgendwann meinte sie:

„Sie sehen mit ihren dreißig Jahren ja noch wie ein junges Mädchen aus!"

„Ich danke ihnen für das Kompliment. Diese Gene habe ich von meiner Oma väterlicherseits geerbt."

Dann erkundigte sie sich irgendwann nach meiner bevorstehenden Scheidung und fragte nach dem Grund.

„Ich glaube, mein Mann und ich haben von Anfang an nicht zusammengepasst. Wir sind zu verschieden, aber das habe ich vorher nicht bemerkt", versuchte ich mich diplomatisch auszudrücken.

„Ich bin aus Norwegen und habe hier in Deutschland studiert. Auf der Uni habe ich Walters Vater kennengelernt", erzählte sie mir ihre Geschichte und schwärmte von ihrer Studienzeit.

Als Walters Vater mich begrüßte, war ich auch von ihm angenehm überrascht. Er sah für sein Alter noch sehr jugendlich aus und war so groß wie Walter. Gleich nach dem Kaffee fuhren die Eltern fort, und wir machten es uns auf der Terrasse gemütlich. Eingepackt in warme Jacken, genossen wir die letzten Sonnenstrahlen des Novembers.

Eine Hausangestellte räumte den Tisch ab.

„Das ist Marie. Sie gehört schon sehr lange zu unserer Familie", stellte er mir die Frau vor. „Ihre Tochter ist so alt wie ich und studiert jetzt in den USA. Als Kinder hatten wir uns fest vorgenommen, dass wir mal heiraten, wenn wir zwanzig sind. Jetzt ist sie mit einem Amerikaner verheiratet und hat schon zwei Kinder.

„Bist du sehr traurig darüber?"

„Nein", lachte Walter und fragte mich, ob ich auch eine solche Sandkastenliebe gehabt hätte!

„Als ich fünf war, waren wir öfter bei Verwandten in der Eifel. Dort gab es auch eine Sandkastenliebe. Er hieß Heribert. Aber was aus ihm geworden ist, weiß ich nicht."

„Und wann hast du Roger kennengelernt?"

„Mit sechzehn."

„Oh, so früh? Da war ich aber ein Spätzünder. Ich weiß nicht, ob ich das überhaupt sagen kann, aber ich habe erst mit dreiundzwanzig Jahren meine ersten sexuellen Erfahrungen gesammelt. Möchtest du jetzt das Haus sehen?" Es schien mir, dass er nicht weiter darüber reden wollte.

Als wir am Pool angelangt waren, fragte er mich, ob ich ihn ausprobieren möchte.

„Hm, leider habe ich keinen Badeanzug dabei", bedauerte ich sehr. Wie gerne wäre ich jetzt in diesen wunderbaren Pool gesprungen.

„Brauchst du unbedingt einen Badeanzug zum Schwimmen?", grinste er.

„Soll ich hier vielleicht nackt baden?"

„Ich dachte, du bist nicht verklemmt."

„Mal sehen, aber zuerst könnte ich doch noch eine Kleinigkeit essen", versuchte ich Zeit zu schinden.

„Marie hat uns schon ein paar belegte Brote in die Küche gestellt."

Wir aßen mit großem Appetit und führten dabei ein interessantes Gespräch. In seiner Gegenwart fühlte ich mich frei und beschwingt, ganz anders als bei Uwe. Irgendwann kamen wir auf das Thema Parapsychologie zu sprechen: Walter fragte mich, ob ich daran glaubte.

„Ich denke schon!"

„Du hast doch sicherlich schon von dem Physiker Max Planck gelesen. Der hat einmal festgestellt, dass wir die reale, von uns unabhängige Welt niemals direkt erkennen können. Das muss man sich mal vorstellen, dass unser Bewusstsein von Materie, Körper und Gehirn unabhängig ist. Und Louis von Zschock sagte mal, dass das Bewusstsein vor den Atomen und Molekülen existiert hat", erklärte Walter und schien jetzt in seinem Element zu sein.

„Den Zschock kenne ich zwar nicht, aber erst vor Kurzem habe ich über Carl Gustav Jung gelesen, dass ihn so etwas wie ein geistiger Lehrer inspiriert hätte, der sich Philemon nannte."

„Ich wusste gar nicht, dass du dich für so eine Thematik interessierst?"

„Ich interessiere mich schon lange für diese Themen. Im Moment habe ich ne Menge Bücher über Psychologie ausgeliehen. Da gibt es Aufzeichnungen von Platon, in denen zu lesen ist, dass Sokrates in Verbindung mit einer Wesenheit stand, die er seinen Daimon nannte. Sokrates hat sich oft auf diesen Daimon berufen. Die Griechen haben aber dieses Wort später falsch übersetzt: Es hieß dann Dämon anstatt richtig: Geistlehrer."

„An der Uni hatten wir dieses Thema auch in Physik. Die Atomphysiker waren die Ersten, die die Zusammenhänge zwischen Geist und Materie erkannten und sich in ihren Spekulationen in Bereiche der Philosophie und Metaphysik vorwagten", erzählte er.

„Ja, das habe ich auch gelesen. Die Psychologen sagen oft, dass das Unterbewusstsein Kräfte berge, die die Welt bewegen könnten. Es sei die unendliche Kraft, der alles Leben entspringt. Ist unser Bewusstsein mit der Aktivität unseres Gehirns gleichzusetzen oder ist es ganz unabhängig? Was meinst du dazu?", fragte ich ihn.

„Wenn noch nicht einmal Verhaltensforscher, Neurologen und Neurobiologen darauf eine Antwort wissen, weiß ich bestimmt auch keine, Lissy."

Dann fragte ich ihn, ob er den Histologen Johannes Rohen kannte.

„Den Namen habe ich schon einmal gehört."

„Der meinte einmal, dass von allem Anfang an die Entwicklung der Organismen von zwei Seiten aus geprägt worden sei. Es gebe eine materielle und eine strukturelle Seite, wo das Raum-Zeit-Problem eine große Bedeutung habe."

„Womit wir jetzt bei Albert Einstein sind, Lissy. Der wurde berühmt durch seine Relativitätstheorie."

„Ich weiß, Walter", schmunzelte ich.

„Und was kannst du mir noch so von ihm erzählen?" Er wollte wohl mein Wissen testen. Ich grinste ihn frech an.

„Mal sehen, was ich noch so zusammenbekomme. Also, Einstein war beispielsweise der Meinung, es sei möglich, Zeitreisen zu unternehmen."

„Nicht schlecht, Lissy. In seiner Theorie versuchte Einstein, ein einheitliches Gesamtfeld des ganzen Universums zu beschreiben. Der Physiker Niels Bohr hat durch die Vereinigung von Quantenhypothese und Atommodellen die Grundlage der modernen Atomtheorie geschaffen."

„Du darfst mich jetzt nicht für dumm halten, wenn ich dich frage, was ist eigentlich ein Atom?"

„Stell dir mal vor, das Atom wäre ein Planetensystem im Kleinen und kein unzerstörbarer Festkörper, sondern ein leerer Raum. In diesem Raum bewegen sich infinitesimale kleine Teilchen!" erklärte er mir.

„Was meinst du mit infinitesimal?" fragte ich.

„Dieses Wort bedeutet in der Mathematik zum Grenzwert hin unendlich klein werdend."

„Aha."

„Also, es könnte sein, dass die Atome, die man schließlich nicht direkt beobachten kann, nicht einfach Dinge sind, sondern zu fundamentalen Strukturen gehören, bei denen es keinen rechten Sinn mehr hätte, sie in Verbindung zu bringen".

„Uff! Physik war für mich schon immer schwer zu begreifen. Ich glaube, in der Psychologie ist es verständlicher erklärt. Dort wird immer wieder betont, dass es in der Realität keine Vergangenheit, Gegenwart oder Zukunft gebe. Alles existiere gleichzeitig. Und Paracelsus sagt, was ein Traum zeige, sei der Schatten dessen, was an Weisheit im Menschen vorhanden ist, selbst wenn er im Wachzustand nichts davon wissen wolle."

„Ich kann dir noch viel mehr darüber erzählen, Lissy."

„Bitte heute nicht mehr, mir raucht schon der Kopf. Lass uns jetzt lieber schwimmen gehen."

„Physik und Psychologie passen doch gut zusammen?"

„Wie meinst du das, Walter?"

„Na, wir zwei passen doch gut zusammen, oder bist du anderer Meinung?" Er legte seine Hand auf meine und sah mich verliebt an. Aber wo waren all die Schmetterlinge, die in solch einem Augenblick in meinem Bauch sein sollten? Weil ich ihm keine Antwort gab, meinte er:

„Na, dann lass uns jetzt ein paar Runden schwimmen."

Wir gingen im Flur eine weiße, glatt geschliffene Marmortreppe hinunter und standen sofort direkt vor dem Pool. Das Schwimmbecken war sehr groß, und die helle Beleuchtung um den Pool verlieh dem Raum eine schöne Atmosphäre. Eine Seite des Raumes bestand aus einem Glaselement, das sich im Sommer ganz öffnen ließ. Dieser Luxus war wirklich sehr berauschend.

„Ich gehe uns die Bademäntel holen, du kannst schon mal ins Wasser springen", sagte er zärtlich zu mir und gab mir damit die Gelegenheit, mich nicht vor ihm ausziehen zu müssen. Als er gegangen war, schlüpfte ich schnell aus meinen Kleidern und sprang direkt ins Wasser. Es war kalt, aber sehr erfrischend. Ich schwamm ein paar Runden, um warm zu werden. Dann bemerkte ich, dass Walter am Beckenrand kniete und mich beobachtete. Auch er war nackt, als er ins Wasser sprang und zu mir herüberschwamm.

„Meine Mutter sucht eine Sekretärin. Hättest du nicht Lust, diesen Job zu übernehmen?", fragte er mich, als er dicht vor mir angekommen war.

„Meinst du, ich würde jeden Tag hundert Kilometer durch die Gegend fahren?"

„Natürlich könntest du hier wohnen", antwortete er, und ich musste über seine Worte schmunzeln. Wie süß er versuchte, mir den Job schmackhaft zu machen. Ich konnte seinen nackten Körper ganz dicht spüren. Ich weiß nicht, ob er mich gerade küssen wollte, auf jeden Fall klingelte jetzt das Telefon.

„Verdammter Mist, ich hätte den Anrufbeantworter anschalten sollen. Entschuldige mich bitte, vielleicht sind es meine Eltern, die Bescheid sagen wollen, dass sie angekommen sind."

Nach ein paar Minuten kam er wieder zurück und schaltete die Beleuchtung am Pool auf Dämmerung um. Im Raum sah es jetzt richtig geheimnisvoll aus: Das Wasser wirkte noch blauer und tiefer. Er zog langsam seinen Bademantel aus, und ich beobachtete ihn dabei. Die Atmosphäre war prickelnd, so wie der Sekt, den er in zwei Gläsern mit an den Poolrand brachte.

Er stellte sie auf den Boden und ließ sich vorsichtig ins Wasser hinein gleiten. Ich legte meine Arme um seinen Hals, und endlich kamen unsere Lippen sich entgegen und verschmolzen zu einem langen Kuss. Gleichzeitig fingen wir an, uns gegenseitig zu streicheln. Unsere frisch entfachte Begierde wuchs mit jeder Sekunde.

„Komm, lass uns zur Liegewiese gehen", hauchte er mir ins Ohr, und ich folgte ihm auf den künstlichen Rasen am Ende des Pools. Er hatte nicht nur an den Sekt gedacht, sondern auch an ein Kondom, das er sich vorsichtig überstreifte. Als wir danach erschöpft nebeneinanderlagen, meinte er, immer noch außer Atem,

„Ich dachte schon, das mit uns klappt nie!"

„Was meinst du damit?", fragte ich, immer noch berauscht, und nahm einen Schluck Sekt.

„Na, ich spüre die ganze Zeit, dass du immer noch an deinem Mann hängst und deshalb nichts Ernstes von mir willst."

„Da kann ich dich aber beruhigen, Walter. Ich bin sehr froh, dass ich Roger endlich los bin. Aber ich will für die Zukunft halt vorsichtiger sein, mit wem ich mich einlasse." Im Inneren meines Herzens wusste ich ganz genau, dass dies wohl nicht der Grund meines Zögerns gewesen war.

„Und heute hast du diese Bedenken endlich für mich aufgegeben?"

„Bitte verstehe das jetzt nicht falsch, Walter, aber ob es mit uns klappt, kann ich jetzt noch nicht sagen."

„Aber du hast schon mal einen Anfang gemacht. Und ich werde dich bestimmt nicht enttäuschen, Lissy. Möchtest Du jetzt in das Lokal fahren?"

„Ich würde lieber hier bleiben."

Er zog seinen Bademantel an, und ich legte mich entspannt auf eine Liege. Dann klang leise Musik durch die Lautsprecher. Ich musste eingeschlafen sein, denn Walter weckte mich mit einem Kuss auf den Mund.

„Wie süß du aussiehst, wenn du schläfst!" Walter hatte einen rollenden Servierwagen zur Tischgruppe geschoben, auf dem eine Flasche Champagner, ein geschmackvoll garnierter Krabbensalat, Lachs und Kaviar standen. Das weiße Tischtuch hatte er mit roten Rosenblättern dekoriert. Auf dem Teller lag ein roter Briefumschlag. Ich zeigte auf den Umschlag und fragte, ob der für mich sei. Im Umschlag befanden sich ein Flugticket nach Japan und ein Hotelgutschein für vier Wochen.

„Ja, der ist für dich. Im nächsten Jahr werde ich für zwei Jahre nach Japan gehen. Und im Januar will ich mir im Urlaub das Land schon mal ansehen. Meine Mutter meinte auch, du könntest vielleicht als moralische Unterstützung mitkommen?"

„Das ist eine tolle Idee von dir, und ich würde das gerne tun, aber ich fange im Januar meine neue Arbeitsstelle an, und der Chef hat bestimmt kein Verständnis, dass ich gleich für vier Wochen in Urlaub gehe."

„Vielleicht kann ich ja den Urlaub verschieben. Aber ich dachte sogar daran, dich zu fragen, ob du es dir vorstellen könntest, mich für zwei Jahre nach Japan zu begleiten?"

„O je. Wie kann ich dir das erklären, ohne dass ich dir wehtue?", versuchte ich vorsichtig zu beginnen.

„Bitte sag jetzt nicht, dass das mit uns nichts werden kann", unterbrach er mich und sah mich mit flehenden Augen an.

„Wie ich es dir vorhin schon gesagt habe: Ich weiß es nicht. Ich weiß nicht, was werden wird. Ich kann mir im Moment eine feste Beziehung mit einem Mann nicht vorstellen."

„Du wirst dich doch nicht in Uwe verliebt haben?", sagte er plötzlich und sah mich entsetzt an. Und ich schaute ebenso entsetzt zurück. Nachdem Walter mich minutenlang schweigend angestarrt hatte, meinte er enttäuscht:

„Ich glaube, ich habe ins Schwarze getroffen. Es ist nicht dein Mann, der dich zögern lässt, mit mir eine Verbindung einzugehen, sondern es ist dieser Uwe, der dich zurückhält."

Das wurde mir jetzt zu ernst. Ich versuchte Walter darauf aufmerksam zu machen, dass Uwe sich doch entschlossen hätte, zu einer Frau zu werden.

„Ja, aber noch hat er ja diesen Schritt nicht getan, Lissy. Im Moment ist er immer noch der Mann, den du anscheinend begehrst. Liebst du ihn eigentlich?"

„Was ist Liebe?", fragte ich ihn.

„Weißt du es nicht?"

„Vielleicht ist es Liebe, wenn wir uns ohne Worte verstehen, zusammen lachen und auch zusammen traurig sind, wenn wir uns umarmen und unsere Nähe als wohltuend empfinden und wenn wir manchmal nicht gerne voneinander weggehen wollen."

„Warum hast du mit mir geschlafen?", fragte er.

„Das war die körperliche Anziehungskraft!"

„Und was verbindet dich mit Uwe, wenn er doch nicht mit dir schlafen kann?"

„Er zieht mich magnetisch an. Es ist diese Anziehungskraft von Anionen und Kationen, diese Sehnsucht positiv und negativ geladener Teilchen." Das müsste er doch jetzt verstehen, als Student dieses Faches, und ich war erleichtert, dass er trotz dieser heiklen Situation über diese treffend formulierte Erklärung lachen musste.

„Du vergleichst deine Beziehung zu Uwe mit dem Verhalten von Ionen!" scherzte er.

Am nächsten Tag fuhren wir gegen Mittag wieder zurück. Beim Abschied bemerkte Walter:

„Du wurdest immer schweigsamer, je näher wir diesem Ort kamen. Bereust du, was zwischen uns geschehen ist?", fragte er vorsichtig.

„Nein Walter, ich bereue keine Sekunde mit dir und möchte mich für diese schönen Stunden bei dir bedanken."

Ich hatte meine Tür noch nicht richtig zu, und schon hämmerte mein Herz den Namen Uwe in meine Gedanken. Plötzlich empfand ich die Stunden mit Walter als nicht mehr so wunderbar und fragte mich, wie ich mich so vergessen konnte. Irgendwie kam es mir wie ein Verrat an Uwe vor, wofür ich mich Sekunden später eine Närrin schalt. Was ging mich eigentlich Uwe an? Aber ich vermisse ihn, dachte ich immer wieder. Ich hatte Sehnsucht nach seiner Nähe und es tat mir weh, dass er so weit weg war. Und wenn ich meine Augen schloss, sah ich nicht Walter, sondern immer wieder Uwe vor mir. Ich sah Uwe, wie Gott ihn geschaffen hatte, nicht wie er sein wollte. In der Nacht träumte ich davon, wie er mit mir Hand in Hand über blühende Wiesen und Felder wanderte, mir hin und wieder sanft über meine Wange strich, und wie wir uns dann anschließend stundenlang streichelten und zärtlich miteinander schliefen.

Kapitel 19

Um fünf Uhr morgens wurde ich wach und war von dem Traum so überwältigt und gleichzeitig geschockt, dass ich total aufgewühlt nicht mehr einschlafen konnte. Ich ließ mir ein Schaumbad ein und legte die Musik auf, die mir Uwe auf eine CD zusammengestellt hatte. Es waren all meine Lieblingslieder. Beim zweiten Song dachte ich dann, wie schon tausend Mal zuvor, dass Uwe demnächst eine Frau würde und dass ich kein Recht hatte, es ihm auszureden. Er war selbst für sich verantwortlich und konnte wohl auch nichts dafür, dass ich mich vielleicht in ihn verliebt hatte. So wie ich für Uwe empfand, hatte ich noch nie für einen Mann empfunden: Diese Gefühle waren neu für mich.

Mein ganzes Leben war so neu für mich, dass ich manchmal dachte, es rast nur so dahin. Ich wollte heute noch bei ihm in der Wohnung vorbei schauen und machte mich gleich auf den Weg.

Punkt sechs Uhr saß ich an seinem Tisch und trank aus seiner Lieblingstasse meinen ersten Kaffee. Draußen war es noch dunkel, und überall hatte der Frost seine Spuren hinterlassen. Ich fühlte mich sehr wohl hier in der Atmosphäre, die seine persönlichen Sachen verbreiteten. Nachdem ich seine Blumen versorgt hatte, wollte ich ihm noch ein paar Zeilen schreiben. Aber es waren wohl nicht nur positive Worte, die ich mir dann vom Herzen schrieb.

Liebes Sternchen!

Ich nenne dich so, weil es mir vorkommt, dass du für mich unerreichbar bist.

Manchmal denke ich mir, es müsse doch irgendwo einen Weg geben, den wir gemeinsam gehen könnten. Wenn du so weit weg bist, so wie jetzt, fühle ich trotzdem noch deine Nähe. Aber wie nah kann eine Nähe sein?

Du kommst mir manchmal vor wie ein zugeklebter, versiegelter Brief, den man nicht verschickt - und der auch nicht geöffnet werden darf. Ich sehne mich nach deiner Stimme und deinem Lächeln und deinen Zärtlichkeiten, wenn du mich berührst.

Leider fühle ich auch, dass du seit vielen Wochen immer mehr neben dir selbst stehst, und ich fühle auch, dass du auf dem falschen Weg bist, den du dir selbst ausgedacht und zurecht gemeißelt hast. Wie kannst du nur wollen, dass du jemand anderes werden willst, wenn du dich selbst noch gar nicht kennengelernt hast?

In Liebe (ich glaube, mehr als freundschaftlicher),

Deine Lissy.

Kapitel 20

Uwe war nicht so lange unterwegs, wie ich gedacht hatte. Gegen Abend kam er aus den USA zurück. Der Brief, den ich ihm geschrieben hatte, gefiel ihm gar nicht gut. Wir führten dann ein unangenehmes Telefongespräch, das mich zunehmend verwirrte und ratlos machte. Zum Schluss war ich zornig und knallte den Hörer auf. Natürlich hoffte ich, dass er gleich wieder zurückrufen würde, wartete jedoch lange vergebens darauf. Natürlich dachte ich tausend Mal, dass ich stattdessen zurückrufen sollte, weil ich ja das Telefonat einfach beendet hatte. Dies allerdings ließ mein Stolz nicht zu. Er rief an diesem Abend und auch am nächsten Tag nicht wieder an. Gegen Mittag machte ich mich auf den Weg zu einem Stadtbummel, und als ich gegen Abend zurückkam und meinen Briefkasten leerte, war auch ein Brief von Uwe dabei, den er wieder persönlich eingeworfen hatte. Er schrieb:

Liebe Lissy,

unsere Wege, die wir gemeinsam am See, im Wald und in der Stadt gingen, auf denen sich immer unsere Hände fanden, sollen jetzt nicht mehr für uns beide da sein? Lass uns bitte wieder über alles miteinander reden. Ich habe über unser Gespräch nachgedacht und werde mit einem Arzt darüber sprechen, so wie du es mir empfohlen hast. Es ist für mich nicht immer leicht, solche Gespräche wie gestern Abend mit dir zu führen, wenn du dann auch noch einfach auflegst. Aber ich bin mir sicher, dass du das tust, um für dich wieder Kraft zu sammeln und wieder neu für mich da zu sein.

Ich danke dir dafür und für vieles mehr.

Dein Sternchen (der Spitzname ist super!)

Vielleicht hatte ich ihn wachgerüttelt? Auf jeden Fall war es ein Lichtblick, wenn er wirklich zu einem Psychologen gehen wollte. Aber es tat mir auch leid, dass ich so kratzbürstig zu ihm war, und deshalb wollte ich ihn gleich anrufen. Aber er war nicht zu Hause. Als ich wieder aufgelegt hatte, klingelte es an meiner Tür. Ob es Uwe war?

„Entschuldige Lissy, dass ich so einfach hereinschneie. Ich wollte dich fragen, ob du vielleicht Lust hast, mit mir nach Hamburg zu fahren?", begrüßte mich Walter und sah mich erwartungsvoll an.

„Dich habe ich jetzt aber nicht erwartet!", empfing ich ihn erstaunt und bat ihn hereinzukommen.

„Tut mir leid, dass ich mich nicht vorher telefonisch gemeldet habe. Nun sag schon, hast du Lust mitzukommen ins Phantom der Oper?"

„Wann wolltest du denn fahren?"

„Jetzt am Wochenende."

„Das tut mir leid, Walter. Ausgerechnet dieses Wochenende habe ich keine Zeit. Hast du schon Karten besorgt?"

„Nein, ich wollte dich zuerst fragen."

Walter kam langsam auf mich zu und stellte sich ganz dicht vor mich. Ich konnte den Duft seines herben Rasierwassers riechen. Er strich mir eine Haarlocke aus meinem Gesicht und streichelte dabei sanft über meine Wange. Bevor es zu weiteren Streicheleinheiten kam, bat ich ihn, es sich auf dem Sofa gemütlich zu machen.

„Ich mach uns mal Kaffee!", sagte ich und ging in die Küche. Walter folgte mir.

„Warum haust du so schnell ab?"

„Es tut mir leid, dass es dir so vorkommt. Aber ich habe eigentlich nicht viel Zeit, denn ich wollte gleich weg."

„Du brauchst keinen Kaffee zu machen, denn ich habe auch keine Zeit. Ich wollte dich nur wegen des Musicals fragen. Bringst du mich noch zur Tür?", fragte er. Ich merkte ihm an, dass er sich über mich ärgerte.

„Ich hoffe, ich habe dich jetzt nicht verärgert, weil ich nicht gleich zugesagt habe."

„Ist schon in Ordnung Lissy. Ich bin ja selbst schuld, wenn ich dich hier so überfalle."

„Weißt du was, ich schaue mal, wann ich Zeit dazu habe und rufe dich in den nächsten Tagen an", versuchte ich ihn etwas zu trösten und brachte ihn zur Tür, wo er sich ohne Kuss von mir verabschiedete.

Als Walter gegangen war, versuchte ich wieder Uwe zu erreichen. Er war immer noch nicht da. Ob ich einfach zu ihm fahren sollte? Ich schnappte mir den Autoschlüssel und besorgte auf dem Weg in einer Bäckerei einen Kuchen. Uwe und ich kamen gleichzeitig vor seiner Tür an.

„Lissy, es ist schön, dass du jetzt kommst. Ich habe dich sehr vermisst", begrüßte er mich und nahm mich zärtlich in seine Arme. Wie ein Blitz durchfuhren mich tausend Stromschläge, und meine Knie fühlten sich wie Pudding an.

„Vielen Dank für deinen schönen Brief. Du, es tut mir so leid w....", versuchte ich mich zu entschuldigen, aber er legte mir seinen Zeigefinger auf meinen Mund. Auch diese Berührung fegte heftig durch meinen Körper hindurch.

„Pst, du brauchst nichts zu sagen, Lissy. Komm, lass uns hineingehen."

In seiner Wohnung standen die noch unberührten Koffer von seiner Amerikareise, und auf dem Stuhl lagen verschiedene Frauenkleider. Ob er sie gestern Abend getragen hatte? Ich setzte mich auf einen freien Stuhl, und er konnte anscheinend meine Gedanken lesen, denn er zuckte mit den Schultern.

„Und wie war es dieses Mal in Amerika? Du hast mir am Telefon noch nichts darüber erzählt", fragte ich ihn, bemüht, die Situation etwas aufzulockern.

„Na ja, dazu kam ich ja gestern nicht mehr", antwortete er und grinste mich frech an.

„Entschuldige bitte noch einmal, dass ich einfach aufgelegt habe. Ich hoffe, das kommt nicht mehr vor."

„Das hoffe ich auch, Lissy. In Amerika war es sehr stressig. Ich habe täglich so an die fünfzehn Stunden gearbeitet. Und morgen muss ich schon wieder weg."

„Dann bist du am Wochenende gar nicht da?" fragte ich enttäuscht.

„Doch, am Freitag komme ich wieder zurück."

„Ich fahre morgen zu meiner Freundin Petra nach Frankfurt und habe auch vor, am Freitag oder Sonnabend wieder zurückzukommen. Eigentlich wollte ich bis Sonntag bleiben, aber sie muss zum Geburtstag ihrer Oma. Vielleicht kannst du mich ja am Bahnhof abholen?"

„Vielleicht hast du ja auch Lust, dass ich dich bei Petra abhole. Ich fahre auch über Frankfurt."

„Das wäre ja wunderbar. Dann könnte mich Petra zur Autobahnraststätte fahren, und wir treffen uns dort."

Er hatte uns Tee gemacht: Als wir gemeinsam am Tisch saßen, hatte sich die angespannte Situation zwischen uns wieder etwas gelegt. Im Moment wirkte er wie ein ganz normaler Mann, es gab überhaupt keine Anzeichen von Weiblichkeit. Er sah verdammt gut aus, und die Frauen mussten nur so auf ihn fliegen. Kein Wunder, dass Betty ihn behalten wollte, auch wenn sie keine Ehe geführt hatten.

„Ich war heute bei meiner Hausärztin", unterbrach er meine Gedanken.

„Was hat sie gesagt?"

„Dass hier in Deutschland ca. 100.000 Transsexuelle leben. Hier in der Nähe gibt es eine Selbsthilfegruppe, die von der Frau geleitet wird, die das Buch geschrieben hat. Ich sollte mal dort hingehen."

„Möchtest du immer noch Frau werden?"

„An meinem Vorhaben hat sich nichts geändert. Wirst du mich trotzdem noch lieben können?" Er schaute mich mit fragenden Augen an.

„Ich weiß es nicht, Uwe. Aber ich kann dir versprechen, dass ich dir dabei helfen werde, wenn du diesen Schritt wirklich gehen willst. Du wirst nicht alleine sein", versuchte ich ihn zu trösten und hoffte, dass er meine Enttäuschung nicht spürte. Vielleicht hatte ich erwartet, dass seine Ärztin ihm diesen Schritt auszureden versuchte, und vielleicht hatte ich auch gehofft, dass er sich besinnen würde? Aber möglicherweise wusste ich auch gar nicht so genau, was ich eigentlich erwartet hatte.

„Am Sonntag treffen sich die Mitglieder dieser Selbsthilfegruppe. Möchtest du mitgehen?", fragte er mich in meine Gedanken hinein.

„Vielleicht wäre es besser, du gingest alleine hin!"

„Was meinst du, ob ich in einem Rock hingehen sollte?", fragte er mich dann ganz aufgeregt. Ich konnte beobachten, wie sich seine Mimik im Gesicht verändert hatte.

„Ich glaube, das ist keine so gute Idee. Du weißt doch gar nicht, was dich im Moment dort erwartet. Geh doch einfach so hin, wie du jetzt bist."

„Meinst du, ich sollte mich schminken?"

„Ich kann dir darauf keine Antwort geben. Tut mir leid."

Als er jetzt über Kleidung und Schminke redete, wirkte er sehr gekünstelt. Seine Bemühungen, wie eine Frau zu wirken, ließen ihn wie eine Marionette aussehen.

„Ja, ja. Das letzte Mal, als du mich als Frau gesehen hast, da war ich ziemlich gewagt geschminkt. Aber so ist frau nun mal. Ich will auch so sein, einmal Vamp und ein anderes Mal eine sportliche Frau."

„Vielleicht so, wie es diese Frau in ihrem Buch beschreibt? Ist das für dich ‚Frau sein'?"

„Vielleicht?"

Er schaute mich mit glänzenden Augen an und begriff die Bedeutung meiner Frage nicht. Ohne mir eine Antwort darauf zu geben, fragt er mich:

„Hast du Lust, heute Nacht hier zu bleiben?"

Ich musste jetzt wirklich an mich halten, um nicht heftig meinen Kopf über seine Frage zu schütteln. Der hatte Nerven!

„Ich habe kein Nachtzeug bei mir", fiel meine Antwort knapp aus. Ich hoffte, damit die Angelegenheit erledigt zu haben.

„Ach nee, bis jetzt hat dich das aber gar nicht gestört. Wenn ich da an das eine Mal denke?", ließ er nicht locker, und ich fragte mich, was er damit eigentlich bezwecken wollte.

„Ich weiß ja nicht, was du dir dabei denkst, aber jetzt, wo du dich entschlossen hast, eine Frau zu werden, möchte ich dich nicht mehr in Versuchung bringen. Sonst überlegst du es dir plötzlich doch noch anders und gibst dann mir die Schuld."

„Da brauchst du dir überhaupt keine Gedanken zu machen, Lissy. Keine Frau wird jemals mehr den Mann in mir wecken."

„Kennst du das Sprichwort: Sage niemals nie? Aber wenn du dir da so sicher bist, dann fahren wir heute zur Abwechslung mal zu mir. Du kannst auch bei mir übernachten."

„Ich habe schon aufgegeben zu hoffen, dass du mich das mal fragen würdest. Ich packe schnell ein paar Kleinigkeiten zusammen, und dann können wir morgen zusammen frühstücken. Anschließend fahre ich dich zum Bahnhof."

Als wir bei mir ankamen, ging ich gleich ins Bad und duschte. Er machte es sich in der Zwischenzeit auf dem Sofa gemütlich, legte eine CD von Elton John auf und öffnete eine Flasche Wein. Ich zog mein schönstes Nachthemd an und überlegte, ob ich ihn damit reizen konnte. Als ich aus dem Bad hervortrat, lobte er mein Outfit anerkennend.

„Wow, sieht toll aus, dieses Negligé. Damit könntest du sicherlich jeden Mann verführen, wenn du willst."

Das wohl, aber leider nicht dich, dachte ich mir und setzte mich neben ihn.

„Wo hast du dieses Teil gekauft? Ich würde mir auch gerne so etwas anschaffen, für alle Fälle", grinste er.

„Uwe? Nimmst du mich eigentlich als Frau war?"

„Aber selbstverständlich! Ich beneide die Männer, die dich umschmeicheln und auf diesen Walter bin ich sogar eifersüchtig."

„Und warum habe ich dann bei dir keine Chance?" Was für eine Frage, dachte ich mir gleich. Die Antwort konnte ich mir eigentlich gleich selbst geben.

„Aber du weißt doch warum", sagte er enttäuscht und schüttelte mit dem Kopf.

„Ist schon OK, Uwe, lass es gut sein. Manchmal habe ich Momente, wo ich es nicht begreife oder ganz einfach vergesse."

Der Wein berauschte meine Sinne, ich war ja nicht viel Alkohol gewohnt. Ehe wir uns versahen, ließen wir beide die Hände liebkosend über unsere Körper wandern. Meine Lust stieg mit jeder Minute mehr an. Ich wusste nicht, was in mir vorging, als ich ihn plötzlich fragte:

„Willst du mit mir schlafen?"

„Wie soll das funktionieren?" Er sah mich ungläubig an, als ob ich ihn gefragt hätte, ob er jetzt mit mir auf den Mond fliegen möchte. Dann meinte er trocken:

„Du bekommst von mir keinen Alkohol mehr!"

„So wie ich das sehe, wolltest du jetzt auch mit mir schlafen!" Ich konnte mir ein Grinsen nicht verkneifen. Ganz leise gab er dann zu, dass er es auch gewollt hatte, allerdings nur für Sekunden. Ich fragte ihn daraufhin, ob er jetzt doch lieber gehen wollte.

„Nein Lissy, ich bin schon okay. Lass uns jetzt schlafen gehen. Ich meine, zu Bett gehen!"

Als wir dann so nebeneinanderlagen und der Mond sein Licht durch das Fenster warf, fragte ich ihn:

„Du und ich, was ist das? Liebe darf es nicht sein, weil du auf anderen Wegen wandelst, aber wir lachen zusammen, umarmen uns leidenschaftlich und empfinden unsere Nähe als wohltuend. Was ist das für eine Liebe? Ist es überhaupt eine?"

Aber auch er konnte mir darauf keine Antwort geben.

Kapitel 21

Als ich am nächsten Morgen im Zug nach Frankfurt saß, hatte ich lange Zeit zum Nachdenken. Ich kam zu dem Entschluss, dass ich ihn mit meinen Annäherungsversuchen nicht mehr verwirren durfte. Wenn er wirklich das wollte, was er seit Jahren vorhatte, durfte ich ihm nicht mehr im Wege stehen. Wir redeten stundenlang darüber und doch machte ich dann diese Fehler.

Meine Freundin Petra holte mich am Bahnhof ab.

„Mensch Lissy, wie lange haben wir uns jetzt nicht mehr gesehen?"

„Ein Jahr ist es her, dass du mich besucht hast. Da war ich noch mit Roger zusammen."

„Wie die Zeit vergeht. Und jetzt hat sich so viel bei dir verändert. Du musst mir unbedingt alles genau erzählen. Aber erst zu Hause. Ich habe schon was zum Essen vorbereitet. Wir sind den ganzen Abend alleine, denn Karl ist zu seinem Freund gefahren. Die basteln an ihren Autos."

„Du hast mir erzählt, dass ihr wieder zurück wollt in die Staaten. Wann wird es denn so weit sein?"

„Das kann noch dauern. Bevor ich es vergesse, bitte erwähne Karl gegenüber nichts von Uwe und diesem Transsexuellen-Zeug. Er kann das nicht verstehen. Die Amerikaner sind da nicht so aufgeschlossen. Du verstehst?"

„Ja, ich verstehe dich."

„Na sag mal, bist du eigentlich mit diesem Uwe zusammen? Ich meine, seid ihr ein Liebespaar?"

„Uwe und ich sind sehr gute Freunde, sonst nichts!"

Ich glaubte kaum, dass sie für mich der richtige Gesprächspartner für dieses Thema gewesen wäre, so abfällig, wie sie sich jetzt darüber äußerte. Das war zwar enttäuschend für mich, aber ich hatte es auch nicht anders erwartet.

„Ach Lissy, du hast so eine positive Ausstrahlung, dass man schon neidisch auf dich sein könnte. Wie machst du das nur? Ich wäre jetzt an deiner Stelle todunglücklich oder hätte diesen Uwe schon in die Wüste geschickt."

„Warum sollte ich unglücklich sein? Uwe ist doch ein sehr liebenswerter Mensch!"

„Und wenn er einmal Frau geworden ist?"

„Dann ist er immer noch dieser liebenswürdige Mensch."

Dachte sie jetzt, er würde sich dann in ein Monster verwandeln? Na ja, viele Menschen konnten nicht über den Tellerrand schauen und dachten immer nur an sich selbst. Da schien auch Petra keine Ausnahme zu sein. Aber vielleicht verlangte ich auch zu viel Toleranz von anderen.

„Du hast es so gut! Ich weiß im Moment nicht, wie ich mich entscheiden soll", stöhnte sie.

„Was hast du denn für Probleme? Ist es dieser andere Mann, von dem du mir am Telefon vorgeschwärmt hast?"

„Ja, ja. Ich habe mich ganz schön verknallt", sagte sie aufgeregt.

„Das hört sich aber nicht nach einer glücklichen Beziehung mit deinem Mann an."

„Du kannst dich doch noch daran erinnern, dass ich letztes Jahr mit Karl hier in unserer Wohnung getrennt gelebt habe?"

„Ja, du hattest es mir erzählt. Aber ihr hattet euch doch wieder versöhnt?"

„Ja, das stimmt schon, aber ich habe seit dieser Zeit einen Liebhaber und Karl weiß nichts davon. Wenn er es erfährt, schickt er mich zum Teufel."

„Und was willst du jetzt tun?"

„Ich will beide Männer. Von Karl werde ich finanziell versorgt und brauche nicht zu arbeiten, und mit John ist der Sex so prickelnd."

„Und hast du dir schon Gedanken gemacht, wie es weiter gehen soll?"

Sie schaute mich mit einem verlorenen Blick an und schüttelte lange ihren Kopf. Dann meinte sie:

„Vielleicht will ich im Moment so leben wie du?"

„Oh, das kannst du wirklich nicht mit mir vergleichen. Ich habe mich von meinem Mann getrennt, die Scheidung eingereicht und habe eine eigene Wohnung. Außerdem verdiene ich meinen Lebensunterhalt selbst. Liebst du Karl noch?"

„Ich weiß nicht, ob ich Karl noch liebe oder John liebe."

„Was sind denn das jetzt für Gedanken, meine Liebe! Du scheinst ganz schön durcheinander zu sein. Was empfindest du denn für dich selbst?"

„Wie kommst du denn darauf, mich so etwas zu fragen? Natürlich finde ich mich schon okay. Aber es geht ja nicht um mich, sondern um meine Männer."

„Was sind das eigentlich für Tabletten, die du vorhin genommen hast?"

„Ach, das sind ganz harmlose Vitamintabletten, und die blauen sind zu meiner Beruhigung. Alles ganz harmlos. Wollen wir nachher in die Disco?"

„Warum nicht. Von mir aus können wir gleich los."

Petra wollte sich unbedingt noch stylen und begab sich mit einer Zigarette ins Bad. Ich weiß nicht, was sie eine ganze Stunde mit sich veranstaltet hatte, denn als sie wieder aus dem Bad trat, sah sie nicht viel anders aus als vorher. Dann lief sie noch zehn Minuten kreuz und quer durch die Wohnung, sah mehrmals nach, ob sie ihren Herd ausgeschaltet hatte, der Kühlschrank zu war und alle Zimmertüren wegen ihrer Katzen weit geöffnet waren. Als sie endlich ihre Wohnungstür abschloss, und wir auf der ersten Stufe nach unten waren, ging sie schnell wieder zurück, um die gleiche Prozedur zu wiederholen. Das Gleiche passierte noch einmal, als wir schon im Wagen saßen.

„Aber du hast schon dreimal nachgesehen!" Irgendetwas stimmte nicht mit ihr. Das sah ganz nach einer Zwangsneurose aus. Lieber Gott, hatte sie sich verändert!

„Lissy, ich muss doch nachsehen, ob alles seine Ordnung hat."

Leider konnten wir immer noch nicht losfahren. Sie suchte irgendetwas in ihrer Tasche. Endlich war es dann soweit. Gleichzeitig mit dem Losfahren steckte sie sich eine Zigarette an und kam dabei der Gegenfahrbahn gefährlich nahe. Vielleicht wäre es wirklich besser gewesen, wenn wir zu Hause geblieben wären. Als wir in dem Tanzlokal endlich einen Platz fanden, der ihr zusagte, und etwas bestellt hatten, fragte ich sie:

„Was ist eigentlich los mit dir?"

„Gar nichts, warum fragst du so komisch?"

„Du bist so angespannt und durcheinander." Sie gab mir keine Antwort und stand stattdessen abrupt auf.

„Lass uns tanzen!"

Zu uns gesellte sich ein ca. zwanzigjähriger Mann, der aussah, als ob er jeden Tag stundenlang in einem Fitnessstudio trainierte. Ich gab ihr einen Wink und ging zurück an den Tisch. Wie sie sich an diesen Mann heranschmiss! Sie hatten noch keine zehn Minuten getanzt, als sie eng umschlungen zu mir herkamen.

„Lissy, darf ich dir Mark vorstellen?" Dieser Möchtegernschönling quetschte sich ungefragt zwischen uns. Nach einer Stunde hatte ich keine Lust mehr, ihnen beim Knutschen zuzusehen und fragte, wann wir wieder gehen könnten.

„Ja, von mir aus können wir nach Hause fahren."

Beim Aufstehen gab sie diesem Mark noch ihre Telefonnummer, und wir schlenderten zum Parkplatz. Gott sei Dank kamen wir unbeschadet wieder an ihrer Wohnung an. Ihr Mann Karl empfing uns mit einer Pizza und einem herrlich angerichteten Salat. Es schmeckte vorzüglich. Irgendwann während des Essens klingelte das Telefon. Petra sprang hastig auf und eilte hin. Vielleicht dachte sie, dass es dieser Typ aus der Disco wäre. Nach ein paar Minuten meinte sie zu mir:

„Dein Mann ist am Telefon. Der fragt, ob du mit Uwe hier bist. Was soll ich ihm sagen?"

„Der hat sie ja nicht mehr alle, hier bei dir und um diese Zeit anzurufen. Sag ihm einfach, ich sei mit Uwe bei dir."

Karl und Petra musterten mich erstaunt. Petra sprach mit Roger und ich hörte mit. Roger redete ziemlich viel. Als er ihr gerade erzählte, Uwe hätte ihm die Frau ausgespannt, gab ich Petra ein Zeichen, sie könne auflegen. Sie befolgte meinen Rat und legte ohne Kommentar auf. Sofort rief er wieder zurück, und diesmal hob Karl ab, der ihm dann sagte, wir wollten seine Geschichten nicht hören: Er solle nicht mehr anrufen.

„Telefoniert Roger immer hinter dir her?", fragte Karl mich, als er das Telefonat beendet hatte.

„Roger begnügt sich nicht nur mit Telefonieren. Er beobachtet uns sogar." Beide sahen mich erstaunt an, aber irgendwie interessierte es sie nicht wirklich. Petra ging fünf Minuten später ins Bad.

Karl hatte eine Menge Alkohol intus und er versuchte laufend, den Arm um mich zu legen, was mich maßlos anwiderte. Als ich hörte, dass Petra im Bad fertig war, machte ich mich auf den Weg dorthin.

Frisch geduscht und in meinen Bademantel eingehüllt, begab ich mich ins Gästezimmer. Wäre ich mit dem Wagen da gewesen, hätte ich jetzt alles zusammengepackt und noch in der Nacht den weiten Weg nach Hause angetreten. Nach zwei Minuten klopfte es an der Tür. Als ich öffnete, stand Karl völlig nackt vor mir und hielt mir eine Flasche Whisky entgegen.

„Hello Baby, do you want to have a drink?"

„Du gehst jetzt auf der Stelle wieder. Ich möchte keinen Drink und das Andere auch nicht!" Mit meiner Hand gab ich ihm einen leichten Schubs, sodass er zurücktaumelte, und sperrte sofort die Tür zu. Gott sei Dank beließ er es bei dem einen Versuch, aber ich brauchte noch sehr lange, bis ich endlich einschlief.

Um acht Uhr morgens stand ich auf, während Petra anscheinend noch schlief. Ich machte Frühstück und nahm mir ein paar Zeitschriften zum Lesen. Erst gegen zehn Uhr kam sie sehr verschlafen und verkatert aus ihrem Zimmer. Sie murmelte ein „Guten Morgen" und steckte sich sofort eine Zigarette in den Mund.

„Ich habe Kaffee gemacht, Petra. Karl schläft noch?"

„Nein, der musste heute Morgen schon gegen sechs weg. Kannst du mir eine große Tasse schwarzen Kaffee einschenken?" Es fiel ihr sichtlich schwer, so viele Worte zu sprechen. Sie tat mir richtiggehend leid.

Als ich die größte Tasse, die ich in ihrem Schrank gefunden hatte, vor sie auf den Tisch stellte, hatte sie sich schon irgendwelche Pillen in den Mund geschoben.

„Die brauche ich jetzt zum Wachwerden", entschuldigte sie sich bei mir und fuhr fahrig mit ihrer Hand durch ihr Haar.

„Und du meinst, dass so viele Tabletten wirklich gut für dich sind?"

„Ach, die sind ganz harmlos. Wann soll ich dich eigentlich zu der Raststätte bringen?"

Wahrscheinlich war sie froh, wenn ich endlich weg sein würde, denn sie hatte sich kaum noch unter Kontrolle. Ihre Hände zitterten, und sie konnte diese große schwere Tasse kaum richtig festhalten. Na ja, ich würde auch sehr froh sein, wenn ich endlich wieder hier weg war. Das Beste an diesem Besuch bei ihr würden wohl mein Wiedersehen mit Uwe und die gemeinsame Autofahrt mit ihm nach Hause sein. Bevor sie mich zur Raststätte fuhr, hatte sie sicherlich schon ein Päckchen Zigaretten und mindestens acht Pillen intus. Hoffentlich kam ich noch heil dort an. Wenn ich wieder zu Hause war, würde ich ihr einen langen Brief schreiben, was ich von alldem hielt. Als sie dann Uwe sah, meinte sie:

„Der sieht aber toll aus. Da hast du dir aber einen interessanten Mann geangelt. Den würde ich auch nicht von der Bettkante stoßen", meinte sie und vergaß wohl all seine Probleme, die ich ihr erzählt hatte.

Uwe war zwar freundlich aber sehr still, und ich wollte ihn auch nicht beim Fahren stören, zumal es auf der Autobahn ziemlich voll war. Aber er drückte ab und zu meine Hand: Wir verstanden uns auch ohne viele Worte. Nach einer Stunde Fahrt hielten wir an einer Raststätte an und tranken einen Kaffee. Ich erzählte ihm von Rogers Anruf bei Petra.

„Oh, da kann ich mich ja auf was gefasst machen, wenn ich wieder in die Firma komme", stöhnte er auf. „Roger zeigt mir bei jeder Gelegenheit, dass ich es mit ihm für alle Zeit verdorben habe. Gott sei Dank bin ich im Moment viel unterwegs."

Ein paar Minuten, nachdem wir wieder auf der Autobahn fuhren, fragte ich ihn:

„Wenn du Frau bist, stehst du dann eigentlich auf Männer?"

„Ich glaube nicht. Ich kann mir gar nicht vorstellen, mit einem Mann zu leben!" Scheinbar hatte er auch schon darüber nachgedacht, denn er konnte mir sofort klar darauf antworten und hatte diese Frage wohl auch schon von mir erwartet.

„Du meinst, wenn du Frau bist, wirst du auch gerne mit einer Frau zusammen sein wollen?"

„Ich glaube schon. Warst du schon einmal mit einer Frau im Bett, Lissy?"

„Nein, bis jetzt nicht."

„Könntest du es dir vorstellen?"

„Wenn ich es mir jetzt vorstelle, dann muss ich ganz klar sagen, dass ich nur auf Männer stehe. Bist du jetzt enttäuscht?"

„Ich weiß nicht."

Bevor er in die Firma fuhr, brachte er mich noch nach Hause und kündigte an, gleich wieder bei mir vorbeischauen zu wollen. In meinem Briefkasten stapelte sich jede Menge Post. Es waren eine Telefonrechnung, eine Bewerbung, die wegen einer Absage wieder zurückkam, ein grüner Brief von Walter (grün ist die Hoffnung, dachte ich mir), und eine Karte von Matz aus Thailand. Ich war noch keine zehn Minuten in meiner Wohnung als auch schon Roger anrief.

„Bitte jetzt nicht auflegen, ich will mich bei dir entschuldigen. Es tut mir vielmals leid, dass ich dich verdächtigt habe, mit Uwe zusammen zu Petra gefahren zu sein. Vorhin hörte ich, dass er zum Kunden musste. Ich bitte noch einmal um Verzeihung. Petra hätte es mir ruhig sagen können. Und ich dachte, Ihr seid wieder mal zusammen."

„Was du denkst, ist mir egal, Roger. Du brauchst nicht mehr bei mir anzurufen, und deine Entschuldigungen kannst du dir sonst wohin stecken. Wenn du mich nicht ab sofort in Ruhe lässt, muss ich mir etwas anderes überlegen."

Dann beendete ich das Telefonat.

Uwe kam von der Firma und setzte sich neben mich. Er sah Walters Brief und fragte neugierig:

„Willst du den Brief von Walter nicht öffnen?"

„Bin noch nicht dazu gekommen. Vielleicht heute Abend!"

„Ich dachte, du würdest mich fragen, ob ich hierbleiben will", sagte Uwe zu mir und sah mich dabei liebevoll an.

„Hast du keine Angst, dass ich dich wieder verführen will?"

„Mensch Lissy, mach doch keinen Quatsch."

„Ist ja schon gut Uwe, du hast ja recht. Natürlich würde ich mich freuen, wenn du mir Gesellschaft leisten würdest. Ich mache uns was zum Essen und wir können die ganze Nacht durchquatschen und Musik hören. Ich verspreche dir auch, dich körperlich in Ruhe zu lassen."

Leider konnte ich mir ein Grinsen nicht verkneifen, und er warf mir das Sofakissen an den Kopf.

„Na ja, ich kann dir ja ruhig gestehen, dass mir deine Annäherungsversuche nicht so ganz unangenehm waren. Da sind schon Gefühle da, aber ich kann sie nicht einordnen."

„Danke für das Kompliment."

„Aber was ich genau weiß, ist, dass ich mich bei dir sehr, sehr wohl fühle und es mit uns immer sehr lustig ist."

„Bitte sei mir jetzt nicht böse, aber ich möchte dir klar sagen: Sollte ich wieder in festen Händen sein, wird es diese Übernachtungen mit dir nicht mehr geben."

„Ja, das kann ich mir schon vorstellen. Aber noch ist es ja nicht soweit."

„Aber du kannst dich immer darauf verlassen, dass ich dich unterstützen und auch da sein werde, wenn du mich brauchst", versprach ich ihm. Er nickte mir zu.

„Das hast du sehr lieb gesagt. Ich fühle, dass unsere Liebe etwas Kostbares und Großes ist und dass ich noch nie so geliebt habe."

„Und du bist dir ganz sicher, dass du eine Frau werden willst?"

„Ja, ich denke schon."

Wir redeten noch über die Firma, über Freunde und Familie sowie vieles andere. Als wir auf die Uhr schauten, war es schon nach drei Uhr in der Nacht. Wir knipsten endlich das Licht aus und schliefen sofort ein.

Auch wenn wir in der Nacht nicht viel geschlafen hatten, so standen wir doch schon gegen acht auf. Während wir lange und ausgiebig frühstückten, fragte mich Uwe, ob ich mit ihm nach Luxemburg fahren möchte.

„Das ist eine gute Idee. Ich könnte mir mein Parfüm kaufen. Das kostet dort viel weniger als hier."

Auf der Fahrt dorthin erzählte er mir dann, warum er eigentlich nach Luxemburg fahren wollte.

„Würde es dir was ausmachen, für mich in der Apotheke die Pille zu kaufen, Lissy?"

„Warum willst du denn die Pille?"

„Das wären ein paar weibliche Hormone." Er schaute mich abwartend an.

„Ich weiß nicht, ob man die ohne Rezept bekommt."

„Aber probieren kannst du das doch mal", ließ er nicht locker.

„Willst du nicht vorher den Arzt fragen, ob das für dich überhaupt gut ist?"

Leider ließ er sich auch von meinen Bedenken nicht davon abbringen: Wir steuerten die erste Apotheke im Ort an, die wir fanden. Tatsächlich konnte ich ohne Rezept eine Dreimonatspackung kaufen, aber mir war nicht wohl bei dem Gedanken, dass er die Tabletten schlucken wollte. Gegen Mittag waren wir wieder zu Hause.

Morgen war der Termin in der Selbsthilfegruppe, und Uwe bat mich, mit ihm dorthin zu gehen. Ob ich das wirklich tun sollte? Aber neugierig war ich ja schon. Dann fuhr er zu seiner Mutter, um mit ihr über das Thema zu reden.

Nach meinem Wohnungsputz las ich endlich Walters Brief. Er fragte darin, ob ich mit ihm nach Hamburg fahren möchte. Ich versuchte, ihn anzurufen. Seine Mutter gab mir die Auskunft, dass er im Moment unterwegs sei, sie ihm aber gerne ausrichten würde, dass ich angerufen hätte.

Als Uwe sich abends telefonisch meldete, erzählte ich ihm, dass ich mit Walter nach Hamburg fahren würde. Er war von dieser Nachricht gar nicht begeistert.

„Da könnten wir doch mal gemeinsam hinfahren. Ich meine, du und ich."

„Passt es dir nicht, dass ich mit Walter nach Hamburg fahre?"

„Lissy, du kannst tun, was du willst."

„Du klingst aber eifersüchtig!" So schnell wollte ich jetzt nicht locker lassen, und er räumte tatsächlich ein, dass er es auch sei.

„Du warst aber nicht lange bei deiner Mutter."

„Als ich ihr alles von mir erzählt habe, wusste sie nicht mehr viel zu sagen, Lissy. Sie war sehr traurig und konnte das nicht verstehen."

„Was hast du ihr denn erzählt?"

„Ich habe ihr gesagt, dass ich eigentlich lieber eine Frau wäre."

„Und was hat sie dir dann geantwortet?"

„Sie hat nur sonderbar geschaut und gemeint, wenn es denn so sein müsse."

„Sie hat nicht versucht, es dir auszureden?"

„Nein, hat sie nicht."

„Und du bist dir wirklich sicher, diesen Schritt zu gehen, Uwe?"

„Wieso fragst du mich immer wieder danach?"

„Weil ich nicht glauben kann, dass du dir das wirklich gut überlegt hast. Du könntest dir doch mehr Zeit lassen. Es ist niemand da, der dich drängt. Du warst noch nicht einmal bei einem Psychologen."

„Meine Ärztin hat mir einen Therapeuten empfohlen."

„Hast du dir schon einen Termin geben lassen?"

„Nein, ich muss noch anrufen. Im Moment bin ich so oft unterwegs. Da muss ich erst schauen, wie ich das vereinbaren kann. Bevor wir noch länger telefonieren: Hast du nicht Lust, dass wir uns noch treffen?"

„Nein, Uwe. Ich möchte mal früher ins Bett, und ich wollte auch noch Walter anrufen."

„Ich kann ja auch noch zu dir kommen?"

Er ließ jetzt einfach nicht locker. Ich sagte ihm, dass er in Gottes Namen kommen solle.

„Bis in einer Stunde, Lissy. Ich komme aber zu Fuß", sagte er geheimnisvoll und legte auf.

Mein Telefon schrillte sofort wieder los, und dieses Mal war Walter dran.

„Wir könnten am Mittwoch früh losfahren und abends dann in die Vorstellung gehen. Wenn du nichts dagegen hast, übernachten wir in der Nähe und sehen uns am nächsten Morgen noch Hamburg an."

„Hast du schon das Hotel gebucht?"

„Nein", sagte er zögernd.

„Gut, ich komme mit, du kannst ruhig buchen."

„Ich freue mich sehr auf dich. Dann bis Mittwoch."

Eine Stunde später klingelte es an meiner Tür. Ich dachte mir, dass es Uwe sein würde. Aber da hatte ich mich wohl geirrt, denn als ich durch den Türspion schaute, sah ich eine Frau im Flur stehen. Verdutzt öffnete ich. Mich traf fast der Schlag.

Uwe stand vor mir und hatte ein weißes Kostüm an. Der Rock saß eng anliegend und spannte ihm etwas um die Hüften. Eine Nummer größer hätte besser gepasst, dachte ich mir. Seine Haare steckten unter einer dunkelblonden, lockigen Langhaarperücke und sein Gesicht sah fast so aus wie das einer Mumie. Dick und exakt glatt gespachtelt.

„Bist du auf diesen hohen Pumps bis hierher gelaufen?" Ich konnte mich kaum von meiner Verwirrtheit erholen, die mich fast erschlagen hatte.

„Jetzt bist du aber sprachlos, was?"

„Stimmt, ich weiß gar nicht mehr, was ich dir sagen soll. Komm jetzt einfach mal rein." Es war für mich sehr sonderbar, ihn in Frauenkleidung zu sehen. Ich weiß auch nicht, ob es mir vielleicht noch peinlich geworden wäre, hätten meine Nachbarn ihn so im Flur gesehen. Aber vielleicht hätten sie auch gedacht, dass es eine sehr große Frau war?"

Uwe setzte sich vorsichtig auf mein Sofa und schlug seine langen, wohlgeformten und schlanken Beine übereinander, die offensichtlich frisch rasiert waren. Er hatte seine Fingernägel in knallroter Farbe lackiert, und an fast jedem Finger funkelte ein klobiger Ring. Seine Aufmachung erinnerte mich an den Peter-Alexander-Film, in dem dieser Charlys Tante spielte. Aber das hier war jetzt kein Film, sondern die krasse Wirklichkeit. Mein Gott, vielleicht wäre es besser, ich ließ ihn in seine Scheinwelt hineingehen und reiste ans andere Ende der Welt.

„Willst du morgen auch so hinfahren?", fragte ich ihn.

„Nein, morgen gehe ich als sportliche Frau. Ich habe mir eine Damenhose und eine Bluse gekauft. Dazu werde ich mich dezent schminken."

Da saß ich nun auf meinem Sofa, dicht neben ihm und konnte noch sein herbes Eau de Toilette riechen. Wie er so verkleidet da saß mit dieser gekünstelten Gestik, die er immer annahm, wenn er in Frauenkleidung schlüpfte.

Nach einer Stunde wollte er wieder nach Hause und nahm mein Angebot gerne an, ihn zurückzufahren. Es war doch ziemlich anstrengend, auf diesen hohen Hacken zwanzig Minuten zu stolzieren. Im Auto meinte er zu mir:

„Also ich weiß nicht, ob ich mich an solch hohe Schuhe gewöhnen kann. Vielleicht werde ich mich doch entschließen, eine sportliche Frau zu werden."

Er redete so, als ob er sich aus dem Katalog eine Persönlichkeit aussuchen könnte. Wenn das der Weg war, den er gehen wollte, sah ich kein gutes Ende auf ihn zukommen. Er würde wohl alles verlieren, was ihm seinerzeit wichtig erschien - vielleicht auch mich. Nach dieser Vorstellung konnte ich ihm nicht mehr guten Gewissens garantieren, immer für ihn da zu sein. Aber stand es in meinem Ermessen, ihm sagen zu dürfen, welcher Weg für ihn richtig war? Auch mir wurde oft schwindelig, während ich die Höhen und Abgründe des Lebens passierte, wenn ich weinte und auch mal verlor.

Nachdem ich mich von dem Schock seiner Verkleidung etwas erholt hatte, entschloss ich mich doch noch, mit ihm zu dem Treffen zu fahren. Vielleicht hatte ich mich auch dazu entschließen können, weil ich emotional etwas weiter von ihm weggerückt war.

Wir trafen uns am Sonntagmorgen um elf bei ihm. Er öffnete mir, und ich war überrascht, dass er nicht als Frau vor mir stand.

„Wie findest du meine Jeans? Es ist eine Damenjeans!" Ich schaute genauer hin, konnte aber überhaupt keinen Unterschied zwischen einer Herren- oder Damenhose feststellen.

„Ist wohl etwas in der Länge zu kurz geraten", antwortete ich ihm.

„Es ist eine Frauenhose", wiederholte er sich. Zu der Hose trug er eine blaue Bluse, die aussah wie ein Hemd. Nur an den Knöpfen konnte man feststellen, dass sie für Frauen genäht war.

Und ich hatte mir vorige Woche ein Herrenhemd gekauft, das ich als Bluse trug.

Als ich neben ihm im Auto saß, bemerkte ich, dass er seine Augen mit einem schwarzen Kajalstift dezent umrandet hatte. Sie sahen dadurch geheimnisvoll und interessant aus und erinnerten mich an die Tuareg, in der Wüste Sahara, wo ich mal für ein paar Wochen gelebt hatte. Seine Fingernägel hatte er mit einem klaren Nagellack überzogen und an einer Hand trug er einen goldenen Ring.

Auf der Fahrt nach Kaiserslautern nahm er öfter meine Hand und drückte sie leicht, so als müsse er mir Mut machen. Hier ging es ja nicht um mich, sondern nur um ihn, um sein ganzes Leben. Bestimmt war er ganz schön aufgeregt.

Kapitel 22

Als wir ankamen, waren schon so an die dreißig Menschen da. Einige von ihnen waren zu Grüppchen versammelt und Andere standen alleine oder zu zweit dazwischen. Man begrüßte uns ungewöhnlich herzlich, und sie taten so, als ob wir schon lange dazugehören würden. In diesem etwa sechzig Quadratmeter großen Raum hatte man an der Fensterreihe eine Art Rednerpult aufgebaut, vor dem die Stühle in Reih und Glied standen. Es sah aus wie in einem Theater. Uwe sprach mit jemandem, und ich nahm in der letzten Reihe schon mal meinen Sitzplatz in Augenschein. Von hier konnte ich den ganzen Raum gut überschauen. Viele von diesen Menschen sahen so verkleidet aus wie Uwe gestern Abend, dachte ich mir und ich schüttelte mich innerlich.

Die Männer, die eigentlich lieber Frauen sein wollten, sahen in ihrer Maskerade noch männlicher aus und die Frauen, die zum Manne werden wollten, steckten in derber Herrenbekleidung. Was für eine verkehrte Welt!

Nach ein paar Minuten kam Uwe mit seinem Gesprächspartner zu mir und stellte ihn mir vor:

„Das ist Bella."

Ein Mann, gehüllt in Frauenkleidung Marke Biedermann, genauso groß wie Uwe aber sichtlich viele Jahre älter, reichte mir seine große maskuline Hand und lächelte mir zu. Seine Perücke passte nicht zu seinem markant hervorstehenden Kinn, und die weiße Spitzenbluse mit dem steifen Kragen konnte auch nicht seinen großen männlichen Kehlkopf verbergen.

Was taten diese Menschen sich nur selbst an? Wäre er mir als Mann gegenübergetreten, hätte ich ihn in die Reihe der Sympathischen abgelegt. Aber so war dieser Mensch nur komisch, oder wie sollte ich das jetzt nennen?

Uwe und Bella setzten sich neben mich und aus meinen Augenwinkeln konnte ich sehen, wie Bella mich beobachtete. Jetzt betrat eine ca. fünfzigjährige Frau den Raum und sofort verstummten alle Gespräche. Sie stellte sich als die Leiterin dieser Gruppe vor. Dann wurden viele Fragen an sie gestellt, die sie sachlich zu beantworten versuchte. Sie nannte Ärzte, die so eine Geschlechtsumwandlung am besten durchführen konnten und man fragte sie, welche Hormone am besten wirken und wie man den Psychologen davon überzeugen könnte, ohne Operation nicht mehr leben zu können. Dann kamen einige Tipps von den Teilnehmern, die das alles schon hinter sich hatten. Es war schrecklich ihnen zuzuhören, wie sie nur über ihre Äußerlichkeiten redeten, von Gefühlen keine Spur außer immer wieder diesem einen Satz:

Sie fühlten sich alle im falschen Geschlecht geboren!

Vielleicht fühlten sie sich so, weil sie in ihrer Seele verletzt waren und sich nicht mehr wohlfühlten in ihrer Haut? Ich wollte auch schon öfter meine Haut wechseln, wenn es mir nicht gut ging. Dachten sie hier alle, dass, wenn sie sich in einen anderen Menschen verwandelten, auch ihre Probleme verschwunden sind?

Jetzt sagte wieder jemand, dass er im falschen Körper geboren wurde. Aber warum er sich so fühlte, danach wurde nicht gefragt.

Anschließend wurde sehr viel über Kleidung und Kosmetik geredet und die Leiterin der Gruppe gab Tipps, wie man am besten die Schatten der Rasur überschminken konnte. Am besten sei es aber, sehr oft zum Epilieren zu gehen.

Nach der Operation würde ein neues Leben anfangen, sagte jetzt ein Mann in Frauenkleidung, der wohl schon alles hinter sich hatte. Er sah als Frau einfach furchtbar aus und ich denke mir, dass er jetzt wohl noch viel mehr Probleme hatte als vorher. Ich frage mich, ob die Seele in einem Menschen eigentlich zwischen weiblich und männlich unterscheidet?

Noch ein Mann in Frauenkleidung meldete sich und war stolz darauf eine Frau nennen zu können, die wirklich Gesichtshaare epilieren könnte, denn wo anders hätte das nicht so gut geklappt. Seine Bartstoppeln seien immer wieder nachgewachsen und er hätte schon Tausende von Euros dafür ausgegeben. Es würde so bis an die vier Jahre dauern, bis man einen großen Unterschied feststellen könnte. Ansonsten brauche er schon noch ein paar Stunden pro Tag um mit der Pinzette alle Stoppeln heraus zuziehen. Natürlich an den anderen Körperstellen auch.

Also waren diese Menschen sehr viel mit sich selbst und ihrem Äußeren beschäftigt. Da blieb nicht viel Zeit für andere Aktivitäten. Ich schaute zu Uwe und versuchte seine Gefühle zu sortieren, aber es gelang mir nicht so richtig. Er saß angespannt und regungslos auf seinem Stuhl, ja fast wie versteinert. Vielleicht hatte er begriffen, dass er hier im falschen Film war?

Nach zwei Stunden war der ganze Spuk zu Ende und Uwe fragte mich:

„Lissy, was hältst du davon, wenn wir mit Bella zusammen noch etwas trinken gehen?"

„Wenn du noch nicht müde bist, ich habe nichts dagegen."

Auf dem Fußweg zu dem Lokal fing es an zu schneien. Das erste Mal für dieses Jahr. Aber es war ja nicht weit. In der Gaststube war es recht voll, wir mussten den ganzen Raum durchqueren. Ich konnte die Blicke in meinem Rücken spüren, wie sie Bella anstarrten und uns nachsahen und ich dachte mir, dass Bella viel Mut haben musste, sich so der Öffentlichkeit zu stellen. Warum hatte sie dann nicht den Mut, ihre wirklichen Probleme anzupacken? Als wir jeder eine Kleinigkeit bestellt hatten, plauderten wir über dies und das. Sie erwähnte, dass sie noch einige Zeit auf ihre komplette Operation warten müsste. An den Fragen, die Uwe ihr stellte, konnte ich schließlich erkennen, dass er von dieser Gruppe nicht abgeschreckt war, so wie ich es gehofft hatte. Nein, eher im Gegenteil. Er war so richtig ermutigt, wie einfach das ist, sein Geschlecht zu wechseln. Schade, dachte ich, es hatte ihn noch in seinem Denken bestärkt, wirklich diesen Weg zu gehen.

Gut, sagte ich mir, dann werde ich ihn als Freundin und Vertraute auf diesem Weg auch begleiten. Aber ich empfand es trotz meines guten Willens immer noch für falsch, was er da vorhatte. Sehr schweigsam fuhren wir wieder zurück und wir verabschiedeten uns dieses Mal sehr schnell voneinander. Wir waren beide mit diesen Eindrücken von der Selbsthilfegruppe noch sehr beschäftigt und so manche Aussagen bekam ich nicht aus meinem Kopf. War das nicht auch für ihn schrecklich gewesen, zu sehen, wie diese Menschen leben mussten? O mein Gott, dachte ich mir, das war ja schlimmer als ich mir das jemals vorgestellt hatte. Um mich abzulenken, schaltete ich den Fernseher an und gleichzeitig klingelte mein Telefon.

„Hallo Lissy, sicher wunderst du dich, dass ich anrufe. Ich wollte mal mit dir über Uwe reden", meldete sich Uwes Exfrau Betty und ich war sehr über ihren Anruf erstaunt.

„Ja?" Mehr brachte ich in diesem Moment nicht heraus, so erstaunt war ich darüber, dass sie mich anrief.

„Ich habe gehört, dass du jetzt mit Uwe zusammen bist. Ich will dich vor ihm warnen", tat sie sehr geheimnisvoll und ich wunderte mich immer mehr über sie. Scheinbar war der falsche Film heute noch nicht zu Ende.

„Und wer erzählt dir so etwas?"

„Matz hat es mir gerade eben gesagt. Ich muss dir unbedingt von seinem Problem erzählen."

„Du brauchst dich nicht aufzuregen, Betty, ich weiß, dass er transsexuell ist. Aber vor was willst du mich warnen?"

„Na, genau aus diesem Grund. Unsere Ehe ist daran gescheitert."

„Wenn ich mir vorstelle, dass eure Ehe noch keine zwei Jahre gehalten hat, frage ich mich, warum du nicht länger um ihn gekämpft hast?"

„Das kannst du gar nicht beurteilen. Du musst dir mal vorstellen, wir haben kein einziges Mal miteinander geschlafen. Hast du gehört, was ich gesagt habe?"

„Ja Betty, ich habe es gehört. Aber das wusste ich auch schon von Uwe. Er hat es mir erzählt. Ich wundere mich aber trotzdem darüber, Betty. Wenn ich mir überlege, dass ihr zwei Jahre zusammengelebt habt, und da ist nichts gelaufen?"

„Aber wieso hat er dir das gleich erzählt?"

„Vielleicht weil wir befreundet sind?"

„Seit ihr jetzt zusammen oder nicht?" Der Klang ihrer Stimme hatte eine hohe Tonlage erreicht: Sie war laut und aggressiv, als wäre sie am Zerspringen.

„Wir sind ab und zu zusammen, wenn wir zum Beispiel ins Kino gehen oder ins Restaurant oder wenn er mich oder ich ihn besuche. Ja, dann sind wir zusammen."

„Er wird dich kaputtmachen. Sage hinterher nicht, dass ich dich nicht gewarnt hätte."

„Also bis jetzt konnte ich immer alleine auf mich aufpassen, da kann ich dich beruhigen. Ich bin sogar in der Wüste bei den Beduinen klargekommen. Vielleicht wäre es für dich gut, wenn du das Scheitern deiner Ehe mit einem Psychologen besprechen würdest. Hier bei mir bist du einfach an der falschen Stelle."

Schnaufend legte sie auf und ich fragte mich, was Matz veranlasste, so darüber zu reden. Natürlich wollte ich das jetzt genauer wissen und versuchte ihn anzurufen, aber er war nicht da. Als ich aufgelegt hatte, klingelte sofort mein Telefon wieder, und es war dieses Mal Roger.

„Hallo Lissy, ich wollte nur mal hören, wie es dir geht."

„Es geht mir sehr gut. War das alles?" Der gab wohl nie auf.

„Ich wollte dir erzählen, dass ich eine tolle Frau kennengelernt habe. Wir könnten jetzt zusammen etwas trinken gehen und ich erzähle dir von ihr."

Na Gott sei Dank hat er endlich eine Frau, dachte ich mir und ich war schon etwas versöhnter mit der Situation. Vielleicht war er jetzt nicht mehr so aufdringlich und ließ Uwe und mich in Ruhe.

„Ich freue mich für dich, aber heute habe ich keine Zeit mehr. Du kannst mir ja ein anderes Mal von ihr erzählen."

Ja, das war gut, dass Roger jetzt eine andere Frau hatte. Aber bei seinen Lügengeschichten wusste man doch nie so genau, ob das, was er sagte, auch stimmte. Ich ließ mir ein heißes Bad in die Wanne und schaltete das Radio ein. Völlig entspannt und mit geschlossenen Augen gab ich mich der Musik hin. Plötzlich schreckte ich zusammen.

„Also, entweder ist laufend besetzt bei dir oder du gehst nicht ran."

Uwe lehnte lässig mit seiner Schulter am Türrahmen und grinste mich frech an. Und wie er so da stand. Ungeniert ließ er seine Blicke über meinen nackten Körper wandern und lächelte mich an.

„Normalerweise klopft man an, wenn man ins Bad kommt, oder noch besser, man klingelt an der Haustür." Ich versuchte meine Brüste mit dem Schaum abzudecken, denn es war mir jetzt unangenehm, wie ungeniert er mich in meiner Nacktheit betrachtete. Dann setzte er sich auf den Rand der Wanne und lächelte mich verschmitzt an.

„Erstens habe ich versucht, dich anzurufen und zweitens habe ich an der Tür geklingelt. Ich dachte schon, es ist etwas passiert mit dir?" Er grinste über das ganze Gesicht und ich bespritzte ihn mit Schaum.

„Also, wenn du jetzt nicht auf der Stelle verschwindest, ziehe ich dich in die Wanne." Ich wollte ihn am Arm packen, aber er war schneller und verschwand sofort ins Wohnzimmer. In einen Bademantel gehüllt folgte ich ihm.

„Ich muss morgen in die Schweiz und ich wollte dir jetzt noch tschüss sagen."

„Was für ein Zufall, denn ich fahre am Mittwoch mit Walter nach Hamburg."

„Aber du wolltest doch gar nicht mehr nach Hamburg fahren", sagte er enttäuscht und ich fragte mich, warum er sich darüber so aufregte, ob ich oder ob ich nicht fuhr.

„Ich hab es mir anders überlegt."

„Na, dann wünsche ich dir viel Spaß mit Walter und in der Oper natürlich auch."

Und dann hatte er es ganz schön eilig wieder wegzukommen, und ich dachte mir, er hatte selbst Schuld.

Kapitel 23

Den nächsten Morgen verbrachte ich mit Einkäufen, und als ich wieder nach Hause kam, sah ich gleich, dass Uwe in der Zwischenzeit da gewesen sein musste. Er hatte mir ein Päckchen auf den Tisch gelegt, und eine rote Rose stand dazu in einer neuen Vase. Neugierig, was wohl in diesem Paket war, riss ich das Papier in viele Einzelteile. Was da zum Vorschein kam, konnte ich gar nicht so richtig glauben. War Uwe völlig verrückt geworden? Da hatte mir dieses Kerlchen doch eine Großpackung Kondome in mehreren Farben und Formen, manche sogar mit Himbeergeschmack, eingepackt und auch noch eine Karte dazu gelegt.

Für Dich, Lissy, damit nicht so viel passiert.
Pass auf dich auf.

Da war ja einer mächtig eifersüchtig, dachte ich mir. Oder doch nicht, wenn er mir schon Kondome schenkte? Für Uwe war die Situation anscheinend schlimmer, als ich angenommen hatte und es wäre wohl besser, wenn es zwischen mir und ihm in der nächsten Zukunft klare Fronten geben würde. Jetzt musste ich die Vernünftigere sein und handeln. Er will Frau werden, also muss ich mich danach richten.

Von meinem neuen Arbeitgeber hatte ich Post bekommen. Sie schrieben, dass ich ihnen die neue Lohnsteuerkarte fürs nächste Jahr zuschicken sollte. Ich würde sie am nächsten Tag vorbeibringen, dachte ich, dann konnte ich mir gleich meinen neuen Arbeitsplatz anschauen. Als ich am nächsten Tag dort ankam, fragte mich der Chef, ob ich schon einmal in Griechenland gewesen wäre.

„Ich habe in ihren Unterlagen gelesen, dass sie auch schon mal als Reiseleiterin gearbeitet haben. Würden sie sich zutrauen, für eine Woche nach Mykonos zu fliegen, um dort eine Angestellte von uns im Büro zu vertreten?"

„Ich kann es ja mal probieren. Wann wäre das?"

„Nächste Woche", sagte er.

„Ja, natürlich mache ich das."

„Gut, das ist prima. Ich hätte nicht gewusst, wen ich hinschicken könnte. Ich mache ihnen einen Vorschlag, sie arbeiten eine Woche dort und dafür dürfen sie als Ausgleich anschließend eine Woche auf unsere Kosten in unserem Hotel Urlaub machen."

„Oh, das ist ein schönes Angebot. Vielen Dank, Herr Sander."

„Ist ihr Reisepass noch gültig?"

„Natürlich, Herr Sander."

„Gut, dann kommen sie bitte einen Tag vor Abflug hierher und wir besprechen alles Weitere."

Auf dem ganzen Weg nach Hause dachte ich an die bevorstehende Reise nach Griechenland und dass die Firma wohl ein Glücksgriff für mich war. Und wenn ich mich jetzt auch noch in Walter verlieben könnte, wäre alles doch wunderbar.

Kapitel 24

Die Fahrt mit ihm nach Hamburg zog sich lange hin. Wir standen vor Düsseldorf drei Stunden im Stau. Die Autobahn war bei diesem Wetter spiegelglatt und es gab eine Menge Unfälle. Als wir endlich am späten Abend im Hotel ankamen, hatten wir nur noch eine halbe Stunde Zeit zum Umziehen. Die Oper war bis auf den letzten Platz besetzt, und ich war froh, dass wir Platzkarten für die Mitte der fünften Reihe hatten. Wie es schien, war der Ausschnitt meines schwarzen Abendkleides doch etwas zu gewagt, manche Herren schauten immer wieder auf mein Dekolleté. Als die Oper dann anfing, wurden meine Überlegungen, was mein Outfit betraf, unwichtig. Die Aufführung war berauschend und ich dachte mir, schade, dass Uwe nicht neben mir sitzen konnte. Das Phantom der Oper erinnerte mich irgendwie an ihn. Von beiden ging eine große Anziehungskraft aus, der man sich nicht entziehen konnte. Als wir kurz nach Mitternacht wieder im Hotel ankamen, war ich immer noch wie berauscht und vom Sekt ziemlich beschwipst.

„Lissy, hast du schon die Badewanne gesehen?", rief Walter entzückt aus dem Badezimmer.

„Ist die groß, die hat ja Platz für zwei!"

Walter sah mich zärtlich an und ich dachte mir, warum konnte ich mich nicht auf der Stelle in diesen gutaussehenden und wunderbaren Mann verlieben? Er drehte das Wasser an und schüttete ein duftendes Schaumbad in die Wanne. Dann zog er sich vor mir aus, und ich tat das Gleiche. Wir saßen uns in der Wanne, die wirklich riesengroß war, gegenüber und er fing an, an meinem Zeh zu knabbern. Das kitzelte, und ich bewegte mich etwas zu hastig. Das Wasser schwappte über den Rand der Wanne und hinterließ eine Wasserlache auf dem weiß gekachelten Boden. Ich sagte Walter, dass ich gleich wieder zurück sei, und holte tropfend ein Päckchen Kondome aus meinem Kulturbeutel. Die von Uwe hatte ich zu Hause gelassen, die bekam er wieder zurück.

Der Sex mit Walter war nichts Weltbewegendes, er hielt sich in einer Skala von eins bis zehn ganz gut bei fünf bis sechs. Doch, man konnte schon zufrieden sein. Anschließend tranken wir noch in der Hotelbar einen Absacker und plauderten angenehm miteinander.

Die Heimfahrt am nächsten Tag verlief reibungslos. Es gab dieses Mal keinen Stau und auch keine Schneeverwehungen. Wir kamen zügig voran und waren schon am späten Nachmittag zu Hause.

„Möchtest du noch eine Tasse Tee mit mir trinken?", fragte ich ihn, und er stellte meine Reisetasche vor die Tür meines Schlafzimmers.

„Ja gerne. Ich hatte eh noch vor, mit dir zu reden."

„Das klingt jetzt ernst, aber zuerst möchte ich Dir meinen Anteil an der Reise bezahlen. Was hast du genau zu bekommen?"

„Du beleidigst mich jetzt, Lissy. Ich möchte nicht, dass du mir was dafür gibst, schließlich habe ich dich dazu eingeladen."

„Ich denke aber, du brauchst als Student genauso das Geld wie ich auch."

„Meine Mutter hat uns diesen Ausflug spendiert, weil sie dich auch sehr gerne mag."

„Das ist aber nett von ihr. Ich werde mich bei der nächsten Gelegenheit herzlich bei ihr bedanken. War das alles, was du mit mir besprechen wolltest? Aber so wie du schaust, hast du noch was anderes auf dem Herzen!"

„Ja, auf dem Herzen, im Herzen drin und überall in meinen Gedanken. Ich überlege die ganze Zeit schon, wie ich es dir sagen könnte." Er schaute mich verlegen an.

„Sag einfach, was du denkst und was du fühlst", ermunterte ich ihn und hoffte mit meinem ganzen Herzen, dass jetzt nicht das kommen würde, was ich befürchtete.

„Vielleicht ist es ja noch zu früh um dich zu fragen, ob du dir vorstellen könntest, vielleicht einmal mit mir verheiratet zu sein!"

Da war sie also, diese Frage, die ich nicht hören wollte und wie konnte ich ihm jetzt taktvoll erklären, dass es auf jeden Fall zu früh war, mich das zu fragen?

„Du bist jetzt so schweigsam, Lissy. Kam mein Heiratsantrag wirklich so überraschend für dich? Du weißt doch, was ich für dich empfinde!"

„Ja, ich weiß es. Aber das ist doch kein Grund, gleich zu heiraten. Außerdem bin ich ja noch nicht einmal geschieden."

„Wenn du ehrlich bist, Lissy, so ist das nicht alleine der Grund, warum du nichts davon wissen willst. Der Hauptgrund wird wohl Uwe sein, für den du große Gefühle hegst."

„Vielleicht hast du Recht. Leider weiß ich aber noch nicht, was das für Gefühle sind."

„Heute Morgen hast du mir noch erzählt, dass du mit Uwe in dieser Selbsthilfegruppe warst und dass er sich jetzt noch sicherer sei, Frau zu werden. Meinst du nicht, dass du ihn jetzt am besten in Ruhe lassen solltest?"

Walter hatte schon recht mit dem, was er mir zu erklären versuchte. Uwe sollte jetzt für mich eigentlich tabu sein.

„Vielleicht liebe ich Uwe ja als Mensch oder als Freund, der bald eine Freundin wird?"

Walter sah mich irritiert an und schüttelte mit dem Kopf.

„Du bist unverbesserlich. Ich hoffe wirklich, dass Uwe weiß, was er an dir hat, sonst werde ich ihm Beine machen."

„Ich bin wirklich froh, dass ich mit dir darüber reden kann, Walter. Und ich bin noch mehr froh, dass du jetzt nicht beleidigt bist, dass ich dir wegen des Heiratsantrags keine Antwort geben kann. Wenn ich geschieden bin, können wir ja wieder darüber reden."

„Das mit Uwe ist für dich nicht so einfach, oder?"

„Das kommt darauf an, wie sich das mit mir und ihm entwickelt. Meine Gefühle fahren im Moment noch Schlitten mit mir."

„O Lissy, wie kannst du dich nur in einen Transsexuellen verlieben? Du bist doch ein ganz normaler Mensch!"

„Wie du das sagst! Aber definiere mir doch mal, was für dich normal ist!"

„Unter normalen Menschen verstehe ich, dass sie so sind wie du und ich."

„Also bin ich schon nicht mehr normal, wenn ich Uwe liebe, egal wie diese Liebe aussieht."

„Das habe ich nicht gesagt. Ach, lass es sein, ich kann es auch nicht richtig erklären. Vielleicht bin ich ja auch schon nicht mehr normal, weil ich mich in dich verliebt habe. Und es imponiert mir ja sehr, dass du so einen Menschen wie Uwe so annehmen kannst, wie er ist, und ihn auch noch liebst. Deshalb liebe ich dich ja auch. Also bin ich jetzt auch nicht mehr normal und wir können das Thema abhaken."

„Das war eine schöne Liebeserklärung und ich danke dir auch dafür und auch für dein großes Verständnis. Vielleicht bringt uns die Zukunft auch noch viel näher zusammen, man wird sehn."

„Ich wünsche Dir eine gute Reise und ich hoffe, du schreibst mir eine Karte?"

„Ja, ich werde an dich denken, Walter. Ich melde mich bei dir, wenn ich wieder im Lande bin."

Kapitel 25

Als ich auf der Insel Ikaria ankam, stellte ich schnell fest, dass sich hier der Wandel zum Massentourismus noch nicht durchgesetzt hatte. Im Süden gab es eine felsige Landschaft und im Norden sanfte Hügel. Eine Bergkette zog sich durch diese Insel hindurch, die man Atheras nannte. Dieser Name bedeutete in der phönizischen Sprache: Fisch, und wenn man über diese Insel flog, konnte man auch sehen, dass sie wie ein Fisch aussah. Außerdem war sie auch für ihre heißen Heilquellen bekannt und für den schwarzen Promnioswein, der wirklich süffig war. Es gab tolle Strände mit einer üppigen Vegetation und die Hafenpromenade von Evdilos gefiel mir wegen ihrer Romantik auch sehr gut. Schade, dass Uwe nicht hier war, man hätte stundenlange Strandspaziergänge machen können.

Als ich im Reisebüro ankam, war es schon geschlossen. Ich heftete einen Zettel an die Tür und suchte mir das nächst liegende Hotel. Dann setzte ich mich in eines der Cafés an der Hafenpromenade und schaute dem Treiben der Fischer zu. Am Nebentisch saßen zwei deutsche Pärchen, die mich überredeten mit ihnen zu kommen. Sie wollten zum Dorf Raches. Vorher fuhren wir noch einmal am Büro vorbei, aber es war immer noch geschlossen. Ich war froh, dass ich mich der kleinen Reisegruppe mit ihrem Kleinbus kurzfristig anschließen konnte. In Ranches öffneten die Geschäfte erst gegen einundzwanzig Uhr und sie hatten dann durchgehend geöffnet bis in die frühen Morgenstunden. Es wurde ein angenehmer Abend für mich. Am nächsten Morgen stand ich schon früh auf und machte mich auf den Weg ins Reisebüro, aber es war immer noch zu. Sofort rief ich meinen Chef in Deutschland an.

„Ich habe schon auf ihren Anruf gewartet. Es tut mir leid, aber sie sind umsonst nach Griechenland geflogen. Frau Costos hat, ohne es mit mir abzusprechen, das Büro geschlossen und ist nach Deutschland geflogen. Ich werde sie morgen hier treffen. Das tut mir jetzt sehr leid für sie."

„Also ehrlich gesagt, mir nicht. Der Ort und auch das Hotel sind einfach fantastisch. Wann soll ich zurückkommen?"

„Bleiben sie ruhig noch so wie abgesprochen, sie können ja nichts dafür. Vielen Dank auch, dass sie so kurzfristig eingesprungen sind. Wir sehen uns dann in ein paar Tagen in Deutschland."

Er wünschte mir einen schönen Aufenthalt und ich freute mich, dass ich noch ein paar schöne Tage hier hatte. Kurz entschlossen mietete ich mir einen Jeep und fuhr gut gelaunt zu den schönsten Aussichtspunkten, die die Insel zu bieten hatte. Unterwegs begegneten mir viele Wanderer und Mountainbiker, die die herrliche Bergwelt bei Ploumari beradelten. Anschließend durchfuhr ich die Schlucht der Agios Dimitrios und fuhr hinauf zu dem Bergdorf Kossikia, das für seine Architektur bekannt war. Das Kastell Nikarias entstand im elften Jahrhundert. Mitten im Wald fand ich das Kloster Theoktisti mit seiner kleinen Höhlenkirche, die in den Felsen eingehauen war. Dann ging es weiter nach Lefkadas, wo ich eine größere Rast machte und in den heißen Quellen badete. Überall begegneten mir freundliche und lächelnde Menschen. Vom anstrengenden Ausflug war ich sehr müde und begab mich direkt in mein Bett.

Den letzten Tag meiner geschenkten Reise nutzte ich zum Kartenschreiben. Natürlich bekamen Uwe und Walter auch eine. Und eine besonders Romantische schrieb ich an diese geheimnisvolle Nicole, die die gleiche Adresse wie Uwe hatte.

Kapitel 26

Deutschland empfing mich mit Nebel und grauen Wolken, aber das störte mich wenig. Ich hatte immer noch die Sonne in meinem Herzen und fühlte mich gut erholt. Von unterwegs rief ich Charly an und sie holte mich vom Bahnhof ab. Sie sagte mir, dass sie für mich einen Blumenstrauß entgegen genommen hätte, der von einem Blumenboten abgegeben wurde. Bestimmt wusste sie auch schon, von wem die Blumen waren, aber sie verriet mir nichts. Es steckte eine Karte in den ca. fünfzig roten Rosen. Die herrlich duftenden Blumen waren von Walter, der mir noch einmal für die schöne Zeit dankte, die ich mit ihm verbracht hatte. Nett von ihm, dachte ich mir und fragte mich gleichzeitig ob Uwe wohl schon aus der Schweiz zurück war.

Ruth hatte mir eine Einladungskarte zur Geburtstagsparty geschickt. Was konnte ich ihr nur schenken? Ich entschloss mich, ihre geliebte Duftnote zu kaufen und überlegte, ob ich auf dem Rückweg noch bei Uwe vorbei schauen könnte. Als ich an seiner Wohnung vorbei kam, stand sein Auto leider nicht vor der Tür, aber ich ging trotzdem hinein. Ich sah gleich, dass er zurück sein musste, denn es herrschte ein heilloses Durcheinander.

Ich schrieb ihm auf den Block, der auf dem Tisch lag, dass ich wieder aus Griechenland zurück sei und er sich bitte bei mir melden möchte. Als P.S. bemerkte ich noch, dass „Frau" eigentlich immer aufgeräumt haben sollte, denn so stand es doch in dem Buch! Ich wollte gerade gehen, als er die Tür aufschloss. Sofort wurden die Schmetterlinge in meinem Bauch wach und fingen an zu flattern.

„Du bist schon da? Ich habe dein Auto gar nicht gesehen", sagte er und kam sofort auf mich zu und nahm mich zärtlich in den Arm. Meine Beine wurden butterweich und ich hätte ihn gerne auf der Stelle geküsst. Da waren wieder diese Gefühle, die eigentlich nicht sein durften, aber ich konnte nichts dagegen tun.

„Ich parke um die Ecke. Seit wann bist Du denn aus der Schweiz zurück?" Ich brauchte ihn nur anzusehen und schon schmolz ich dahin.

„Ich bin erst seit heute zurück. Bleibst du hier?", fragte er und ich nickte kurz. Er umarmte mich wieder liebevoll und ich dachte, das sollte er lieber bleiben lassen und setzte mich ihm gegenüber. Dann las er meinen Zettel, der auf dem Tisch lag.

„Was soll das denn bedeuten, dass eine Frau Ordnung halten soll?"

„Na, bei dir ist doch die Hausarbeit Frauensache. Eigentlich denken so auch Machos! Aber sag mal, erledigt das bei Dir eigentlich die sportliche Frau oder eher der Vamp in dir?" Ich glaube, das klang schon ziemlich ironisch von mir, oder war das schon gemein? Er schaute mich komisch an und runzelte die Stirn und tat so, als ob er auf dem Schlauch stehen würde.

„Diese Leiterin von der Selbsthilfegruppe schrieb in ihrem Buch, dass sie sich jetzt, als Frau, mehr um den Haushalt kümmern muss und du hast auch so etwas gesagt. So wie es jetzt aber bei dir hier ausschaut, gehe ich davon aus, dass du heute Mann bist!"

„Kannst du mir das genauer erklären, oder was haben die mit dir in Griechenland gemacht? Du scheinst auf dem Kriegspfad zu wandeln. Also wenn du so drauf bist, kannst du auch ruhig wieder gehen. Ich habe heute keine Lust zum Streiten."

„Mir geht es ganz gut, ich nehme dich nur bei deinen eigenen Worten. Weißt du, ich bin auch kein so großer ordnungsliebender Mensch, und außerdem gehe ich oft auch ohne Schminke vor die Tür. Was meinst du, bin ich deshalb keine richtige Frau? Du lebst doch in diesen Klischeevorstellungen und nicht ich!"

„Ach Lissy, lass es sein. Ich habe mich doch so auf dich gefreut und jetzt machst du alles kaputt."

„ICH mache gar nichts kaputt. Ich rede nur über deine Vorstellungen, was Frau sein für dich bedeutet. Aber ich glaube, es ist wirklich besser, ich gehe jetzt."

„Wenn du auf Konfrontation aus bist, ja."

Ich schaute ihn traurig an und dachte mir, er kann ja auch nichts dafür, und ich ärgerte mich jetzt über mich selbst.

„Komm bleib doch, Lissy. Lass uns einfach wieder von vorne beginnen. Ich gehe jetzt raus und komme wieder herein. Dann gibst du mir einen lieben Kuss und wir trinken einen feinen Tee."

Ja, wenn das nur so einfach wäre, dachte ich mir und hielt ihn an seinem Arm fest.

„Jetzt setz dich endlich. Ich werde mich bemühen, nicht mehr mit dir zu streiten. Hättest du Lust, mit mir zu der Geburtstagsparty von Ruth zu gehen?"

„Ich kenne sie doch gar nicht", antwortete er und füllte den Wasserkocher mit Sprudel.

„Das macht doch nichts, ich kenne ihre Bekannten auch nicht. Aber ich würde mich sehr freuen, wenn du mitkämst."

„Wann ist denn diese Party?"

„Jetzt am Freitag."

„Wenn ich rechtzeitig zurück bin, gehe ich mit!"

„Du musst wieder weg?"

„Ja, morgen. Deswegen hätte ich mich auch gefreut, wenn du heute Nacht hier geblieben wärst. Aber so wie du drauf bist, lassen wir das besser."

„Frau ist halt auch nicht immer gut drauf."

„Und wie war es in Hamburg?" Er ging gar nicht auf meine Frage ein und ich dachte gleich an das Päckchen, das er mir für die Fahrt geschenkt hatte.

„Ach ja Hamburg! Was hast du dir eigentlich dabei gedacht, mir diese Kondome zu schenken?"

„Na, dass du sie vielleicht brauchen würdest."

„War eine gute Idee von Dir, Uwe. Konnte ich wirklich gut gebrauchen. Und da es ja so viele verschiedene Sorten davon gab, habe ich sie an diversen Männern ausprobieren müssen."

Jetzt schaute er mich aber sehr bestürzt an und es schien ihm gar nicht zu gefallen, was ich da gerade so von mir gab.

„Du hast mit Walter geschlafen?"

„Geht es dich was an?", antwortete ich knapp. „Wenn man so etwas verschenkt, muss man auch mit den Konsequenzen leben können."

„Na dann", hielt er sich sehr knapp in seiner Antwort.

„Walter hat mir einen Heiratsantrag gemacht!"

„Oh Lissy, du hast hoffentlich nicht zugesagt!"

„Nein, ich bin aber noch am überlegen."

„Es wäre nicht gut, wenn man gleich darauf wieder heiratet. Wie war denn die Oper?"

„Ganz toll. Das Phantom hat mich sogar ab und zu an dich erinnert."

„Wie meinst du das, Lissy?"

„Es war ähnlich geheimnisvoll wie du."

„War das jetzt ein Kompliment?"

„Das kannst du sehen, wie du willst. So, nun gehe ich wieder. Wir sehen uns hoffentlich am Freitag."

„Gut, ist wirklich besser, wenn du heute nicht dableibst. Ich melde mich dann am Freitag bei dir, wenn ich rechtzeitig zurück bin."

Das war nicht so unser Tag gewesen, dachte ich auf dem Heimweg, und es tat mir schon sehr leid, dass ich ihn so angegangen war. Er konnte ja wirklich nichts dafür, wenn ich meine Gefühle nicht unter Kontrolle hatte. Und wie einfach wäre es gewesen, hätte ich mich doch in Walter verlieben können.

Zu Hause angekommen brühte ich mir einen Tee auf. Es wurde wirklich Zeit, dass ich wieder zum arbeitenden Volk gehörte, denn mir wurde langsam langweilig. Man verlor so schnell die Realität unter den Füßen. Wenn ich wieder am Arbeiten war, hatte ich auch weniger Zeit zum Nachdenken. Am nächsten Wochenende war schon der erste Advent, dann waren es nur noch ein paar Wochen. Ich schaute auf die Uhr: Es war erst kurz nach zwanzig Uhr. Ob ich mich bei Charly melden konnte? Sie war aber nicht da, und ihr Wagen stand auch nicht auf ihrem Parkplatz. Ich schaltete den Fernseher ein und kuschelte mich auf das Sofa. Als ich alle Programme mehrmals durchgeschaltet hatte und nichts Interessantes dabei war, ging ich mit einer Zeitschrift zu Bett.

Am nächsten Morgen freute ich mich über den frisch gefallenen Schnee: Seine Eiskristalle funkelten im Sonnenaufgang. Nachdem ich einen Tee getrunken hatte, ging ich in die Stadt.

„Dass man dich auch mal wieder trifft", flüsterte mir jemand ins Ohr und ich erschrak kräftig. Die Stimme kannte ich doch!

„Ich habe noch einen Platz für dich frei, Lissy. Komm setz dich." Es war mein Tanzpartner von neulich, der gemütlich mit einem Buch in meinem Lieblingscafé saß. Ich setzte mich zu ihm hin und bestellte mir das gleiche Frühstück wie er. Wir plauderten angeregt miteinander, und er gab mir seine Telefonnummer. Als ich mich nach einer Stunde wieder von ihm verabschiedete, versprach ich, mich bald bei ihm zu melden. Warum nicht, schließlich konnte er ja sehr gut tanzen.

Am Freitagmorgen fuhr ich schon zum Frühstück zu Ruth, denn ich wollte ihr bei den Vorbereitungen ihrer Party helfen. Später gesellte sich noch Vera zu uns, die ich auch schon lange nicht mehr gesehen hatte. Fünfunddreißig Leute erwartete sie, und auch der Pfarrer sollte noch kommen. Da Ruth Vegetarierin war, gab es absolut kein Fleisch, aber all ihre Gerichte und Salate waren sehr lecker und geschmackvoll zubereitet. Bevor die Party begann, fuhr ich noch bei Uwe vorbei. Ich legte ihm die Telefonnummer von Ruth auf seinen Tisch mit der Bitte, mich doch bitte gleich anzurufen. Da bemerkte ich, dass er wohl doch schon da gewesen war, denn seine Reisetasche stand unausgepackt unter dem Tisch. Vielleicht musste er noch seinen Firmenwagen in die Firma bringen? Ob ich dort mal anrufen könnte? Aber was sollte ich sagen, wenn ausgerechnet Roger dran war? Ach, was sollte das! Ich wählte die Nummer und Matz meldete sich am anderen Ende der Leitung.

„Hallo Lissy, du willst bestimmt Uwe sprechen!"

„Ja. Er und ich sind um sieben Uhr bei meiner Freundin Ruth verabredet. Weißt du, ob er schon da ist?" Das hörte sich doch jetzt ganz unverfänglich an, dachte ich mir.

„Uwe ist schon seit heute Vormittag zurück und hat sich den Rest des Tages freigenommen. Hör mal, wenn ich dich gerade dran habe, hast du Lust am Sonntag mitzukommen? Ich fahre ins Spaßbad!"

„Gut, ich komme mit. Wann und wo sollen wir uns treffen?"

„Du kommst um neun Uhr zu mir zum Frühstück und wir fahren dann mit meinem Wagen zu dem Bad."

Uwe war also schon früh zurückgekommen und hatte sich nicht bei mir gemeldet. Und jetzt war es schon fast achtzehn Uhr. Ich musste zurück zu Ruth. Von dort aus probierte ich es bestimmt alle fünfzehn Minuten bis Ruth sagte:

„Nun lass doch den Kerl. Gleich kommen auch ein paar schöne Männer, da wird doch wohl einer für dich dabei sein. Jetzt probiere es noch einmal, dann ist aber Schluss."

Gut, dachte ich mir, sie hat ja Recht. Noch einmal, und dann hat er Pech gehabt.

„Ja", meldete er sich endlich und ich hätte explodieren können.

„Wo hast du denn gesteckt? Hast du meine Nachricht nicht gelesen?"

„Du brauchst nicht so zu schreien, ich bin nicht taub", entgegnete er mir. „Ich habe deine Nachricht schon gelesen, aber ich habe keine Lust auf eine Party."

„Dann hättest du mir das auch sagen können. Zeit genug hattest du ja dafür", sagte ich ärgerlich.

„Ich hatte heute meinen ersten Termin beim Psychologen."

„Oh, davon wusste ich ja nichts." Ob er deswegen so distanziert zu mir war?"

„Du konntest ja nichts davon wissen, weil ich den Termin kurzfristig vom Hotel aus gemacht habe."

„Wäre das nicht für dich jetzt eine Abwechslung, wenn du doch noch herkommen würdest? Du hörst dich so depressiv an." Wenn ich ihn wenigstens noch einmal an diesem Abend sehen konnte, dachte ich mir.

„Ja, ist ja gut, ich komme noch. Du darfst aber nicht böse sein, wenn ich nicht lange bleibe."

Als er endlich nach einer Stunde eintraf, begrüßte er mich nicht herzlicher als all die Anderen auch. Irgendwie schien er auch noch aufzupassen, dass er nicht zu nahe an mich herankam oder dass wir uns zufällig berührten. Verdammter Kerl, dachte ich als er auch noch anfing, mit den anderen Frauen zu flirten.

Da saß er nun, drei Stühle von mir entfernt und unterhielt sich mit einer Anderen. Dabei hatte ich so auf ihn gewartet. Am liebsten würde ich auf der Stelle diese Party verlassen. Er würdigte mich keines Blickes sondern hatte nur noch Augen für diese dumme Kuh in einem viel zu engen, hässlichen Kleid.

„Ich weiß, warum du schon gehen willst, Lissy", sagte Ruth schmunzelnd zu mir, als ich mich von ihr leise verabschieden wollte.

„Wegen mir kannst du denken, was du willst. Ich bin halt müde und werde jetzt gehen."

„Na, na. Du willst bestimmt nur wegen Uwe gehen. Das sehe ich dir an der Nasenspitze an. Außerdem kann ich erkennen, dass du mächtig in ihn verschossen bist. Deine Eifersucht ist nicht mehr zu übersehen."

„Mir auch egal. Auf jeden Fall sehe ich mir nicht länger mit an, wie er mit dieser Tussi rummacht."

„Uwe macht doch nicht rum. Er unterhält sich nur nett mit ihr. Ich weiß nicht, was du hast, aber du weißt doch, dass er kein Mann mehr sein will. Hast du das vergessen, Lissy?"

„Nein, ich habe das nicht vergessen, aber er anscheinend schon."

Ruth versuchte mich noch mal zu überreden, da zu bleiben, aber ich hielt standhaft an meinem Vorhaben fest und packte meine Sachen zusammen. Plötzlich stand Uwe ganz unerwartet und auch das erste Mal für diesen Abend dicht an meiner Seite. Leise fragte er mich:

„Du willst schon gehen? Ohne mir Bescheid zu sagen?"

„Warum sollte ich dich beim Turteln stören? Vielleicht hast du ja gerade deine Frau fürs Leben gefunden?"

„Jetzt übertreibst du aber deine Eifersucht, Lissy", sagte er zärtlich hauchend an meinem Ohr, und ich hätte ihn am liebsten leidenschaftlich geküsst und gleichzeitig auch erwürgt.

„Ich bin nicht eifersüchtig!"

„Das sah aber ganz anders aus, als ich vorhin zu dir herschaute."

„Einbildung ist auch eine Bildung. Am besten gehst du gleich wieder zu diesem Weib sonst kommt die noch her und kratzt mir die Augen aus, so wie die jetzt herschaut."

„Wenn du meinst", antwortete er knapp und ließ mich stehen. Ich hätte heulen können, so war mir jetzt zumute. Ruth hatte uns die ganze Zeit beobachtet und kam nun zu mir. Sie nahm mich am Arm, und wir gingen auf den Balkon.

„Du hast dich in diesen Kerl verliebt! Das kann ich gut verstehen, der sieht aber auch wirklich toll aus. Ich brauche dich jetzt aber nicht daran zu erinnern, dass er transsexuell ist. Diese Menschen sind in ihren Gefühlen sehr wechselhaft. Ich will dir ja nicht die Hoffnung nehmen, aber sie machen immer den Schritt zur Geschlechtsumwandlung. Und dann wird er sich immer mehr auch in seinem Wesen verändern. Das Ganze darfst du jetzt nicht vergessen."

„Ja, ich weiß", stöhnte ich leise auf.

„Ich gebe dir den Rat, ziehe dich ganz von ihm zurück. Und wenn du deine Gefühle nicht in den Griff bekommst, dann brich komplett den Kontakt zu ihm ab."

„Nicht böse sein, Ruth, das wird mir jetzt alles zu viel. Ich melde mich morgen bei dir."

Ich schloss meinen Wagen auf und spürte gleichzeitig einen Windhauch in meinem Nacken. Uwe stand dicht hinter mir, die Jacke lässig über seine Schulter gelegt, und spielte mit dem Schlüsselbund in seiner Hand.

„Komm Lissy, lass uns nicht mehr streiten. Fahren wir zu mir, dann könnte ich dir den Brief von Bella zeigen."

„Ich weiß nicht, ob das so eine gute Idee ist, aber warum nicht?" Ich war jetzt ziemlich durcheinander.

Zu Hause bei ihm angekommen fragte ich, ob aus dieser Bella nun eine Frau geworden ist.

„Nein, noch nicht. Er lebt aber schon als Frau." Uwe gab mir den Brief zu Lesen und schenkte uns ein Glas Selters ein. Scheinbar war es ihm wichtig, dass ich ihn las.

Sie schrieb, dass sie es kaum noch erwarten könne, endlich eine richtige Frau zu sein. Und sie schrieb davon, wie einfach das jetzt wäre. Dann gab sie Uwe Tipps, wie er den Psychologen überlisten muss, um als Transsexueller anerkannt zu werden, damit diese Operation von der Krankenkasse bezahlt würde.

„Lissy, was hältst du davon?", unterbrach mich Uwe ungeduldig beim Lesen.

„Wenn ich dir das jetzt ehrlich sage, wirst du nicht begeistert sein."

„Sag es mir bitte. Ich werde versuchen, mich zurückzuhalten. Deine Meinung ist mir wirklich wichtig."

„Vielleicht wäre es besser gewesen, wenn er zu seinem Psychologen ehrlich gewesen wäre. Wie du weißt, denke ich immer noch, dass solch gravierende Probleme immer aus der Psyche kommen. Und ich bin auch immer noch der Meinung, dass es falsch ist, wenn man seine Probleme ändert, indem man nur mal so seine Identität wechselt."

„Ich sehe das aber ganz anders."

„Ich weiß Uwe, denn sonst hättest du ja dieses Problem bestimmt nicht. Mir ist aufgefallen, dass, wenn auf dich etwas zukommt, das dir nicht gefällt, du dich in die Frauenrolle flüchtest. Ja, es ist wie eine Flucht. Und als diese Frau brauchst du dann diese Probleme nicht mehr anzugehen."

„Kann ja alles sein, aber ich fühle auch wie eine Frau."

„Und wie fühlt eine Frau?"

„Das kann ich nicht so genau sagen. Eben wie eine Frau. Aber am besten, du gehst jetzt, ich bin wirklich müde."

„Tatsache ist, dass wenn du keine Antworten mehr hast oder dir deine Argumente ausgehen, du mich immer nach Hause schicken willst. Aber ich bin jetzt auch müde. Vielleicht haben wir in den nächsten Tagen keine atmosphärischen Störungen mehr", wollte ich noch etwas scherzen, aber das kam jetzt nicht mehr so gut bei ihm an.

„Weißt du, wie manche Arbeitskollegen in der Firma dich nennen?", fragte er mich plötzlich.

„Was haben deine Arbeitskollegen mit mir zu tun? Manche von ihnen kenne ich doch nur von verschiedenen Firmenfesten."

„Sie sagen, dass du ziemlich arrogant, eingebildet und zickig wärst."

„Na, besser so, als wenn sie mich eine Schlampe genannt hätten. Aber da steckt sicherlich auch mein Ex dahinter. Meinst du nicht auch? Gute Nacht und schlaf gut." Ich schnappte mir meine Tasche und ging ohne weitere Worte. Nachdem ich mir zu Hause ein Glas Saft eingeschenkt hatte, rief mich Helga an.

„He du, was für ein Wunder, dass du mal zu Hause bist."

„Hallo Helga, schön dich zu hören. Aber ich hätte dich auch noch in den nächsten Tagen angerufen. Tut mir leid, ich war in der letzten Zeit viel unterwegs. Was gibt's denn?"

„Hättest du Lust zu einem sportlichen Ausgleich, wenn du so viel am Schuften bist. Wir könnten morgen zum Squash gehen."

„O ja, das wäre eine gute Idee. Wann treffen wir uns?"

„Ich hole dich morgen gegen neun ab."

Im Squashcenter kam ich mir vor wie Rumpelstilzchen. *Gut, dass niemand weiß, dass ich Lissy heiß'*.

Helga hatte im Gegensatz zu mir eine gute Kondition, und ich hampelte nur unkoordiniert in meinem filigranen Aerobicanzug herum. Wenigstens traf ich ab und zu doch noch den Ball.

„Oh Lissy, du spielst ja wirklich noch schlechter, als ich befürchtet hatte. Jetzt sieht das auch noch so aus, als ob ich das auch nicht gut könnte. Aber bevor du mich noch mehr blamierst, gehen wir lieber noch etwas an der Theke trinken."

Vor lauter Keuchen brachte ich kein einziges Wort heraus, nickte nur erleichtert und ging ihr stolpernd hinterher. Nachdem wir etwas getrunken hatten, musste Helga wieder zurück in ihre Apotheke.

„Ich habe leider Bereitschaft, tut mir leid. Wenn du Lust hast, könnten wir das regelmäßig machen, wenn du mir versprichst, dich das nächste Mal mehr anzustrengen."

Am Abend rief Uwe an, ob ich mit ihm eine Pizza essen gehen würde. Ich wollte! Dort angekommen meinte er zu meinen Schilderungen vom Squashspielen:

„Ich hätte gerne gesehen, wie du den Schläger gehalten hast. Das war bestimmt sehr lustig."

So langsam füllte sich das Lokal. Eine Gruppe von Leuten kam herein und sie nahmen uns gegenüber Platz. Uwe sah zu ihnen hin und sein Blick blieb an einer dunkelhaarigen, grell geschminkten jungen Frau hängen. Diese versuchte gerade krampfhaft ihren Nebenmann zu bezirzen, was ihr irgendwie nicht richtig gelang. Man konnte an seiner Gestik erkennen, dass es ihm unangenehm wurde: Er versuchte, etwas von ihr wegzurücken. Er war blond, ziemlich groß und hatte eine tolle sportliche Figur. Jetzt schaute er zu mir rüber und lächelte mich doch tatsächlich an. Und dann schaute er immer öfter zu mir her. Es sah so aus, als ob ich ihm gefiel. Irgendwann fiel dieser Schwarzhaarigen auch auf, dass er mit mir flirtete, und auch Uwe war es nicht entgangen. Die Frau fing an, mit dem Blonden zu streiten, ich konnte es an ihren Gesichtszügen und den schnellen Bewegungen ihrer Arme erkennen. Dann zeigte sie sogar mit dem Finger auf mich, was dem Blonden sichtlich peinlich war. Auch Uwe gefiel diese Situation nicht mehr, und weil wir mit dem Essen fertig waren, rief er über den Kellner hinweg, der gerade an unserem Tisch vorbei ging:

„Lass uns gehen, bevor diese Dame dir noch die Augen auskratzt."

„Schade, ich wäre noch gerne geblieben. Mir gefällt es hier sehr gut. Findest du nicht auch, dass dieser Blonde gut zu mir passen würde?"

„Pass auf, dass das seine Freundin nicht hört."

Wir mussten an dem Tisch des Blonden vorbei gehen, und ich schenkte ihm noch mein schönstes Lächeln. Aus den Augenwinkeln konnte ich sehen, dass das Uwe nicht gefiel. Als wir draußen waren, fragte er mich:

„Musstest du mit ihm so hemmungslos flirten?"

„Du machst das doch auch mit den Frauen!"

„Das ist was anderes, das verstehst du nicht."

„Ach nein, wo ist da der Unterschied? Das musst du mir mal genauer erklären."

„In letzter Zeit streiten wir uns sehr oft, Lissy. Vielleicht ist es besser, wenn wir uns mal eine Zeit lang nicht sehen!"

„Wenn das deine Meinung ist! Gut, einverstanden, dann machen wir mal eine Pause miteinander, vielleicht erholt sich dann unsere Freundschaft. Bis irgendwann dann", sagte ich eingeschnappt und ließ ihn vor dem Lokal einfach stehen. Jetzt nur nicht umdrehen, sagte ich mir, als ich meinen Wagen aufschloss. Auf dem Weg nach Hause dachte ich, dass es jetzt wirklich an der Zeit war, mir selbst klar zu werden, dass ich von Uwe als Mann nichts zu erwarten hatte und dass es eigentlich gemein von mir war, ihn immer wieder herausfordern zu wollen. Damit tat ich mir selbst und auch ihm keinen Gefallen. Ich brauchte unbedingt neue Impulse, aber woher nehmen?

Als ich meine Wohnung betrat, war ich stinksauer. Ich warf meinen sündhaft teuren Blazer gleichgültig aufs Sofa und goss mir einen doppelten Gin Tonic ein. Im Eisschrank müssten doch noch Eiswürfel sein? Unachtsam warf ich einige davon in mein Glas. Der Gin schwappte über den Rand des Glases und hinterließ eine Pfütze auf meinem Glastisch. Gleichzeitig klingelte mein Telefon.

Da Uwe und ich in der letzten Zeit immer ein Klingelzeichen benutzten, musste es jemand anderes sein. Es war meine Freundin Doris. Ich erzählte ihr meinen Frust mit Uwe, und sie meinte daraufhin, dass wohl alle Männer gleich seien. Während des Gespräches schenkte ich mir noch einen zweiten Gin ein und fand die Wirkung bombastisch. Jetzt waren meine trüben Gedanken leicht verschleiert, und es schmerzte nicht mehr so in meinem Herzen.

„Lissy, ich will dich warnen, lass es mit dem Alkohol nicht zur Gewohnheit werden, du weißt, wie schlimm das enden kann. Ich bin da das beste Beispiel."

„Wie du weißt, trinke ich eigentlich selten Alkohol."

„Darum geht es nicht. Du trinkst jetzt aber, weil du dich geärgert hast, und das ist total falsch. So schlitterst du schnell in die Abhängigkeit hinein. Und glaub mir, so ein Alkoholentzug ist grausam."

„Ich verspreche dir, dass ich so was wie heute nicht mehr wiederholen werde." Mein Gesicht glühte von dem Alkohol, und ich goss mir den dritten Drink ins Glas. Irgendwie rückte meine Freundin akustisch in weite Ferne. Ich meinte verstanden zu haben, dass ich ein prophylaktischer Daumendrücker für sie sein sollte.

„Für was und wen soll ich die Damen drücken?"

„Für mich natürlich. Hörst du mir eigentlich noch zu?"

„Ja schon, aber die Verbindung ist so schlecht geworden. Was hast du gesagt?"

„Du sollst mir morgen die Daumen drücken. Ich will versuchen, dass ich Norbert doch noch umstimmen kann, mit mir nach Kanada zu fliegen."

„Ich redigiere deinen Entschluss", hörte ich mich sagen.

„Sag mal Lissy, wie redest du eigentlich? Du bist ja schon besoffen."

„Kann sein, ich trinke jetzt den vierten Gin." Mir entfuhr ein Aufstoßen.

„Weist du was, Lissy, wir unterhalten uns morgen wieder miteinander, wenn du wieder nüchtern bist. Und an deiner Stelle würde ich jetzt mit dem Alkohol aufhören."

„Das ist auch besser so, denn meine Zunge fühlt sich plötzlich so pelzig und geschwollen an. Ich kann kaum noch reden", versuchte ich ihr irgendwie zu antworten und ich dachte, mein Gesicht sieht jetzt bestimmt wie eine Fratze aus. Dann legte ich schnell auf und rannte ins Bad, um mich über die Kloschüssel zu werfen.

Mein guter Gin Tonic verabschiedete sich gleich in der ersten Runde. Als Runde drei drankam, gab es nur noch diese grüne bittere Gallenflüssigkeit, und ich schwor mir, nie mehr Alkohol zu trinken. Nachdem all meine Gallenreserven aus meinem Inneren entfernt waren, schleppte ich mich, graugrün im Gesicht und mit wackeligen Beinen, auf mein Sofa zurück. Aber für alle Fälle nahm ich mir eine Schüssel dazu. Man konnte ja nie wissen, wie dieser Tag enden würde.

Erstaunlicherweise ging es mir am nächsten Morgen wieder glänzend und ich hatte überhaupt keinen Kater. Aber der Blick aus dem Fenster war niederschmetternd. Es regnete wie aus Kübeln. Na, auch egal, dachte ich mir und zog mich schnell an. Dann fuhr ich die dreißig Kilometer zu Matz.

„Ich habe Roger gefragt, ob er zum Schwimmen mitkommt. Ich hoffe, du hast nichts dagegen?", empfing er mich, und ich hatte Verständnis dafür. Ich wusste ja schließlich, dass Roger sein bester Freund war.

„Na ja, so ganz gefällt mir das nicht, wenn ich ehrlich bin. Aber lass mal, es wird schon gehen."

„Ich dachte, ihr seid jetzt Freunde?"

„Wer sagt das?"

„Roger! Und du hast doch auch so etwas irgendwann mal gesagt."

„Ja, schon. Ich wollte es mit einer Freundschaft versuchen, aber inzwischen hat sich einiges geändert."

„Soll ich ihm wieder absagen?" fragte Matz unsicher.

„Nein, lass mal. Vielleicht ist es ja eine gute Idee, und es wird gutgehen."

Das Frühstück war köstlich, Matz hatte wirklich an alles gedacht. Es gab frisch gepressten Orangensaft, knusprige Brötchen und duftenden Kaffee. Jetzt warteten wir nur noch auf meinen Ex. Nach ein paar Minuten trat er mit festen, stampfenden Schritten in die Küche und wollte mich wie ein lieber Freund umarmen. Ich streckte ihm schnell die Hand entgegen und nahm eine steife Haltung an. Eine Umarmung war so nicht drin. Er wirkte wie ein Holzfäller, der im herben Rasierwasser gebadet hatte, so extrem viel hatte er sich davon übergeschüttet. In nur wenigen Minuten verbreitete sich dieser Geruch bis in alle Ecken der Wohnung. Dann ließ er sich auf den Stuhl plumpsen und zündete sich gleich eine Zigarette an.

„Kommt Uwe auch mit?", fragte er lauernd.

„Siehst du ihn hier irgendwo?"

„Nein, aber vielleicht kommt er ja noch nach? Ihr seid doch sonst auch nicht auseinander zu bringen."

Bevor ich dazu etwas sagen konnte, versuchte Matz die Situation zu entschärfen.

„Nein, Uwe kommt nicht nach. Außerdem hätte ich das auch nicht gewollt. Ich möchte nicht, dass heute gestritten wird."

„Oh, wir hätten doch nicht gestritten. Uwe und ich verstehen uns wieder prächtig", versuchte Roger uns glaubwürdig zu verkaufen und fuchtelte dabei mit seinen Händen unkontrolliert in der Luft herum. Fast hätte er dabei seine Tasse vom Tisch gefegt. Dann griff er zu einem Hörnchen und verschlang es mit nur zwei Bissen. Dabei verteilte er jede Menge Krümel auf dem Tisch und auf dem Boden. Außerdem fand ich es ekelhaft, dass auch noch sein Schnurrbart damit voll hing. Er wischte sich jetzt mit dem Ärmel über seinen Mund und grinste mich frech an.

Dieser Widerling fand sich wohl noch attraktiv in dieser Konstellation? Er goss sich eine zweite Tasse Kaffee ein, schüttete zu viel Milch dazu und ließ ein paar Zuckerwürfel hineinplumpsen. Es störte ihn wenig, dass der Milchkaffee überschwappte und die Tischdecke nass wurde. Dann häufte er sich jede Menge Marmelade auf sein Brötchen und legte den verschmierten Löffel einfach auf die Tischdecke.

Der vorher liebevoll gedeckte Tisch sah jetzt aus, als ob eine Meute kleiner Kinder über ihn hergefallen wäre. Endlich schob er seinen Teller von sich, streckte seinen Bauch nach vorne, tätschelte ihn genussvoll, rülpste leise und meinte:

„Satt! Wie heißt doch das Sprichwort? Nach dem Essen sollst du rauchen, oder eine Frau gebrauchen!"

Und mit so einem Mann war ich jahrelang zusammen gewesen? Das konnte ich mir nicht mehr vorstellen. Ich musste doch total bekloppt gewesen sein! Jetzt erhob sich das Krümelmonster und ging zur Tür.

„Na, kommt ihr, oder wollt ihr den ganzen Vormittag vertrödeln?"

Nachdem ich Matz noch geholfen hatte, alle Lebensmittel im Kühlschrank zu verstauen, machten wir uns auf den Weg. Ich ließ Roger vorne neben Matz sitzen. So hatte ich seine Blicke nicht in meinem Nacken.

Vor dem Eingang des Bades gab es eine lange Warteschlange, und ganz vorne entdeckte ich einen Adonis. Er schien alleine zu sein. Leider schaute er nicht in meine Richtung. Mein Badeanzug in leuchtendem Neongrün saß perfekt, ja so konnte ich mich sehen lassen. Ich glaubte, die paar Pfunde zu viel störten hier niemanden. Kalt abgeduscht schritt ich in Richtung Schwimmbecken. Bei jedem Schritt quietschten meine neuen Badelatschen, was mir immer peinlicher wurde. Sicherlich schauten jetzt alle zu mir rüber. Auch eine Art, Aufmerksamkeit zu bekommen, dachte ich mir und belegte schnell den letzten freien Liegestuhl mit meinem Handtuch. Neben mir saß ein muffeliges, älteres Paar, das sich nur anmotzte. An meiner linken Seite saß eine sichtlich frustrierte Ehefrau, die immer wieder stirnrunzelnd registrierte, dass ihr danebensitzender Ehemann der Weiblichkeit in knappen Zweiteilern hinterherschaute. Matz war mit Roger schon im Wasser, und ich nahm meinen Roman zur Hand.

„Mensch, verdammte Scheiße!" Ich versuchte noch mit einem Hechtsprung dem Wasserschwall zu entkommen, aber es war zu spät. Den Roman konnte ich vergessen, und auch sonst war alles nass geworden. Meine Nachbarn neben mir schimpften laut auf Roger ein der sich dann tatsächlich entschuldigte.

„Meinen Roman kann ich wegwerfen", sagte ich ärgerlich.

„Ach, ich kauf dir einfach einen Neuen!"

„Gut, ich warte dann, bis du wieder zurück bist!" Ich setzte mich in meinen Liegestuhl und lehnte mich abwartend zurück.

„Ähem, ich meinte, ich kauf dir zu Hause einen neuen Roman."

„Wieso zu Hause? Ich will jetzt lesen!"

„Soll ich ihn mir jetzt aus den Rippen schneiden?"

„Wenn du das kannst, warum nicht?"

Ohne ein weiteres Wort warf er sich zurück ins Wasser. An Matz' Gesicht, der das alles aus sicherer Entfernung beobachtet hatte, konnte ich ablesen, dass er diesen Vorfall wohl sehr bedauerte. Sicherlich ärgerte er sich nun, dass er Roger vorgeschlagen hatte mitzukommen. Ich legte mein Buch zum Trocknen auf den Stuhl und begab mich auch ins kühle Nass. Roger blieb Gott sei Dank in weiter Ferne, und ich hoffte, dass das für den Rest des Tages auch so blieb. Anschließend legte ich mich wieder auf meinen Liegestuhl und die ältere Dame neben mir reichte mir eine Zeitschrift.

„Ich würde damit ins Café gehen, sonst kommt wieder dieser Flegel, der sie nass spritzt", sagte jemand neben mir. Ich schaute überrascht auf und direkt in ein paar stahlblaue Augen hinein. Das war ja dieser tolle Schönling aus der Warteschlange.

„Da hast du Recht. Kommst du mit?" Na, das war aber eine gute Gelegenheit, dachte ich mir.

„Oh, das wird leider nicht gehen, ich bin nicht alleine hier. Meine Freundin ist mächtig eifersüchtig. Aber ich könnte dir meine Telefonnummer geben, dann könnten wir uns mal woanders treffen?"

Schönlinge hatte man scheinbar nicht für sich alleine: Ich fing gleich an, seine Freundin zu bedauern. Die war wohl nie ohne Grund eifersüchtig.

„Ach lass mal, ich steh nicht so auf gebundene Männer", antwortete ich und ging ins Café. Das Restaurant lag erhöht und man konnte sehr gut von hier oben über das ganze Schwimmbad schauen. Ganz hinten im Becken schwammen Matz und Roger um die Wette. Als beide das Becken verließen, konnte ich sehen, dass sie sich mehrmals nach mir umschauten. Dann entdeckte Roger mich und zeigte mit dem Finger in meine Richtung. Ich winkte ihnen zu.

„Keine Lust mehr zum Schwimmen?", fragte mich Matz, als er zu mir an den Tisch kam.

„Ich richte mich nach euch, aber wegen mir können wir auch heimfahren."

Als wir bei Matz am Haus ankamen, lehnte ich es ab, noch mit hineinzugehen und fuhr gleich weiter. Was Uwe wohl im Moment gerade macht? Vielleicht hatte er mir ja eine Nachricht in den Briefkasten geworfen? Ich hatte leider umsonst gehofft. Ob ich ihn einfach mal anrufen sollte? Ich wählte seine Nummer, um aber gleich wieder aufzulegen. Nein, ich würde nicht anrufen, er wollte ja diese Pause! Und wenn er sich bald nicht melden würde? Ich glaubte, dann noch verrückt zu werden.

Als ich am nächsten Morgen aus dem Fenster schaute, sah es gar nicht nach dem zweiten Advent aus. Graue Regenwolken hingen tief am Himmel und warteten scheinbar nur noch darauf, sich zu öffnen, aber irgendwie passte das ganz gut zu meiner Stimmung. Auf dem Tisch stand mein gekaufter Adventskranz, der ja eigentlich kein Kranz war, sondern ein viereckiger, goldener und sternenbemalter Teller. Die Kerzen darauf waren auch viereckig, und ich zündete zwei Kerzen an. Im Zimmer wurde es immer dunkler, man musste schon das Licht anmachen. Gleich würde es sicherlich fürchterlich schütten.

Die Kaffeemaschine dampfte wie eine alte Lokomotive vor sich hin, und der Toaster spuckte im hohen Bogen meine Toasts fast bis zur Decke. Natürlich war mein erster Gedanke heute Morgen beim Aufwachen „Uwe" gewesen, und ich ärgerte mich maßlos darüber. Warum musste ich nur immer an ihn denken? Wie bekam ich diesen Kerl nur aus meinem Kopf? Das Telefon schrillte. Ob es Uwe war?

„Lissy, hast du Lust zu mir zum Frühstück zu kommen?", fragte Charly. Ich überlegte, ob ich jetzt enttäuscht oder verärgert war, dass er es nicht war.

„Wäre eine gute Idee. Ich komme gleich zu dir rüber."

Charly war heute Morgen besser gelaunt als die letzten Wochen. Im Moment hatte sie ihre Depressionen gut im Griff und ich hoffte, dass das auch eine Weile anhalten würde. Ach, es tat mir schon sehr leid, dass sie solch eine Krankheit hatte. Gegen elf Uhr verabschiedete ich mich von ihr, weil sie ins Bett wollte. Sie hätte die ganze Nacht nicht geschlafen.

Als ich wieder in meiner Wohnung war, lag ein kleines Päckchen auf dem Tisch und darauf eine Karte. Uwe war da gewesen und ich ärgerte mich, dass ich ihn verpasst hatte. Ich machte das Geschenk auf, und zum Vorschein kam eine Kombination aus verschiedenen Lidschattenfarben. In der Karte stand geschrieben, dass er mir damit einen schönen zweiten Advent wünschte. Er hätte das letzte Mal bei mir gesehen, dass mein Lidschatten zu Ende gehen würde. Außerdem schrieb er noch, dass er mich schon fürchterlich vermisste und dass ihm das mit der Pause leidtäte. Er würde es mir überlassen, mich zu melden.

Kapitel 27

Ich versuchte ihn den ganzen Sonntag zu erreichen, und als um acht die Tagesschau im Fernseher anfing, schnappte ich mir meinen Autoschlüssel und fuhr zu seiner Wohnung. Er war nicht da. Ob ich auf ihn warten sollte? Über einem Stuhl hingen mehrere Frauenklamotten und auf dem Tisch stand ein großer Spiegel. Als ich mich auf einen Stuhl setzen wollte, stieß ich mit meinen Füßen unter dem Tisch an ein paar rote Pumps. Gigantisch, dachte ich, dass es solche Schuhe auch in so großen Größen gab. Dann schrieb ich ihm ein paar Zeilen, dass ich mich für sein Geschenk bedankte und ich erwähnte außerdem, dass ich ihn sehr vermissen würde. Als ich damit fertig war, wurde von außen der Schlüssel ins Schloss gesteckt und Uwe stand in der Tür.

„Huch, du bist hier?" Über sein Gesicht ging ein freudiges Strahlen. „Das muss Gedankenübertragung gewesen sein, denn ich komme gerade von deiner Wohnung."

„Was wolltest du denn von mir?"

„Dich fragen, ob du noch mitkommst zu mir."

„Wie du siehst, hatte ich den gleichen Gedanken. Und von woher kommst du jetzt?"

„Direkt von meiner Mutter."

„Wie geht es ihr?"

„Eigentlich ganz gut, aber sie kann es immer noch nicht glauben, dass ich bald eine Frau sein werde."

„Du musst ihr noch etwas Zeit geben. Und vielleicht wird sie es niemals verstehen, so wie viele andere Menschen auch."

„Man wird sehen, Lissy."

Wir saßen uns am Tisch gegenüber, und im Kerzenschein konnte ich seine schönen Gesichtszüge erkennen. In solchen Momenten spürte ich unsere tiefe Zuneigung bis in die hinterste Ecke meiner Seele. Und so wie er mich in gerade diesem Moment anschaute, musste auch er diese große Vertrautheit zwischen uns spüren können. Wir hörten Musik, und nach einer Stunde verabschiedete ich mich von ihm. Ja, ich wollte unbedingt in dieser Stimmung nach Hause, denn ich hatte Angst, dass wir uns vielleicht wieder streiten könnten.

Kapitel 28

Am Montagmorgen wurde ich schon kurz vor sechs Uhr wach. Nur noch zwei Wochen und ich würde wieder arbeiten dürfen, dann war die faule Zeit vorbei. Wurde auch Zeit, dass ich wieder in geregelte Zeiten kam. Mein Telefon hatte die Glocke angeschmissen. Wer rief mich denn schon um diese Zeit an?

„Guten Morgen, meine Liebe", meldete sich Uwe. „Ich habe bei mir ein Frühstück auf den Tisch gestellt. Wenn du Lust hast, komm einfach jetzt vorbei. Aber bitte nicht böse sein, ich werde dann schon weg sein."

Ich wollte sowieso noch in die Stadt und Uwes Wohnung lag auf dem Weg. Schon komisch, jetzt um diese Zeit in seine Wohnung zu gehen. Es roch noch ganz frisch nach seinem Deo und dem Kaffee. Sein Bett hatte er nicht gemacht und so kuschelte ich mich hinein. Plötzlich riss mich ein stürmisches Klingen an der Tür aus meinen Träumen und es wurde auch noch mächtig geklopft. Es wird doch nichts passiert sein?

„Hab ich es mir doch gedacht!" Roger stand mit einem vor Zorn krebsrotem Gesicht vor mir und schrie mich an.

„Gib sofort zu, dass du ein Verhältnis mit Uwe hast", schrie er noch lauter, und seine Spucke lief ihm schon aus dem Mund.

„Wenn du nicht auf der Stelle abhaust, rufe ich sofort die Polizei." Sofort schlug ich ihm die Tür vor der Nase zu. Im Treppenhaus hörte ich ihn dann schreien, dass ich ein intrigantes Flittchen sei und Uwe sein Problem nur erfunden hätte, um mich ins Bett zu bekommen. Und dann hörte ich, wie schon so oft in meiner Ehe mit ihm, dass er mit quietschenden Reifen davonraste. Ich konnte mich kaum davon erholen, als auch schon Uwes Telefon klingelte. Ob ich dran gehen sollte? Aber es war unser Klingelzeichen und ich hob sofort ab.

„Hat dir das Frühstück geschmeckt?", klang Uwes Stimme zärtlich.

„Ja, vielen Dank. Auch für die rote Rose. Gerade war Roger da!"

„Roger war bei dir?"

„Ja, und er war mächtig wütend. Du musst aufpassen, wenn er in die Firma kommt."

„Was wollte er denn von dir?"

„Er unterstellt uns eine Affäre!"

„Du brauchst dir keine Sorgen um mich zu machen, Matz hat eben erzählt, dass Roger diese Woche Urlaub hat."

„Na, Gott sei Dank. Ich werde nachher meine Anwältin anrufen und sie fragen, was man da machen könnte. Meinst du, Matz könnte mal mit ihm reden, denn er ist ja sein bester Freund?"

„Ich glaube nicht, dass das so eine gute Idee ist. Aber eigentlich hat Roger doch recht, wenn er denkt, dass wir eine Affäre haben."

„Wie meinst du das jetzt, Uwe?"

„Ich weiß nicht, wie ich dir das sagen kann, aber ich muss es einmal aussprechen. Ich liebe dich! Aber ich weiß nicht, was aus uns werden wird. Bist du noch dran, Lissy?"

Natürlich war ich noch dran, aber mir war gerade so, als ob ich zehn Zentimeter über dem Boden schweben würde. Und dann fiel mir ein, dass er auf dem Weg zur Frau und ich nicht lesbisch war - und plötzlich war ich wieder auf dem Boden der Tatsachen zurück. Wie aus weiter Ferne hörte ich ihn „Hallo?" sagen.

„Ja doch, ich bin noch dran."

„Hast du noch gehört, dass ich dir gesagt habe, dass ich dich liebe?"

„Habe ich. Du redest so laut, Uwe. Hast du keine Angst, Matz oder ein anderer Arbeitskollege könnte dich hören?"

„Ist mir egal. Hörst du, ich liebe dich!" Er schrie es noch lauter, und ich dachte mir, jetzt hatten es wohl die Anderen auch noch gehört. Aber sicher wussten sie nicht, mit wem er da telefonierte.

„Bist du jetzt leise", forderte ich ihn auf und strahlte dabei über mein ganzes Gesicht.

„Ich könnte es jedem ins Gesicht schreien. Du glaubst gar nicht, wie es mich erleichtert, dir das jetzt so offen sagen zu können."

„Ich spüre es, Uwe. Ich liebe dich auch."

„Ich weiß!"

„Dann bis heute Nachmittag."

Etwas durcheinander machte ich mich auf den Heimweg. Als ich mit meinem Wagen in die Straße einbog, sah ich am anderen Ende Rogers Auto vor meinem Wohnzimmerfenster parken. Ich wendete sofort und fuhr zu Uwes Wohnung zurück. Meine Haare konnte ich auch bei ihm waschen. Ich war gerade damit fertig, als es an der Tür klingelte. Durch die Spalten des Fensterladens konnte ich Rogers Auto erkennen und verhielt mich mucksmäuschenstill. Nein, dieses Mal würde ich die Tür nicht öffnen. Ein paar Minuten später fuhr er wieder davon. Dieses Mal ohne lautes Motorengeheul und quietschende Reifen. Später, nach dem Einkaufen, rief ich Matz an.

„Was hast du denn auf dem Herzen?", fragte er mich.

„Ich müsste unbedingt mit dir über Roger reden. Es wäre wirklich wichtig. Könnten wir uns heute Mittag in der Stadt treffen?"

„Ich kann so schnell nicht weg. Roger hat Urlaub und Uwe einen Termin. Es würde erst viel später gehen."

„Und wo treffen wir uns dann?", fragte ich.

„Was hältst du von Billard?"

„Gut, ist gebongt."

Anschließend kam Ruth vorbei, und ich erzählte ihr von den Problemen mit Roger und dass ich mit Matz darüber reden wollte.

„Hast du noch nicht gemerkt, dass Matz in dich verliebt ist?", fragte sie.

„Nein, das verstehst du falsch. Matz ist ein lieber Freund, sonst nichts."

„Na, wenn du meinst." Sie schmunzelte und ich fragte sie:

„Warum bist du eigentlich gekommen?"

„Ich wollte dich fragen, ob du Lust hättest, mit mir am Wochenende an den Bodensee zu fahren."

„Und was machen wir dort?"

„So ein hohes Tier von der Fluggesellschaft, in der mein Bruder Pilot ist, feiert seinen Abschied. Ich habe zwei Karten geschickt bekommen."

„Ich weiß nicht. Uwe hat mir heute gesagt, dass er mich liebt!", platzte es aus mir heraus.

„Ach, bist du immer noch hinter ihm her?"

„Wie sich das anhört. Ich liebe ihn doch auch."

„Ja, jetzt liebst du ihn, Lissy. Aber was ist, wenn er sich langsam zur Frau entwickelt, er anfängt Hormone zu nehmen, seine Brust größer wird und es zur Geschlechtsumwandlung kommt? Liebst du ihn dann immer noch?"

„Weißt du was Ruth, du kannst mir jetzt meine Stimmung nicht vermiesen. Ich werde es dem Schicksal überlassen, was es mit uns vorhat. Wann fahren wir?"

„Schön, dass du jetzt doch mitkommst. Ich sage dir heute Abend noch Bescheid. Jetzt muss ich aber fahren und meine Kinder bei meinem Ex abholen."

„Wann ist denn deine Scheidung?"

„Ende des nächsten Jahres. Bei mir wird es wegen der Kinder wohl etwas länger dauern."

„Gott sei Dank habe ich mit Roger keine."

„Wolltet ihr nie welche?"

„Ja. In diesem Punkt waren wir uns immer einig."

Ruth fuhr zu ihren Kindern und ich zu Uwe. Er war schon zu Hause und ich fragte ihn, wie es beim Psychologen war.

„Er hat mich nicht gefressen, wie du siehst. Ich lebe noch."

„Willst du mir nicht mehr davon erzählen?"

„Nein, dafür habe ich keine Zeit. Wie du siehst, habe ich schon eine Reisetasche gepackt. Ich muss in einer halben Stunde weg nach Braunschweig."

„Von der Firma aus?"

„Ja. Morgen muss ich dort im Werk sein. Und ich komme auch erst wieder am Freitag zurück."

„Warum fährst du dann nicht erst morgen früh?"

„Ich will mich noch mit Angelika und Uwe treffen. Wir haben uns verabredet und gehen mit ihren drei Kindern zum Essen."

„Und wer sind Uwe und Angelika?"

„Uwe arbeitet in der Firma, zu der ich jetzt hin muss. Und Angelika ist seine Frau. Die Zwei sind total süß und immer super drauf. Ich war schon öfter dort. Schau mal, ich habe der Angelika ein paar Ohrringe gekauft. Sind die nicht klasse?"

Euphorisch hielt er mir diese Ohrringe vor die Augen, und ich fragte ihn, ob die nicht zu intim waren für ein Geschenk.

„Ach nein, die wird das nicht falsch verstehen, die ist richtig cool drauf", schwärmte er mir weiter von ihr vor: Ich ging in Gedanken die ganze Palette der Drogen durch, die sie nehmen könnte, wenn sie immer so cool drauf war.

Auf dem Parkplatz ließ er wirklich keine Minute verstreichen, und ich dachte mir, diese Angelika musste doch sehr wichtig für ihn sein. Flüchtig gab er mir noch einen Kuss auf meine linke Wange, verabschiedete sich, und schon war er weg. Jetzt konnte ich ihm gar nicht sagen, dass ich am Freitag mit Ruth an den Bodensee fahren würde. Dabei hätte ich mir das gut vorstellen können, ihr doch noch kurzfristig abzusagen. Jetzt wurde ich auch noch auf mich sauer, weil sich wieder meine Eifersucht meldete. Ruth hatte wirklich recht mit dem, was sie mir gesagt hatte. Es war wirklich besser, wenn ich in Zukunft besser auf meine Gefühle in Richtung Uwe aufpasste. In zwei Stunden traf ich mich mit Matz, also hatte ich noch Zeit, in der Stadt zu bummeln.

Gelangweilt schaute ich mir die Auslagen mancher Schaufenster an und blieb wie angewurzelt stehen. Eine Firma machte Werbung für kleine Kissen mit Monogrammen. Zum Beispiel: je t'aime, I love you, ti amo oder auch einfach mit Namen oder

Hochzeitsdatum. Kurz entschlossen betrat ich diesen Laden und entschied mich für ein flammend rotes Herzkissen aus Satin.

„Was kann ich ihnen denn drauf sticken", fragte mich die Verkäuferin freundlich.

„Angelika und Uwe!"

„Möchten sie warten, bis es fertig ist?"

„Wie lange dauert das?"

„Eine halbe Stunde."

„Gut, dann warte ich."

Das Kissen konnte er dann das nächste Mal mitnehmen, wenn er nach Braunschweig zu dieser Angelika fuhr. Ruth hatte Recht, das mit Uwe hatte keinen Sinn. Zuerst sagte er noch, dass er mich liebte, und dann konnte er nicht schnell genug zu dieser Angelika kommen, der er auch noch Ohrringe schenken wollte. Eine Stunde später legte ich ihm dieses Kissen auf sein Bett, und dieses Mal kuschelte ich mich nicht mehr hinein.

Matz war schon da, als ich das Lokal betrat, und er sagte zu mir:

„Ich wollte nicht mehr länger in der Firma bleiben, ich hatte heute ne Menge Stress."

„Eigentlich wollte Uwe noch mitkommen, aber er musste ja nach Braunschweig", erzählte ich Matz und ich musste aufpassen, dass er meine maßlose Enttäuschung nicht sah.

„Ja ich weiß. Ich habe mitbekommen, dass er mit Angelika telefoniert. Er hätte ja auch erst morgen früh fahren können. Bist du nicht eifersüchtig?"

„Warum sollte ich das? Uwe und ich sind nur Freunde, so wie du und ich."

„Das sieht aber immer ganz anders aus, wenn er von dir spricht. Dann kann jeder in der Firma sehen, wie seine Augen leuchten. Roger wäre ihm schon fast an die Gurgel gegangen, wir konnten ihn gerade noch zurückhalten. Deshalb hat sich Roger ja auch Urlaub genommen."

„Da irrst du, wenn du denkst, dass das so wäre."

„Ach ich weiß nicht, bei Uwe blickt niemand mehr so richtig durch. Er hat in seinen Terminkalender an den Namen Angelika drei Herzen gemalt. Der tickt doch nicht mehr richtig", erzählte mir Matz und beobachtete mich genau.

„Haben das noch mehr gesehen, das mit den Herzen?"

„Nein, ich glaube nicht. Aber das wäre auch egal, dort weiß eh jeder, dass Uwe ein Weiberheld ist. Jetzt schaust du, wie?"

„Was soll ich dazu sagen?"

„Am besten gar nichts, Lissy. Wir nehmen ihm die Nummer mit der Operation nicht mehr ab. Das ist vielleicht nur eine Masche von ihm."

„Du willst jetzt doch nicht damit sagen, dass er nur simuliert?"

„Doch, genau das nehme ich an."

„Ich weiß nicht, Matz. Du hättest dich mal mit seiner Exfrau unterhalten sollen. Sie sagte mir doch auch, dass er dieses Problem hat."

„Aber du wolltest doch über Roger reden, Lissy", versuchte mich Matz jetzt in eine andere Richtung zu drängen.

„Ach, das hat sich erledigt", antwortete ich ihm. Auch über Uwe wollte ich nicht mehr reden.

Ich erzählte ihm, dass ich am Wochenende mit Ruth an den Bodensee fahren würde, und er wünschte mir viel Spaß.

„Ist gut so, dass du dich nicht mehr an Uwe hängst. Der tut dir nicht gut."

„Lass mal Matz, darüber will ich wirklich nicht mehr reden."

Ich war froh, endlich wieder nach Hause zu kommen, das war heute irgendwie nicht mein Tag gewesen. Was Uwe im Moment wohl machte? Als ich gerade gegen Mitternacht ins Bett gehen wollte, rief er doch tatsächlich noch an.

„Du bist schon zu Hause?"

„Ja wo sollte ich denn sonst sein?"

„Ich dachte mir, Matz lässt dich nicht so schnell aus seinen Fängen."

Wie gut er drauf war, er hörte sich so unbefangen und fröhlich an, und das machte mich irgendwie wütend. Wahrscheinlich war diese Angelika noch in seiner Nähe.

„Bevor du weiter redest, Uwe, sage mir doch bitte, ob ich jetzt mit deiner männlichen oder weiblichen Seite telefoniere? Soll ich Nicole zu dir sagen?"

„Was soll das jetzt?"

„Na, warst du als Uwe oder Nicole mit der Angelika essen?"

„Jetzt rufe ich dich extra aus einer Telefonzelle an, weil mein Handy leer ist, und dir fällt nichts anderes ein, als mich zu beschimpfen. Eigentlich wollte ich dir nur sagen, dass ich gut angekommen bin, und dir die Hotelnummer durchgeben."

„Brauchst du nicht, ich habe keine Lust, dich anzurufen."

„Gut, dann wünsche ich dir noch ein paar schöne Tage, Lissy."

„Ja, ich dir auch. Und grüß schön deine Angelika von mir."

„Ich liebe dich, Lissy. Bis zum Wochenende dann."

Er hatte aufgelegt.

Am besten war es wohl, wenn wir einen wirklichen Schlussstrich unter diese Beziehung (oder war es Freundschaft?) zogen. Ich entschied mich, ihm seinen Wohnungsschlüssel zurückzugeben und fuhr kurz entschlossen zu seiner Wohnung. Auf dem Tisch lag ein Brief für mich, den ich wohl das letzte Mal wo ich hier war, übersehen hatte.

Er schrieb:

An meine liebe Maus!

Jetzt muss ich auch noch nach Braunschweig fahren. Und, was du noch nicht weißt, am Montagmorgen fliege ich wieder in die USA. Ich vermisse dich jetzt schon. Hoffentlich haben wir noch ein schönes Wochenende zusammen, wenn ich am Freitag von Braunschweig zurückkomme.

Ich liebe Dich, Dein Uwe.

Jetzt saß ich da auf seinem Bett und überlegte ob ich heulen, mich freuen, oder ob es mir egal sein sollte. Was für ein Gefühlschaos! Dann dachte ich an diese Herzchen, die er in seinen Terminkalender gemalt hatte, neben dem Namen Angelika, und ich schrieb ihm unter seine Zeilen, dass ich ihm einen schönen Aufenthalt in Amerika wünsche. Vielleicht konnte er ja seine Flamme aus New York wieder treffen, die ja auch so toll war. Ja, und vielleicht würde er auch für sie ein paar Ohrringe mitbringen, darauf standen solche Frauen ja bestimmt. Er könnte sich ja wieder bei mir melden, wenn er aus den USA zurück wäre. Vielleicht gab es dann ja auch noch mehr Frauen, von denen er mir erzählen könnte.

Ja, so war das richtig, dachte ich. Ich werde mich auf keine Gefühlsduselei mehr einlassen und ihm eine gute Freundin sein, eine, zu der man aber nicht die Worte *„ich liebe dich"* sagen darf.

Ach Uwe, eigentlich bin ich ja gar nicht böse auf dich, aber ich darf mich auch nicht mehr auf dich einlassen. Du musst in Zukunft deinen Weg alleine gehen. Ich legte ihm seinen Wohnungsschlüssel auf den Tisch und ging mit zögernden Schritten zur Tür, drehte mich noch einmal um und ließ meinen Blick über den gesamten Raum schweifen. *Alles Gute liebes Sternchen, pass gut auf dich auf.* Dann verließ ich seine Wohnung.

Kapitel 29

Diese Woche war wieder Japanischstunde, und ich hatte kein einziges Mal dafür gelernt. Und bei Walter hatte ich mich auch nicht gemeldet. Er war deswegen sehr eingeschnappt und mir gegenüber kurz angebunden. Aber ich war auch froh darüber, so konnte ich nach Kurs-Ende schnell wieder verschwinden, ohne dass er noch etwas zu mir sagen konnte.

Gegen zweiundzwanzig Uhr versuchte Uwe, mich mit unserem Klingelzeichen anzurufen. Ich ging nicht ran. Er versuchte es bis Mitternacht, aber ich blieb standhaft, auch wenn mir die Tränen immer wieder über meine Wangen liefen. Dieses Mal weinte ich mich auch in den Schlaf hinein, denn ich wusste das erste Mal nicht mehr, ob das richtig war, wie ich entschieden hatte.

Am nächsten Morgen rief ich Walter an und entschuldigte mich bei ihm.

„Ist schon in Ordnung, Lissy. Hör mal, meine Mutter möchte fragen, ob du Lust hast, am Wochenende zu kommen. Sie gibt eine Cocktail-Party."

„Dieses Wochenende kann ich nicht kommen. Ich fahre mit Ruth an den Bodensee."

„Fährt Uwe mit dir?" Ich fragte mich, was diese Frage jetzt sollte, aber er konnte ruhig wissen, dass es nicht so war.

„Nein, er ist in Braunschweig und fliegt anschließend nach Amerika."

„Oh, dann hast du ja mehr Zeit für dich?"

„Weiß noch nicht, man wird sehn."

Die Fahrt an den Bodensee war sehr mühsam. Ab Stuttgart schlängelten sich die Autos nur noch langsam voran. Als wir endlich ankamen, ging gerade die Sonne unter.

„Die Party steigt um zwanzig Uhr. Wir haben also noch etwas Zeit zum Relaxen", meinte Ruth. Wir wuchteten unsere Koffer auf das Doppelbett. „Wäre vielleicht besser gewesen, wenn wir zwei Zimmer gebucht hätten."

„Warum denn das?" fragte ich sie.

„Wenn ich einen Piloten abschleppen möchte, wo soll ich dann mit ihm hin?"

„Vielleicht in sein Zimmer?"

„Ja, gute Antwort."

Meine Gedanken waren bei Uwe, und ich hatte überhaupt keine Lust mehr auf die Party. Am liebsten wäre ich wieder nach Hause gefahren.

„Du denkst wieder an ihn?", platzte sie in meine Gedanken hinein.

„Ja, leider." Ich seufzte und sah sie fragend an.

„Glaub mir, es ist gut so, wie du das entschieden hast. Ihr dürft wirklich keinen so engen Kontakt halten. Ich hoffe, du bleibst jetzt auch standhaft!"

Ich schlüpfte in meinen fliederfarbenen Hosenanzug und steckte mir meine Haare hoch. Etwas Rouge auf meine Wangen, schnell noch die Lippen nachgezogen, und schon konnte ich mit Ruth zur Party gehen. Ungefähr dreihundert Menschen waren anwesend. In der Mitte des Ballsaales war ein großes Buffet mit vielen verschiedenen Speisen aufgebaut. Ruths Bruder Steff, der drei Jahre jünger war als wir, hatte ich das letzte Mal bei meinem Abschiedsball in meiner Schule gesehen. Damals war er noch ein kleiner Junge. Jetzt kam ein gut aussehender, sehr großer junger Mann in Uniform auf uns zu und umarmte Ruth herzlich. Dann begrüßte er mich auch herzlich.

„Hallo Lissy, gut siehst du aus. Wir haben uns ja eine Ewigkeit nicht mehr gesehen."

„Ja, da hast du recht. Du hast dich ja mächtig verändert seit unserer Schulzeit." Er sah süß aus, mit seinen roten Haaren und den vielen Sommersprossen im Gesicht. Und diese Pilotenuniform stand ihm hervorragend. Ich tanzte mit ihm zwei Stunden, bis ich fast keinen Atem mehr hatte, und ihn bat, mich mal ausspannen zu lassen. Mit wackeligen Beinen ging ich in den Nebenraum auf eine lederne Sitzgruppe zu. Auf einem Glastisch lagen viele Zeitschriften und Magazine. Ich griff mir wahllos eins heraus und lehnte mich gemütlich in einem Sessel zurück.

Da schrieb eine Aniela Jaffès, dass Carl Gustav Jung nicht nur ein guter Psychologe gewesen sei, sondern auch ein aufmerksamer Beobachter. Die Seele sei sozusagen die eine Hälfte der Welt, die es nämlich nur insofern gibt, als man sich ihrer bewusst werde. Darum sei die Seele nicht nur ein persönliches, sondern ein Weltproblem. Der Psychiater habe es nicht nur mit einem einzelnen Individuum, sondern mit der ganzen Welt zu tun.

„Du interessierst dich für Psychologie?", riss mich Steff aus meinen Gedanken.

„Ja, das ist so ein Hobby von mir. Weißt du, ich befasse mich im Moment mit meinem Gefühlsleben, das ich verstandesmäßig auf einmal nicht mehr kontrollieren kann. Albert Einstein hätte mir bestimmt gesagt, dass es aber immer das Schönste ist, wenn wir das Geheimnisvolle erleben können."

„Meine Schwester hat mir gesagt, dass du aus der Kirche ausgetreten bist. Was hat denn deine Mutter dazu gesagt?"

„Sie meinte nur, dass ich jetzt eine Atheistin sei, und es wäre ganz alleine meine Sache."

„Deine Mutter lebt in den Staaten?"

„Ja, sie arbeitet an einem Projekt in der Medikamentenforschung. Nach Vaters Tod wollte sie unbedingt wieder zurück in ihren Beruf als Chemikerin. Ich finde das gut so."

„Willst du zu ihr nach Amerika ziehen?"

„Ich glaube nicht. Wenigstens im Moment nicht. Ich bin ja noch nicht von Roger geschieden. Die Scheidung wollte ich wenigstens noch abwarten."

„Und, bist du im Moment in einer festen Beziehung?"

„Nein", antwortete ich und dachte an Uwe.

„Und du bist verheiratet?"

„Noch nicht. Die Schwiegereltern machen etwas Stress!"

„Was meinst du mit Stress?"

„Nun ja, die Mutter von Elke meint, ich würde ihre Tochter nur aus Mitleid heiraten. Sie sitzt seit einem Autounfall im Rollstuhl."

„Oh, das tut mir leid, Steff."

„Komm, ich stell dir Klaus vor, der will dich schon den ganzen Abend näher kennenlernen."

Klaus war sehr charmant und auch ein guter Tänzer. Er erzählte mir von seiner kleinen Tochter. Scheinbar versuchte er so mit der Tatsache besser klarzukommen, dass ihn seine Frau verlassen hatte. Ich sah Ruth mit einem blond gefärbten, etwas dicklichen kleinen Mann gerade den Saal verlassen und in Richtung unseres Zimmers gehen. Ich versuchte sie schnell einzuholen und bat sie, doch mit zu ihm zu gehen, da ich sehr müde sei. Ich war wirklich wie gerädert. Eigentlich war mir sogar zum Heulen zumute. Uwe musste jetzt schon zurück sein, und er würde sich sicherlich Gedanken über unsere Beziehung gemacht haben. Es würde schwer werden, ihn nicht mehr zu sehen, aber ich musste das durchhalten, hämmerte es immer wieder in meinem Kopf. Am nächsten Morgen gab mir der Kellner beim Frühstück einen kleinen Brief. Er war von Klaus: Er schrieb mir, dass er mich gerne wiedersehen wollte. Vielleicht hätte ich ja an diesem Mittag noch Zeit.

„Wann fahren wir heute zurück?", fragte ich Ruth.

„Wenn du nichts dagegen hast, könnten wir bis morgen bleiben. Das Zimmer wäre frei, ich habe nachgefragt."

„Also das wäre mir nicht so recht. Ich bin ziemlich abgespannt und wäre froh, wieder nach Hause zu kommen."

„Du willst dich nur nicht mit diesem Klaus treffen, hab ich recht?"

„Ach, das wäre mir ja egal. Nein, ich habe einfach keine Lust auf viel Gespräch."

„Weißt du was, wir packen jetzt einfach unsere Sachen zusammen und fahren mal los. Und wenn wir auf der Rückfahrt ein schönes Hotel entdecken, bleiben wir noch eine Nacht."

„Ja, das ist eine gute Idee."

Irgendwo in Stuttgart fuhren wir von der Autobahn ab, da sie wieder einen langen Stau angekündigt hatten, und suchten uns einen schönen Landgasthof. Aber dieses Mal nahmen wir getrennte Zimmer. Als ich endlich alleine war, versuchte ich bei Uwe mit unserem Klingelzeichen anzuläuten. Ich wollte ihm nur eine gute Reise wünschen. Er war nicht zu Hause. Aber vielleicht war das auch besser so. Ich spürte immer noch, dass er der erste und vielleicht auch der letzte Mann war, der so tief mein Herz berührt hatte, den ich so unwahrscheinlich „tief" liebte. Bis ans Ende des Universums. Und trotz alledem musste ich ihn ziehen lassen.

Kapitel 30

Den Sonntagmorgen verbrachten Ruth und ich mit stundenlangem Frühstücken. Zum ersten Mal erzählte sie mir von ihrer Ehe und deren Scheitern. Sie war überhaupt nicht so oberflächlich, wie sie immer tat, sondern von ihrem Mann in all ihren Ehejahren zutiefst verletzt worden. Irgendwie hatte ich es da viel leichter, dachte ich mir. Am späten Nachmittag traten wir die Heimreise an.

Zu Hause fand ich auf meinem Wohnzimmertisch einen Umschlag mit Uwes Schlüssel drin und die Nachricht, ich möchte doch bitte nach dem Rechten sehen. Scheinbar hatte er es nicht ernst genommen, dass ich ihm seinen Schlüssel zurückgegeben hatte. Auch wenn ich jetzt von der Fahrt sehr müde war, so konnte ich es nicht erwarten, in seine Wohnung zu fahren. Er würde sicherlich schon schlafen, aber das würde uns bestimmt egal sein. Als ich bei ihm ankam, stand sein Auto nicht vor seiner Wohnung. Aber der Flug war doch erst am nächsten Morgen? Erwartungsvoll schloss ich seine Wohnung auf und sah gleich, dass er nicht da war. Es wirkte alles sehr aufgeräumt und sein Bett war mit neuer, roter Satinwäsche bezogen.

Und mittendrin hatte er das Herzkissen platziert. Auf seinem Tisch lagen zwei hübsche Päckchen und ein riesengroßer Zettel, dass sie für mich seien. Für Weihnachten! Dann schrieb er mir in einem Brief, dass es eine Änderung in der Abflugzeit gegeben hätte, und er schon am Sonntagmittag zum Flughafen musste. Er schrieb weiter, er fände es schade, dass wir uns nicht mehr gesehen hätten. Wahrscheinlich wäre er zu Weihnachten noch nicht zurück.

Als P.S. schrieb er noch, dass ich das mit der Angelika wohl alles sehr falsch verstanden haben musste. Ich alleine wäre doch der Mensch, den er lieben würde, wie er noch niemals vorher je einen Menschen geliebt hätte.

Meine Tränen tropften jetzt auf seinen Brief und ich konnte durch den verschleierten Blick seine Zeilen nicht mehr richtig erkennen. Vorsichtig tupfte ich mit dem Zipfel der Jacke den Brief trocken.

Dann schaltete ich den CD-Player an und war erstaunt, dass „*unser*" Lieblingslied von Elton John erklang. Nur ein paar Minuten wollte ich mich in sein Bett kuscheln und mich dieser Stimmung hingeben. Morgen war ja wieder ein anderer Tag. Als die CD zu Ende war, strich ich sein Bettzeug wieder glatt und wollte das Herzkissen wieder zurück an die Stelle legen, die er ausgesucht hatte. Ich stutzte, denn da waren plötzlich andere Namen drauf, und schaute daher jetzt genauer hin. Da standen nicht mehr „*Angelika und Uwe*" sondern: „*Maus und Sternchen*". Er musste am Sonnabend in der Stadt gewesen sein und ein neues Kissen machen lassen haben. Woher er nur wusste, wo ich das gekauft hatte?

Ich musste auf dem ganzen Weg in meine Wohnung lächeln und hatte dieses Lächeln immer noch auf meinen Lippen, als ich zu Bett ging. Und dort fand ich einen kleinen Brief auf meinem Kopfkissen. Uwe schrieb:

Also, wo soll ich anfangen? Es ist schon lange her und na ja, manchmal brauche ich halt etwas länger, bis ich kapiere. Aber was ich Dir mal wieder schreiben wollte:

Ich liebe Dich. Nur Dich!

Dein Sternchen.

Oh je, dachte ich, ich bin hoffnungslos verloren. Und dann fiel ich vor Müdigkeit in einen tiefen Schlaf.

Am nächsten Morgen gegen sechs Uhr in der Früh schrillte laut mein Telefon.

„Hab ich dich jetzt geweckt?", hörte ich wie aus weiter Ferne fröhlich Uwes Stimme aus dem Hörer klingen und war schlagartig wach.

„Rufst du aus Amerika an?"

„Ja, ich bin gerade im Hotel angekommen und wollte dir nur sagen, dass es wirklich schade ist, dass wir uns nicht mehr gesehen haben."

„Wann wirst du wieder zurückkommen?"

„Ich weiß es noch nicht. Ich muss jetzt wieder auflegen. Machs gut Lissy. Ich denk an dich."

„Ja, pass auf dich auf." Ich hörte nicht, ob er auflegte, und fragte ihn, ob er noch dran sei.

„Ja, bin ich noch."

„Ich liebe dich, Uwe, und hoffe du kommst gesund wieder zurück."

„Danke für diese Worte, ich dachte schon, ich höre sie nie wieder von dir. Wenn ich wieder zurück bin, müssen wir unbedingt miteinander reden. Bis bald, meine Maus."

Kapitel 31

Jetzt war ich schon wieder in diesem Liebeschaos gefangen, dachte ich, und es gab anscheinend keine Rettung mehr für mich. Da mussten doch irgendwo im Verborgenen mächtige Kräfte auf uns wirken, dass wir einfach nicht voneinander lassen konnten. Er anscheinend genauso wenig wie ich. Lieber Gott, wie ich ihn vermisste! Ich kochte mir einen sehr starken Kaffee, damit ich wach wurde, und schüttelte mich kräftig beim ersten Schluck. Der schmeckte aber wirklich bitter. Ich goss mir Milch nach und ging ins Bad. Kurz nach Sieben klingelte wieder mein Telefon, und diesmal war Roger dran.

„Hör mal, ich fahre am dreiundzwanzigsten Dezember mit meinen Arbeitskollegen zum Skiurlaub. Hast du Lust mitzukommen?"

Wie der drauf kommen konnte, dass ich mit ihm noch in Urlaub fahren wollte? Unbegreiflich für mich, und ich sagte ihm, dass ich nicht wollte.

„Gut, es war ja nur eine Frage. Matz will noch was von dir, ich gebe ihn dir mal."

„Guten Morgen Lissy. Ich habe gerade mitbekommen, dass du nicht mitkommst zum Skilaufen. Schade, ich hätte mich auch sehr gefreut. Kann ich dich nicht noch überreden?"

„Nein Matz. Ich wünsche euch einen schönen Urlaub und schöne Festtage. Halt die Ohren steif, ach nein, man sagt ja, Hals- und Beinbruch."

Die Straßen in der Innenstadt waren weihnachtlich geschmückt. Meine Mutter hatte mir an diesem Morgen mitgeteilt, dass es ihr doch unmöglich sei, zu kommen. Sie könnte aber noch einen Flug für mich buchen und ich könnte zu ihr kommen, wenn ich wollte. Aber das wollte ich nicht, also würde ich diese Weihnachten alleine verbringen, was ich gar nicht so schlimm fand. Gegen Mittag schmerzten meine Füße, denn ich war stundenlang durch die Straßen gelaufen und hatte mir die Geschäfte angesehen. Für alle meine Freunde hatte ich Geschenke gefunden, jetzt brauchte ich noch eines für Uwe. Dafür musste ich noch mal losgehen, für heute war es schließlich genug. Zu Hause erwartete mich eine Menge Post, viele Freunde und Bekannte hatten mir Weihnachtskarten geschrieben, bei denen ich mich wohl telefonisch melden musste, da ich keine dieser Karten versandt hatte.

Dann waren da noch zwei Umschläge aus Amerika: Einer war von Uwe. Den öffnete ich zuerst. Verzeih mir Mama, dachte ich, dass ich deinen nicht zuerst lese. Uwe schrieb:

Ich liebe Dich, ich liebe Dich, ich liebe Dich.

Ich möchte es immer wieder sagen, und es würde auch in tausend Jahren nicht langweilig.

Ich liebe Dich und ich möchte fähig sein, Dich auch körperlich zu erleben und auch zu spüren.

Dein Uwe.

Tja, jetzt wo er so weit weg war, hatte er Mut, mir solche großen Worte zu schreiben. Aber wie wird es sein, wenn er wieder zurück war? Was aus uns werden könnte, darüber wollte ich mir jetzt nicht den Kopf zerbrechen. Nein, ich wollte einfach nur seine Worte, die sicherlich aus vollem Herzen kamen, genießen und davon träumen, ihn zu spüren, zu riechen und mit ihm zu unserer Musik die ganze Nacht durchtanzen.

Bei der Post war auch ein Abholschein für ein Paket dabei, also musste ich wieder in die Stadt fahren, um es abzuholen. Vielleicht fand ich dann auch ein Geschenk für Uwe.

„*Weihnachten*", was für ein sentimentaler Quatsch! Aber einen Tannenbaum konnte ich mir ja doch ins Wohnzimmer stellen. Natürlich nur wegen dieses tollen Tannengeruchs, der sich dann immer verbreitet.

In einem Kaufhaus entdeckte ich an einer Schaufensterpuppe einen tollen seidenen Herrenschlafanzug. Das wäre das Richtige für Uwe, dachte ich. Oder sollte ich lieber das daneben hängende Nachthemd für ihn kaufen? Spontan, wie ich öfter bin, entschloss ich mich zu beidem und war mit meiner Entscheidung ganz zufrieden. Und jetzt zum Tannenbaum! Diesen zu besorgen war ja noch ganz leicht, aber ihn im Auto zu verstauen, erwies sich als ziemlich schwierig. Aber ich bin ja kreativ und dynamisch und nach einigem Hin und Her hatte ich ihn endlich dort, wo ich ihn haben wollte, nämlich auf dem Rücksitz! Auf den Beifahrersitz stellte ich den kleinen Tannenbaum, der in einen Blumenkübel gepflanzt war. Ich hatte ihn für Uwe gekauft. Dann machte ich mich auf den Heimweg. Der Baum stach mir zwar über der ganzen Fahrt immer wieder in den Nacken, aber ich war stolz, meinen ersten Weihnachtsbaum selbst besorgt zu haben.

Nachdem ich den Kleineren in Uwes Wohnung abgestellt hatte, fuhr ich nach Hause.

Am Abend standen Charly und ich zusammen in ihrer kleinen Küche am Backofen und schoben einige Bleche mit kunstvoll verzierten Plätzchen in den Ofen. Wir raspelten Schokolade, rieben Mandeln und schlugen Eiweiß steif. In der Wohnung verbreitete sich ein Geruch von Zimt, Anis, Muskat und Ingwer. Dazwischen tranken wir Kirschpunsch und Glühwein.

Am vierundzwanzigsten Dezember weckte mich Mama um neun Uhr per Telefon.

„Also, wenn du vielleicht doch noch kommen willst, ruf kurzfristig an."

„Mach dir keine Sorgen, die Decke wird mir schon nicht auf den Kopf fallen", versuchte ich sie zu besänftigen.

„Sag mal, meinst du, ich sollte Roger auch noch anrufen und ihm schöne Festtage wünschen?"

„Das musst du alleine wissen, Mama. Ich will mit diesem Kerl nichts mehr zu tun habe. Aber er ist eh im Moment nicht zu Hause."

„Im März werde ich auf jeden Fall kommen, meine Kleine. Dann mache ich einen längeren Urlaub hier in Deutschland. Vielleicht kann ich dich ja dann überreden, ganz mit mir nach Amerika zu kommen."

Anschließend rief Charlotte an. Sie hatte gesehen, dass ich mein Schlafzimmerfenster zum Lüften aufgemacht hatte. Ob ich zu ihr rüber käme zum Frühstücken? Als sie mir die Tür öffnete, erkannte ich schon an ihrem Gesicht, dass es ihr seelisch nicht gut ging. Nach einer halben Stunde hatte ich sie wieder so weit aufgebaut, dass wir fröhlich beim Frühstück plaudern konnten.

Gegen elf Uhr war ich wieder zurück in meiner Wohnung. Zuerst packte ich Uwes Geschenk aus. Es war ein Goldkettchen mit den Buchstaben: „U" und „N".

Auf einem klein zusammengefalteten Zettel stand geschrieben:

Eine Million Küsse für Deine Gedanken, wenn Du mein Geschenk ausgepackt hast. Die Kette ist für diese Liebe zwischen zwei Menschen, die ich so nie für möglich gehalten habe. An diese Vertrautheit soll Dich mein Geschenk an jedem Tag Deines Lebens erinnern. Ich hätte Dich gerne heute gesehen, morgen und an jedem weiteren Tag.

Bis bald. Dein Uwe und auch ein wenig Nicole.

Wenn ich jetzt meine Gefühle beschreiben musste, o je, was konnte ich sagen? Ich war so verwirrt über seine Worte, dass ich überhaupt nicht mehr wusste, was ich denken sollte und fühlen durfte. Nein, ja, schrie es immer wieder dort drinnen, irgendwo in mir, wo vielleicht die Seele wohnte. Ich wusste, das konnte nicht sein und wusste doch gleichzeitig, dass ich mir nichts sehnlicher wünschte, als von ihm so geliebt zu werden, wie er es jetzt in seinem Brief auszudrücken versuchte.

Oder verstand ich seine Worte ganz falsch?

Es klingelte an meiner Tür. Wer konnte das jetzt sein? Ich erwartete doch niemanden! Vielleicht war es Charly, die mich brauchte. Zögernd machte ich auf - und traute meinen Augen nicht. Da stand doch tatsächlich der Nikolaus vor mir. Der hatte sich sicherlich in der Tür geirrt und wollte zu Familie Schmitt in den ersten Stock. Die wohnte nämlich direkt über mir und hatte zwei kleine Kinder.

„Vom Himmel hoch da komm ich her, es weihnachtet sehr. Bist du, liebe Lissy, auch schön brav gewesen? Dann habe ich dir auch etwas mitgebracht. Aber darf ich zuerst mal hereinkommen?" Mit dunkler, verstellter Stimme bat er um Einlass. Ob das Walter war? Die Größe konnte hinkommen. Auf jeden Fall war es nicht Roger oder Matz, denn die waren viel kleiner. Aber wer war das dann?

„Ich lasse doch nicht jeden Nikolaus so einfach in meine warme Stube", versuchte ich zu scherzen und wusste immer noch nicht, wer sich hinter der Maske versteckte. Aber vielleicht war es ja Ruths Bruder?

„Ich komme von sehr weit her und bin ziemlich müde. Hättest du wenigstens einen Kaffee für mich?", fragte er mich mit immer noch verstellter Stimme und beugte sich nahe zu mir. Als ich in seine Augen sah, dachte ich, nur ein Mensch hatte solche Augen. Mein Herz raste wie eine Achterbahn auf und ab und mein Verstand sagte gleichzeitig zu mir, dass es doch nicht ausgerechnet Uwe sein konnte. Jetzt streifte der Nikolaus seinen Bart ab und grinste mich frech an.

„Wie ich sehe, ist mir ja die Überraschung gut gelungen. Darf ich jetzt zu dir herein kommen?"

„Also, jetzt bin ich total platt. Dass du schon da bist, Uwe!" Ich machte immer noch keine Anstalten, ihn hereinzulassen, so überrascht war ich, ihn zu sehen. Er nahm mich zärtlich in den Arm, und ich spürte diese unendliche Nähe zu ihm und schmolz dahin. Die Tür fiel ins Schloss, und wir gingen ins Wohnzimmer. Eilig zog er seinen roten Mantel und die Mütze aus und warf sie achtlos auf den Sessel. Dann zog er mich ganz nahe zu sich heran und gab mir einen Kuss direkt auf meinen Mund. Es war ein sehr zaghafter und sanfter Kuss, der aber immer leidenschaftlicher wurde. Sanft berührte er meine Brust und küsste mich auf meinen Hals. Dann öffnete er meine Bluse und meinen Büstenhalter, den er mir sanft über die Schultern streifte. Seine zärtlichen und heißen Lippen wanderten direkt zu meinen Brustwarzen. Durch mich hindurch ging ein Stromschlag und ich war total elektrisiert. Da er jetzt halb auf mir lag, konnte ich seine Erregung spüren. Ich versuchte seine Hose zu öffnen und wusste im selben Augenblick, dass das ein fataler Fehler war.

Ruckartig riss er sich von mir los und flüchtete auf den Sessel gegenüber.

„Verzeih, aber ich bin noch nicht so weit."

„Es macht überhaupt nichts, Uwe. Dein Annäherungsversuch war einfach fantastisch. Du hast nichts falsch gemacht."

Ich musste lachen und entschuldigte mich deshalb bei ihm.

„Ich lache dich jetzt nicht aus, bitte nicht falsch verstehen, aber die Situation ist so lustig, weil ich genau gewusst habe, was passieren wird, wenn ich Deine Hose öffne. Und trotzdem habe ich diesen Fehler gemacht."

Er musste auch lachen und kam wieder zu mir her. Ich zog wieder meinen BH an und er knöpfte mir die Bluse zu aber nicht, ohne noch einmal über meine Brust zu streicheln. Dann blieb er bei mir sitzen und erzählte mir, dass er im Flughafen auf diese Idee mit dem Nikolaus gekommen sei.

„Ich habe das Kostüm einfach gekauft und bin gleich zu dir gefahren. Ich war noch nicht zu Hause. Hast du dich über mein Geschenk gefreut?" fragte er erwartungsvoll.

„Ja, schon. Aber ich weiß noch nicht, was ich mit dem Buchstaben „N" machen soll?"

„Na, den kannst du tragen, wenn ich die Operation hinter mir habe."

Da war der Hammerschlag wieder! Es brummte und donnerte in meiner Seele bis zu meinem Herzen.

„Was meinst du damit, Uwe?

„Dass ich immer noch eine Frau werden will! Aber das weißt du doch!"

„Aber, was war das eben mit uns?"

„Das ist etwas, was ich nicht weiß."

Manchmal gab es Situationen, wo man eigentlich reden sollte, wo einem aber die Worte fehlten. Mein Mund blieb geschlossen, und wir hielten uns nur an den Händen. Ich fühlte seine Nähe, und wir spürten wohl beide diese Empfindungen füreinander, aber wir konnten in diesem Augenblick nichts füreinander tun.

„Möchtest du etwas essen, Uwe?"

„Nein danke. Meine Mutter wartet schon auf mich, ich hatte sie vom Flughafen aus angerufen. Wir fahren morgen zusammen nach Düsseldorf zu meiner Schwester."

„Wann kommst du wieder zurück?"

„Morgen Abend bin ich wieder da."

Dann gab er mir noch einen Kuss auf meine Stirn und sagte mir tschüss. Und schon war er wieder verschwunden. Als er bei sich zu Hause ankam, rief er mich an und sagte, dass er sehr gerührt über meine Geschenke sei. Das wäre eine sehr schöne Idee gewesen, einen Schlafanzug und dazu das passende Nachthemd zu kaufen. Er hoffte, dass ich ihn auch mal darin bewundern könnte, und wünschte mir noch alles Gute.

Der nächste Morgen begann mit einer schrecklichen Nachricht. Walters Mutter sagte mir, dass ihr Sohn einen schlimmen Unfall gehabt hatte und auf der Intensivstation lag.

„Wie geht es ihm?", fragte ich erschüttert.

„Sie konnten ihn stabilisieren. Gott sei Dank ist er jetzt über dem Berg."

„Wie konnte der Unfall passieren?"

„Er war auf dem Weg zu meiner Mutter und in einer Kurve kam ihm ein betrunkener Fahrer entgegen. Könntest du bitte kommen, Lissy?"

„Ich mache mich gleich auf den Weg."

„Gut, dann komm zu uns und wir fahren gemeinsam in die Klinik. Pack dir ein paar Kleider ein, vielleicht hast du ja Lust, noch ein paar Tage zu bleiben."

Ich packte ein paar Klamotten ein, sagte Charly Bescheid und fuhr in Uwes Wohnung. Ich wollte ihm ein paar Zeilen hinterlassen, wo er mich erreichen könnte und suchte nach einem Blatt Papier. Dann sah ich diesen Brief, der offen auf dem Tisch lag. Am Ende fiel mir direkt der Name *Angelika* auf, weil er sehr groß geschrieben war. Selbstverständlich fand ich es jetzt schäbig von mir, dass ich ihn lesen wollte, aber er hätte ihn ja auch weglegen können, schließlich durfte ich doch kommen, wann ich wollte. Meine Neugier war grenzenlos und ich las, dass sich diese Angelika in ihn verliebt hätte. Und sie bedankte sich außerdem für den tollen langen Spaziergang mit ihm, als er das letzte Mal in Braunschweig gewesen war. Es wäre immer sehr schön, wenn er sie anrufen würde, und sie hoffe jeden Tag auf einen neuen Anruf von ihm. Zum Schluss bedankte sie sich noch für die Karte aus Amerika. Sie würde sich schon jetzt darauf freuen, wenn sie ihn in zwei Wochen wiedersehen konnte. Jetzt musste ich mich zuerst einmal setzen. Ich wusste wieder einmal nicht, ob ich traurig, enttäuscht oder wütend war, aber wahrscheinlich war ich das alles zusammen. Matz hatte vollkommen recht gehabt. Uwe war der größte Weiberheld, den ich jemals kennengelernt hatte.

Jetzt klingelte auch noch sein Telefon. Wahrscheinlich noch so eine Frau, deren Herz er erobert hatte, dachte ich und meldete mich:

„Hallo?"

„Oh, ist Uwe nicht da?"

Wie ich vermutet hatte. Es war eine Frau. Na, die würde gleich etwas von mir zu hören bekommen.

„Nein, Uwe ist im Moment nicht da. Mit wem spreche ich denn bitte?" Aber zuerst wollte ich wissen, wer das war.

„Mit der Dorothee aus Braunschweig."

Braunschweig also, diesen Ort konnte ich schon nicht mehr leiden. Dort würde ich niemals mehr hinfahren wollen, dachte ich mir und wiederholte:

„Braunschweig?"

„Ja, ich bin eine Kollegin von Uwe, wenn er hier auf Service ist. Und sie sind sicherlich die Putze von ihm?"

„Nein, ich bin das Christkind. Entschuldigen sie bitte, das sollte ein Scherz sein. Mein Name ist Lissy und ich bin eine Freundin von ihm. Kann ich ihm was ausrichten?", fragte ich zuckersüß.

„Ich wollte ihm nur schöne Festtage wünschen", sagte die fremde Frau am anderen Ende der Leitung.

„Ich werde es ihm auf einen Zettel schreiben. Wenn sie aus Braunschweig sind, kennen sie dann eine Angelika, mit der Uwe immer zusammen ist?"

„Ja, die kenne ich. Sie war einmal meine beste Freundin. Ihr Mann heißt auch Uwe. Er arbeitet mit mir zusammen in einer Firma."

„Uwe hat mir erzählt, sie hätte sich von ihrem Mann getrennt", flunkerte ich ihr jetzt vor, und eine Erregung breitete sich in meinem ganzen Körper aus.

„Da muss er aber etwas falsch verstanden haben. Ich kann zwar nicht verstehen, dass mein Arbeitskollege sie nicht schon längst in die Wüste geschickt hat, aber das geht mich nichts an. Na ja, es wird wohl wegen der drei Kinder sein. Ihren Freund Uwe hat sie auch schon angebaggert und sie denkt, dass ihr Mann das nicht gemerkt hat. Aber so ist sie halt. Jedes Wochenende geht sie in die Disco mit Minirock und so und denkt auch, sie sei die Hübscheste im Lande", schimpfte sie plötzlich drauflos. Da hatte ich bei ihr wohl ins Wespennest gestochen. Diese Dorothee schien auf die Angelika nicht gut zu sprechen zu sein.

Also auf solche Frauen schien er zu stehen, dachte ich mir und ich bekam einen bitteren Geschmack. Nein, mit solch einer Schlampe konnte ich nicht mithalten, ich hatte andere Prinzipien. Er konnte nicht alles gleichzeitig haben, ich würde so nicht mehr weiter machen. Wenn ich doch nur meine Gefühle abschalten könnte. Ja, dann konnte ich auch weiterhin als Freundin für ihn da sein. Aber nur ohne diese Gefühle! Ich schrieb ihm einen Zettel:

Hallo Uwe,

bin in Deine Wohnung gegangen, weil ich Dir eine Nachricht hinterlassen wollte, dass ich zu Walter gefahren bin. Ich soll Dir außerdem Grüße von Dorothee ausrichten, die zufällig jetzt angerufen hat.

P.S.

Du hättest den Brief von Angelika besser nicht so offen auf dem Tisch liegen lassen sollen, ich habe ihn gelesen!

Wünsche Dir mit ihr viel Glück für die Zukunft.

Gruß Lissy.

Auf dem Weg zu Walters Mutter schweiften meine Gedanken immer wieder zu Uwe und ich konnte mich kaum auf den Verkehr konzentrieren. Ich hielt am Wegrand an und versuchte krampfhaft meine Gedanken in Richtung Walter zu lenken. Es musste jetzt und heute endgültig mit Uwe Schluss sein, sonst wusste ich nicht mehr, wo hinten und vorne waren. Als ich in den parkähnlichen Weg einbog, sah ich schon Walters Mutter vor dem Haus ungeduldig auf und ab gehen.

„Gut, dass du endlich da bist", begrüßte sie mich hektisch. „Sie haben schon Schnee gemeldet und ich hatte Angst, dass dir auch noch was passieren könnte.

„Wie geht es Walter?", fragte ich aufgeregt.

„Seit er weiß, dass du kommst, schon viel besser."

Ich mochte keine Krankenhäuser und diesen penetranten Geruch nach Desinfektionsmittel schon gar nicht. Und es roch so extrem stark danach, dass mir fast übel wurde. Auf dem Flur kam mir Walters Vater entgegen, und sagte uns, dass sie ihn in den zweiten Stock verlegt hätten. Als wir in Walters Zimmer eintraten, fanden wir ihn fröhlich in seinem Bett sitzend, in einer Zeitschrift blätternd.

„Was machst du denn für Sachen", begrüßte ich ihn, dabei wollte ich gerade diesen Satz nicht gebrauchen. Walters Fuß war gebrochen, und auf seiner Stirn klebte ein großes Pflaster. Ich setzte mich vorsichtig auf sein Bett und gab ihm einen Kuss auf seine Stirn.

„Du kannst mich ruhig auf den Mund küssen, ich habe nichts Ansteckendes", versuchte er trotz seiner Schmerzen zu scherzen.

„Wie geht es dir denn?"

„Es geht. Sie haben mich wieder hin bekommen, aber mein kleines Auto ist Schrott. Wirst du ein paar Tage hier bleiben?"

„Nein Walter, ich kann nicht. Ich fahre nachher wieder nach Hause. Dass du jetzt hier so liegen musst, das tut mir für dich sehr leid, aber ich muss dir jetzt leider sagen, dass ich nicht mehr für dich da sein kann."

„Tja, da kann man nichts machen. Da war sich meine Mutter so sicher, dass du jetzt ein paar Tage bleiben würdest, aber wenn du keine Zeit hast."

Nach zwei Stunden gingen seine Mutter und ich zu ihrem Auto, denn sie wollte mich ja zu meinem Auto bringen, das vor ihrem Haus stand. Dort angekommen, sagte sie zu mir:

„Du weißt, dass dich Walter sehr liebt?"

„Ja, ich weiß es. Aber ich liebe einen anderen Mann!"

Plötzlich stand Walters Vater hinter uns und sagte zu seiner Frau, dass sie es doch bitte den jungen Leuten überlassen sollte, wie sie ihre Probleme lösen möchten. Walters Mutter sah ihren Mann an, schüttelte mit dem Kopf und ging ohne Gruß zurück ins Haus.

„Ich wünsche ihnen eine gute Heimfahrt und ich finde es aufrichtig von ihnen, dass sie es Walter gesagt haben. Sie sind uns jederzeit willkommen", sagte Walters Vater zum Abschied und reichte mir seine Hand.

Kapitel 32

Die Fahrt nach Hause war schrecklich. Wegen des andauernden Schneefalls kamen fast alle Autos nur noch schleichend voran. Es wurde spät nach Mitternacht, bis ich endlich zu Hause war. Uwe war in meiner Wohnung gewesen, er hatte einen Brief auf den Tisch gelegt, mit der Bitte ihn auf jeden Fall noch anzurufen, wenn ich zurück sei.

„Du bist schon da? Ich dachte du bleibst ein paar Tage bei Walter", begrüßte er mich am Telefon. Er hörte sich so an, als ob er schon geschlafen hätte.

„Warum sollte ich dich anrufen, Uwe?"

„Na, du kannst Fragen stellen! Ich wollte mit dir lieb reden, sonst nichts."

‚Sonst nichts', sagte er einfach! Was war denn mit Angelika, dieser Dorothee und all den Anderen, die ich noch nicht kannte? So nicht, mein Lieber. Noch an diesem Abend würde ich endgültig Schluss mit diesem Hickhack machen. Ja, ich musste das endlich hinter mich bringen, und zwar jetzt gleich.

„Setz mal eine Kanne Kaffee auf, ich komme bei dir vorbei. Ich muss unbedingt mit dir reden."

„Um diese Uhrzeit? Nein Lissy, das ist keine gute Idee", versuchte er mich kühl abzuweisen.

„Das ist mir egal. Ich komme jetzt!"

Dann legte ich auf, ohne noch eine Antwort von ihm abzuwarten, schnappte mir meinen Autoschlüssel und fuhr zu ihm.

Als er mir öffnete, sah ich den Grund, warum ich jetzt nicht bei ihm vorbei kommen sollte. Er war komplett als Frau geschminkt und trug irgendein Nachthemd, unter dem sich ein Büstenhalter abzeichnete. Der war mit viel Watte ausgestopft. An seinen Ohren schaukelten diese geschmacklosen großen Ohrringe, die er schon einmal trug. Seine Beine umhüllten schwarze, durchsichtige Strümpfe, die von roten Strapsen gehalten wurden.

Er sah aus wie ein Transvestit!

Vielleicht war er ja tatsächlich ein Mensch, der so eine Neigung hatte, die Kleidung des anderen Geschlechts tragen zu wollen?

„Komm rein, Lissy", sagte er leise und verstellte die Tonlage seiner Stimme. Sie sollte wohl weiblich klingen.

„Ich hoffe, es macht dir nichts aus, mich so zu sehen!", sagte er unsicher.

„Nein Uwe, es macht mir nichts aus. Wenn du dich so wohl fühlst, dann musst du das für dich tun."

Was würde Angelika und Co wohl jetzt dazu sagen? Ich setzte mich zu ihm an den Tisch und schenkte mir selbst eine Tasse von dem wohlriechenden Kaffee ein.

„Und was hast du bei Walter gemacht?", fragte er neugierig und sah mich mit seinen grell geschminkten Augen an. Ich nahm mir fest vor, ihm bei der nächsten Gelegenheit einen Schminkkurs zu schenken.

„Ich habe Walter im Krankenhaus besucht, er hatte einen Unfall!" Und ich erzählte ihm die ganze Geschichte, auch dass ich Walter heute deutlich gesagt hätte, dass ich ihn nicht liebte. Aber warum das so war, verschwieg ich jetzt lieber.

„Das ist gut so, Lissy. Es ist nicht gut, wenn du ihm immer noch Hoffnung gegeben hättest."

„Ja, das hat kein Mensch verdient."

„Weißt du Lissy, ich fühle oft, dass ich dich liebe, leider weiß ich bis heute nicht, welche Seite es von mir tut."

„Und jetzt als Frau, liebst du mich jetzt?"

„Natürlich liebe ich dich jetzt. Nur nicht so wie sonst. Jetzt bist du eher eine Freundin für mich. Und du? Kannst du mich jetzt auch noch lieben? Oder siehst du nur den Mann in mir?"

„Darüber habe ich in der letzten Zeit schon oft nachgedacht. Ich liebe dich, den Menschen in dir, aber auch den Mann. Ich finde dich als Mann sehr anziehend. Wenn ich dich sehe, bekomme ich immer weiche Knie und ein Kribbeln im Bauch. Solltest du zur Frau werden, werde ich dich als Mensch, als Kameradin weiter lieben. Aber das ist eine andere Liebe! Weißt du, eigentlich bin ich es von den Männern gewöhnt, dass sie mich verführen und nicht umgekehrt. Bei dir bin ich jetzt schon viel zu weit gegangen."

Er schaute mich jetzt an und zuckte mit den Schultern. Dabei sah er sehr hilflos aus. Er wusste nicht, was er jetzt sagen konnte. Ich lächelte ihm aufmunternd zu und dachte mir, dass es jetzt nicht gut war, ihm meine Gefühle und Gedanken näher zu schildern.

„Na, dann erzähl mal, wie es in Düsseldorf war!"

„Ja, in Düsseldorf habe ich noch stärker gespürt, dass ich Frau werden will. Ich saß mit meiner Schwester und meiner Mutter zusammen und fühlte mich zwischen ihnen auch schon wie eine Schwester.

Also, was sie dann so von Männern erzählt haben, da kann ich froh sein, bald nicht mehr zu dieser Gattung zu gehören. Meine Schwester hat mir sogar noch Kleidung von ihr mitgegeben, die sie sonst ja immer nach Oldenburg schickt."

„Deine Schwester hat nicht versucht, dich zu überreden, es dir länger zu überlegen?"

„Nein, sie ging mit der Situation recht cool um."

„Na, dann kannst du mir jetzt bestimmt auch sagen, warum du der Angelika Avancen machst, wenn du kein Mann mehr sein willst!"

Jetzt wollte ich endlich auf das Thema kommen, warum ich heute Nacht hier war.

„Ich will von der nichts. Wir sind nur Freunde. Weißt du, sie erzählt mir immer von ihrem unglücklichen Leben und dass die Beziehung zu ihrem Mann nicht mehr stimmen würde."

„Ach, darum schreibt sie dir dann auch Liebesbriefe! Hat sie die eigentlich an dich oder an die Nicole geschrieben?"

„Ist das so schlimm, wenn sie in mich verliebt ist?"

„Das ist nicht dein Ernst, oder?"

„Du bist doch nicht eifersüchtig, Lissy?"

„Nein, auf was sollte ich eifersüchtig sein? Aber du weißt schon, dass du wahnsinnig auf Frauen wirkst? Jede Frau, die dich sieht, ist sofort von dir begeistert. Ich müsste blind sein, wenn mir das entgangen wäre. Selbst deine Exfrau wollte, dass du bei ihr bleibst, auch ohne Sex mit ihr."

„Aber ich will nichts von ihr, nichts von Angelika oder irgendeiner anderen Frau. Die Einzige, die mir wichtig ist, bist nur du."

„Wenn du das jetzt weißt, kannst du mir auch sicherlich sagen, was genau du von mir willst."

„Das weiß ich nicht", versuchte er mir auszuweichen. Ich aber ließ nicht locker.

„Du behauptest, mich zu lieben! Wie meinst du das? Und vor allen Dingen, wie willst du mir das zeigen?"

„Mein Gott Lissy, bist du jetzt wieder komisch!"

„Komisch bin ich also."

„Ja. Verdammt noch mal, ich liebe dich platonisch."

„So, na ja, dann war deine Erregung zwischen deinen Beinen vorhin, rein platonischer Natur, als wir uns umarmten?"

„Da kann ich auch nichts dafür, dass sich mein Ding da unten immer im falschen Augenblick zu rühren beginnt, nur weil ich dich in den Arm nehme. Ganz bestimmt wollte ich das nicht."

„Du kannst dir bestimmt schon denken, dass ich heute gekommen bin, um reinen Tisch zwischen uns zu machen, denn so kann es nicht weiter gehen mit uns. Wir behindern uns gegenseitig. Ich will heute einen klaren Strich ziehen. Vorher gehe ich nicht."

„Ja, so etwas konnte ich mir schon denken, als du zur Tür hereinkamst."

„Ich möchte dir sagen, dass ich denke, du hast wahrscheinlich nur das Problem mit der Sexualität. Du willst schon, weißt aber nicht, wie du es machen sollst."

„Nein Lissy, du siehst das jetzt falsch. Ich stecke einfach in einem falschen Körper. Ich bin als Frau geboren."

„Dieses Gespräch hatten wir schon mal. Du weißt, dass ich da anderer Meinung bin. Aber ich akzeptiere deine Entscheidung und werde auch dann zu dir halten und für dich da sein, als platonische Freundin. Aber die kann ich für dich im Moment noch nicht sein, weil ich zu sehr den Mann in dir liebe, mit starken sexuellen Gefühlen."

„Du würdest gerne mit mir schlafen?", fragte er leise.

„Was für eine Frage, das weißt du doch schon lange."

„Und jetzt?"

„Jetzt brauche ich Abstand von dir, damit ich dich später als Frau akzeptieren kann. Deshalb müssen wir eine ganz klare Linie ziehen."

„Was willst du jetzt damit sagen, Lissy?"

„Ich werde dich tun lassen, was du willst und dich nicht zu halten versuchen, wenn du diese Operation willst. Es muss ganz alleine deine Entscheidung sein, denn nur du bist selbst für dich verantwortlich."

„Und das heißt?"

„Es gibt keinerlei Zärtlichkeiten mehr zwischen uns. Du kannst wegen mir weiterhin Frauen wie Angelika sammeln und mit ihnen machen, was du willst. Ich hoffe, mich auch eines Tages wieder verlieben zu können."

So, jetzt war es raus und ich war wieder frei. Er schaute traurig, aber es war für uns beide wichtig.

„Und meine Gefühle zu dir, Lissy? Soll ich die jetzt auf Eis legen?"

„Die werden bestimmt verschwinden, wenn du die nächste Angelika triffst."

„Was du jetzt schon wieder redest. Aber anscheinend ist es zwecklos, heute Nacht noch mit dir zu reden."

„Erzähl mir von deinen Eltern, und wie sie so waren", lenkte ich von unserem Problem ab.

Und dann erzählte er mir traurig, dass er seinen Vater überhaupt nicht gut in Erinnerung hatte und auch keine positiven Gefühle für ihn hegte. Und überhaupt seien alle Männer brutal, kalt und gefühllos und auf jeden Fall ganz ohne Zärtlichkeit. Er hatte noch sehr gut in Erinnerung, wie sein Vater seine Mutter immer wieder betrogen hatte.

„Und in der Pubertät hast du dann diesen Moment verpasst, wo eigentlich die Sexualität anfängt?"

„Ja, ich glaube schon. Ich war einfach zu schüchtern, denn ich wollte nicht so grob erscheinen wie mein Vater. Lissy, bitte nicht böse sein, aber ich bin jetzt sehr müde. Lass uns schlafen."

Er hatte Recht, es würde jetzt auch nichts mehr bringen und vielleicht würde ihm ja auch der Psychologe sagen, dass seine Identitätsprobleme in der Richtung „Vater" und „sexuelle Unerfahrenheit" zu suchen wären. Dann gab ich ihm einen Kuss auf seine Wange, denn seine Lippen waren ja mit knallrotem Lippenstift bemalt, und fuhr nach Hause.

Am nächsten Tag wanderten wir zusammen um den zugefrorenen See. Es roch nach Schnee und es war bitterkalt. Ich spürte die Kälte, die langsam an meinen Beinen hochkroch. Es wurde Zeit, wieder zurückzugehen. Auf dem ganzen Weg erzählte er von sich und seinem neuen Leben nach dieser Operation. Er fragte mich, ob er seinem Arbeitgeber und den Arbeitskollegen schon mal Bescheid geben sollte?

„Oh, das ist eine interessante Frage, Uwe. Aber ich würde mal nichts übereilen, du musst doch erst einmal zwei Jahre als Frau leben."

„Ja, aber dafür muss ich ja meinem Arbeitgeber Bescheid geben. Oder was meinst du, wie der schaut, wenn ich eines Tages mit Rock und Bluse ankomme?"

„Wenn du das wirklich willst."

„Ich werde darüber nachdenken. Nächste Woche treffe ich Bella wieder. Sie hat demnächst ihre Umwandlung. Dann wird sie endlich ein neuer Mensch sein. Das hat sie mir am Telefon gesagt."

„Und indem da unten das Ding abgeschnitten wird, ist er ein neuer Mensch? Ist das nicht so eine Art Kastration? Du brauchst gar nicht so zu schauen, Uwe."

„Also, wenn du anfängst, so zu reden, dann lassen wir das besser."

„Diesen Satz von dir kenne ich schon. Der kommt immer, wenn du dich mit meiner Frage nicht auseinandersetzen willst. Aber meinst du, bei dir machen sie das anders? Vielleicht mit so einem Klettverschluss, wenn du keine Lust mehr auf die Frau in dir hast, kannst du dir dein Ding wieder umschnallen!"

„Was du jetzt sagst, meinst du sicherlich nicht so. Du kannst damit aufhören, ich habe keine Lust mehr darüber zu reden."

„Stimmt es nicht, dass die Ärzte dein Glied amputieren?" Ich versuchte, nicht locker zu lassen. Er sollte ruhig mal begreifen, was er da wirklich mit sich vorhatte und dass das kein Spaziergang war.

„Das stimmt schon, aber wie du das sagst, ist das nicht schön."

„Stimmt, diese ganze Geschichte ist überhaupt nicht schön. Und ich behaupte auch, dass die Psychologen von manchen Transsexuellen ziemliche Versager sein müssen, wenn sie sich so schnell täuschen lassen. Das ist meine Meinung, sonst würde es nämlich nicht so viele Umwandlungen geben."

„Ja, und die Selbstmordraten würden in die Höhe schnellen", sagte er ernst.

„Und wie würdest du das nennen, wenn man dein Glied abschneidet und du künstliche Hormone zu dir nimmst? Und das ein ganzes Leben lang, damit du die vom Chirurgen erschaffene Frau leben kannst?"

„So wie du das ausdrückst, klingt es grausam, Lissy."

„Ich sage es nur so, wie es für mich ausschaut. Wenn ich mir das vorstelle, was sie mit dir machen werden, dann könnte ich kotzen. Und so etwas willst du dir antun? Glaubst du wirklich daran, dass sich deine Probleme in Luft auflösen werden?"

„Hm", sagte er nachdenklich.

„Willst du dir nicht noch ein wenig Zeit geben und einfach nur mal leben? So leben, wie du es für richtig hältst und dich nicht immer hinterfragen, ob das jetzt männlich oder weiblich ist?"

„Hm."

„Gehst du jetzt regelmäßig zu diesem Psychologen?"

„Ja, das muss man ja auch. Es wird vorgeschrieben, von zwei unabhängigen Psychologen ein Gutachten zu bekommen. Erst dann wird man zur Geschlechtsumwandlung zugelassen."

„Und die haut man dann mit vorgetäuschten Selbstmordgedanken übers Ohr? Also ist es doch von Anfang an bis zum Ende nur ein Betrug an sich selbst?"

„Ja, vielleicht ist das so."

Ich merkte, dass jedes weitere Gespräch jetzt zu viel für ihn war, schwenkte daher auf ein anderes Thema um und erzählte von Griechenland und wie ich mir meinen neuen Job vorstellte. Nachdem wir ganz durchgefroren waren, ging jeder von uns in seine Wohnung zurück. Ich nahm eine heiße Dusche. Ich war noch nicht ganz abgetrocknet, als es an meiner Tür klingelte. Schnell warf ich mich in meinen Bademantel und öffnete.

„Oh, entschuldige Lissy, dass ich dich beim Duschen gestört habe." Vor mir stand Walters Mutter. Ich sah sie besorgt an und wir gingen ins Wohnzimmer.

„Ist etwas mit Walter?"

„Wenn du auf den Unfall ansprichst, da ist alles in Ordnung. Ich möchte dir was geben", antwortete sie und legte mir ein Bündel Geldscheine auf den Tisch. „Das sind einhunderttausend Euro!" betonte sie unmissverständlich, und ich sah sie irritiert an.

„Was ist mit diesem Geld?"

„Das Geld ist für dich, Lissy. Ich weiß, dass Walter dich abgöttisch liebt, und ich will nichts unversucht lassen, dich doch noch zu überreden, mit ihm nach Japan zu fliegen."

„Du willst dir meine Liebe zu deinem Sohn erkaufen?" Ich war maßlos von ihr enttäuscht und wurde sehr wütend. So etwas konnte ich jetzt nicht nachvollziehen. Was ging in dieser Frau nur vor? Walter war doch ein sehr gut aussehender junger Mann, dem die Frauen hinterherliefen.

„Weiß Walter von dem Geld und dass du hier bist?"

„Nein, wo denkst du hin. Er darf von dem hier nie etwas erfahren, das musst du mir versprechen."

„Ich dachte, vielleicht könntest du das Geld gebrauchen? Und du bist ja im Moment auch ohne Freund."

„Ja, das stimmt, ich habe im Moment keinen Partner, aber ich habe einen gut bezahlten Job und sogar einige Kröten auf der hohen Kante. Auf jeden Fall brauche ich nicht als Prostituierte zu arbeiten. Steck dein Geld wieder ein und verschwinde auf der Stelle." Ich war wirklich sehr böse. Die dachte von mir, dass ich für Geld zu haben sei. Hatte ich solch einen falschen Eindruck bei ihr hinterlassen?

„Gut, ich gehe. Vielleicht überlegst du es dir noch einmal. Ich wollte dich auf keinen Fall beleidigen, entschuldige bitte." Sie packte das Geldbündel wieder zurück in ihre Tasche und verließ meine Wohnung.

Vielleicht sollte ich es mir doch noch mal überlegen, zu meiner Mutter nach Boston zu ziehen, kam mir in den Kopf. Hier schienen im Moment alle Menschen am Rad zu drehen.

Kapitel 33

Der nächste Tag war Silvester, und den verbrachte ich mit Charly alleine. Ich hatte zwar eine Einladung von Klaus, dem Piloten, und auch eine von Ruth, aber ich hatte genug von Partys und Männern.

An meinem ersten Arbeitstag schminkte ich mich dezent und zog mein neues dunkelblaues Kostüm mit dem bunten Lieblingsschal von meiner Mutter an. Aufgeregt machte ich mich auf den Weg zum Reisebüro. Man fragte mich, ob ich bereit wäre, am nächsten Tag nach Namibia zu fliegen. Dort waren zwei Reiseleiterinnen zur gleichen Zeit erkrankt und es war schwer, Ersatz zu finden. Nachdem ich meinen Koffer gepackt hatte, rief ich Uwe in der Firma an.

„Warum willst du dich verabschieden? Bist du wirklich so sauer, weil ich mich nicht bei dir gemeldet habe?"

„Nein, bin ich nicht. Ich wusste ja, dass du viel über unser Gespräch am See nachdenken musst. Ich fliege morgen nach Namibia."

„Wie lange wirst du bleiben?"

„Das kann noch keiner sagen. Vielleicht ein paar Wochen?"

„Ich kann aber erst später kommen, weil ich mit ein paar Arbeitskollegen zum Billard verabredet bin. Matz geht auch mit. Ich komme dann anschließend noch bei dir vorbei."

„Tut mir leid, das wird mir zu spät. Ich muss mitten in der Nacht raus und zum Flughafen fahren. Dann sage ich dir jetzt tschüss."

„Roger ist gerade gekommen, er spitzt die ganze Zeit die Ohren. Vielleicht denkt er sich, dass wir etwas miteinander ausmachen", flüsterte Uwe mir zu.

„Du, das interessiert mich nicht, ob der was hört oder nicht."

„Du musst ja auch nicht mit ihm zusammenarbeiten!"

„Gut, machen wir es kurz. Bis bald dann. Ich melde mich wieder bei dir, wenn ich zurück bin. Charly hat meine Adresse, wenn was ist. Sie gießt auch meine Blumen in der Wohnung. Brauchst also nicht vorbei zu kommen", sagte ich kühl. Er wünschte mir noch förmlich alles Gute. Dann war unser Telefonat zu Ende.

Vielleicht war es ganz gut so, dass er am Telefon so kühl war, so konnte ich meinen Abstand zu ihm besser einhalten.

Während des langen Fluges nach Namibia informierte ich mich in einem Reiseführer über das hinreißende Naturparadies Südwestafrika. In der Hauptstadt Windhoek gab es immer noch diesen europäischen Stil zu bewundern, der an die Zeit erinnerte, wo Namibia Deutsch-Südwestafrika hieß.

Monika, eine der erkrankten Reiseleiterinnen holte mich mit dem Jeep am Flughafen ab. Es ging ihr schon viel besser, aber der rechte Fuß steckte immer noch in Gips. Der Fahrer verstaute mein Gepäck, und ab ging die Fahrt durch eine bergige Landschaft. Im Viljoen-Wildpark legten wir eine Pause ein und beobachteten Bergzebras, Kubus und Gnus.

Als wir in der Kolonialstadt Swakopmund angekommen waren, empfing mich ein toller Palmenstrand. Das Hotel war sehr schön und ich konnte dank der Klimaanlage die ganze Nacht gut schlafen.

Direkt am anderen Tag fuhren wir mit einer Gruppe Touristen, einem Koch und sechs Helfern, die immer bei der Fahrt mitkamen, in den Fish River Canyon. Der war einhundertsechzig Kilometer lang und hatte ca. siebenundzwanzig Kilometer breite Schluchten. In der ältesten Wüste der Erde, der Namib, gab es bis zu dreihundert Meter hohe Dünen, es war einfach gigantisch. Die Helfer bauten die Zelte auf, und der Koch fing an, das Essen zuzubereiten. Es war sehr heiß, und alle stöhnten deswegen. Natürlich gab es im Zelt keine Klimaanlage und so war ich in der Nacht laufend wach.

Am anderen Tag sahen wir uns den Nationalpark Etosha an. Wir fotografierten Elefanten, Zebras und Giraffen und konnten einen Löwen und einen Leoparden erspähen. Die würde man nur selten sehen, meinte einer der Führer.

Gott sei Dank gab es dieses Mal eine Logge zum Übernachten, die auf Holzpfählen aufgebaut war. Am nächsten Morgen ging es auf holprigen Wegen wieder zurück ins Hotel, und ich kümmerte mich jetzt um die liegen gebliebene Buchhaltung. Eine Reiseleiterin hatte sich wieder gesund gemeldet und so war es abzusehen, dass ich in ein paar Tagen doch schon wieder nach Hause fliegen konnte.

Kapitel 34

Wieder zurück in Deutschland musste ich vom Flughafen zwei Stunden mit dem Zug und dann noch eine halbe Stunde mit dem Bus fahren. Ich war total geschafft, als ich endlich zu Hause war. An meinem Briefkasten hing eine Telegrammbenachrichtigung. Sie war von Mutti. Hoffentlich war ihr nichts passiert? Sie kündigte ihre Ankunft für denselben Morgen an. Also musste sie schon da sein. Wo sie jetzt wohl stecken mochte? Es war jetzt schon später Nachmittag. Ob Uwe noch in der Firma war? Dort sagte man mir, dass er seit einer Stunde Feierabend hätte. Gut, dann würde ich ihn später zu Hause anzurufen.

Gott sei Dank war heute Freitag und Wochenende. Ich fühlte mich von der Reise wie gerädert und war total übermüdet. Aber ich musste noch mal los zum Einkaufen, denn in meinem Kühlschrank herrschte gähnende Leere. Schnell schnappte ich mir meinen Autoschlüssel und fuhr in die Stadt. Im Supermarkt packte ich jede Menge Lebensmittel in meinen Einkaufswagen, der jetzt aussah, als ob ich eine Großfamilie zu versorgen hätte.

„Na Lissy, was hast du denn vor? Schmeißt du heute eine Party?"

„Oh, hallo Martina. Wir haben uns aber schon lange nicht mehr gesehen. Wie geht es dir?", fragte ich höflich.

„Es geht so. Ruth hat mir erzählt, dass du dich von deinem tollen Mann getrennt hättest. Wenn du ihn nicht mehr brauchst, könntest du mir doch mal ein Date mit ihm verschaffen?"

„Das war jetzt wohl ein Witz, Martina?" Aber scheinbar meinte sie es doch genauso, wie sie es gesagt hatte.

„Und, hast du schon einen Neuen?"

„Nein Martina. Ich kümmere mich im Moment um mich selbst. Was machst du eigentlich?"

„Ich ziehe meine drei Kinder auf und am Wochenende gehe ich in die Disco."

„Das müssen schon fünf Jahre her sein, als wir uns das letzte Mal beim Klassentreffen gesehen haben!"

„Ja, stimmt. Hast du Lust auf einen Kaffee hier in der Kantine?"

„Du, sei mir nicht böse, aber ich muss wieder nach Hause. Ich bin noch von der Reise sehr müde." Jetzt musste ich doch tatsächlich auch gähnen.

„Interessanten Beruf haste. Ruth hat mir davon erzählt. Na ja, das wäre mir zu anstrengend."

„Ich muss jetzt gehen, Martina. Machs gut."

„Warte, könnten wir uns nicht vielleicht mal treffen?"

„Du kannst mich anrufen, dann können wir ja mal was ausmachen."

Zu Hause kam ich gleichzeitig mit meiner Mutter an. Wir umarmten uns herzlich. Gut sah sie aus. Ihre blonde Kurzhaarfrisur ließ sie zehn Jahre jünger aussehen. Wir hielten uns lange in den Armen, und sie erzählte viel von ihrer Arbeit. Ziemlich oft fiel der Name eines bestimmten Arbeitskollegen. Am Ende ihrer Erzählungen fragte ich sie, ob sie neu verliebt sei. Sie schüttelte viel zu heftig mit dem Kopf, und das zeigte mir, dass ich Recht mit meiner Vermutung hatte.

„Nein Lissy, ich weiß nicht, ob man das *-verliebt-* nennen kann. Du weißt, wie sehr ich an deinem Vater gehangen habe."

„Aber das ist doch jetzt schon ein paar Jahre her!"

„Manchmal kommt es mir vor, als wenn es gestern gewesen ist, dass er an seinem Herzinfarkt verstarb."

„Und wer ist dieser Arbeitskollege?"

„Er heißt Gerd und hat gerade eine Scheidung hinter sich gebracht. Wir kennen uns schon eine Ewigkeit."

„Schön, dass es wieder einen Mann in deinem Leben gibt."

„Und jetzt zu dir, Lissy. Was sagt Roger zu deinen Scheidungsabsichten?"

„Lass uns ein schnuckeliges Essen zubereiten, und ich erzähle dir, was sich in der letzten Zeit bei mir getan hat."

Nachdem ich ihr alles so einigermaßen berichtet hatte, fragte sie neugierig, wann ich ihr denn diesen Uwe mal vorstellen würde.

„Warum willst du ausgerechnet ihn kennenlernen?"

„Er scheint dir viel zu bedeuten."

„Ja, aber das ist nicht so, wie du denkst. Außerdem habe ich ihn, seit ich in Namibia war, nicht mehr gesehen."

„Und er ist wirklich sicher, dass er eine Frau werden will?"

„Ja, ich denke schon."

„Und wie kommst du mit dieser Entscheidung zu Recht?" Sie schaute mich skeptisch an und war offensichtlich ganz gespannt darauf, was ich sagen würde.

„Ganz gut. Wir sind ja nur Freunde."

„Dafür, dass ihr nur Freunde seid, hast du mir aber viel am Telefon von ihm vorgeschwärmt. Und auch jetzt sehe ich, dass er dir überhaupt nicht egal ist. Dabei wünschte ich dir auch, dass du dich in einen anderen Mann verlieben würdest."

„Wolltest du nicht erst im März kommen?", versuchte ich sie von diesem Thema abzulenken.

„Ich musste kurzfristig umdisponieren. Tante Frieda hat sich entschlossen, jetzt doch in ein Altersheim zu gehen. Sie will ihre Villa verkaufen."

„Und was sagen ihre Söhne dazu?"

„Ihr ist das egal, was die davon halten, sie würden sich ja eh nicht um sie kümmern."

„Und du willst die Villa kaufen und wieder nach Deutschland kommen?"

„Nein, im Moment noch nicht. Es ist ja eine gute Kapitalanlage und du könntest dort einziehen und die Miete sparen."

„Was soll ich denn mit zehn Zimmern und zwei Bädern?" Ich schüttelte den Kopf und dachte an die viele Putzerei, die ich dann erledigen müsste.

Wir waren gerade mit dem Kochen fertig, als es an meiner Tür klingelte. Es war Uwe. Ich bekam sofort hektische, rote Flecken im Gesicht, und auch die Schmetterlinge waren wieder zahlreich in meinem Bauch versammelt. Er nahm mich im Wohnzimmer fest in die Arme und fing an mich leidenschaftlich zu küssen. Dann sagte er mir, dass er mich wahnsinnig vermisst hätte.

Meine Mutter lehnte am Türrahmen und beobachtete unsere leidenschaftliche Umarmung. Als sie zu sprechen begann, zuckte er erschrocken zusammen.

„Aha, also so begrüßen sich Freunde. Da hat sich aber in der letzten Zeit hier in Deutschland viel geändert." Sie streckte freundlich Uwe die Hand entgegen und begrüßte ihn mit einem Lächeln.

„Also das ist Uwe! Ich hoffe, ich darf sie in der nächsten Zeit näher kennenlernen. Ich bin schon ganz gespannt auf sie." Uwe sah sie irritiert an, und ich beeilte mich zu sagen: „Uwe, das ist meine Mutter. Ich habe ihr schon viel von dir erzählt."

Die beiden waren sich auf Anhieb sehr sympathisch, so wurde es eine nette Unterhaltung. Immer wieder schaute er mich an: Es lag so viel Zärtlichkeit in seinen Augen, dass es in meinem ganzen Körper unaufhörlich kribbelte. Meiner Mutter entgingen seine Blicke und meine Empfindungen nicht, aber sie schaute taktvoll weg. Wir redeten über Amerika und Namibia. Viel zu schnell war dieser schöne Abend dann zu Ende und Mutti verabschiedete sich von uns. Ich begleitete sie noch bis zur Tür.

„Das ist ein feiner Mensch, dieser Uwe. Ich konnte den ganzen Abend sehen, dass er sehr viel für dich empfindet. Und du liebst ihn doch auch! Gib nicht so schnell auf, meine Kleine. Er ist es Wert, dass du um ihn kämpfst."

„Ach Mutti, es hat keinen Sinn. Er wird eines Tages eine Frau sein und damit kann ich nichts anfangen. Ich liebe nun mal Männer."

„Wer weiß, was die Zukunft bringt. Liebe versetzt manchmal Berge. Das darfst du nicht vergessen."

In Gedanken versunken ging ich wieder zurück ins Wohnzimmer. Uwe erhob sich aus dem Sessel und trat mir entgegen.

„Deine Mutti ist mir sehr sympathisch."

„Du ihr auch."

„Ich musste dich die ganze Zeit anschauen. Am liebsten hätte ich dich sofort geschnappt und überall gestreichelt. Du, ich musste mich wegen deiner Mutter wirklich ganz schön zusammen reißen."

„Bist du dann immer Uwe, wenn du so fühlst?", wollte ich jetzt aber unbedingt wissen.

„Das ist schwierig, Lissy. Ich weiß dann immer nicht, wer ich bin, wenn ich so viel Sehnsucht nach dir habe. Aber ich glaube, ich bin heute mehr Uwe."

„Möchtest du heute Nacht hier bleiben?"

„Ja, das wollte ich dich auch fragen", sagte er zärtlich. Ich dachte, vorbei mit meinen Vorsätzen, einen Schlussstrich zu ziehen. Ich legte eine CD auf und setzte mich dicht neben ihn.

„Zieh deine Bluse aus und leg dich in meinen Arm, dann massiere ich deinen Nacken und deine Schultern. Den BH kannst du auch schon mal ausziehen, der stört dann nicht so."

Ich musste grinsen und dachte, raffiniert war er ja schon, auch wenn er nicht so viel Erfahrung hatte.

„Na, worauf wartest du denn, Lissy?", fragte Uwe jetzt ungeduldig nach. „Du bist doch nicht in den letzten Tagen noch schüchtern geworden?"

„Du alberner Kerl", lachte ich und warf ihm meinen BH an den Kopf.

„Ich lass mal schnell deine Rollläden herunter, sonst haben wir wieder einen Spanner auf dem Balkon stehen."

Dann kam er auf mich zu und küsste ohne Vorwarnung einfach meine Brustspitzen: Ich wäre fast in Ohnmacht gefallen. Als er meine Erregung spürte, drehte er mich an meinen Schultern herum und massierte meinen Rücken und knetete meinen Nacken. Dann sagte er mir, dass ich schöne Brüste hätte, und seine Hände wanderten unter meinen Achseln nach vorne und fingen an zu streicheln. Ich wunderte mich sehr über seine Offenheit und fragte mich, was mit ihm los war. Aber bis zum Äußersten wird er sicherlich nicht gehen, dachte ich mir. Ich fragte ihn, ob er vielleicht Lust hätte, sich auch auszuziehen, damit ich ihn streicheln könnte.

„Lass uns doch zusammen in dein großes Bett gehen, dort haben wir mehr Platz." Er nahm mich an der Hand und zog mich ins Schlafzimmer. Was würde jetzt kommen? Er zog sich langsam vor mir aus, auch seinen Slip ließ er fallen, und ich konnte sofort erkennen, dass er sehr erregt war.

„Du bist erstaunt, Lissy? Aber du weißt ja eh, dass sich bei mir immer was tut, wenn ich dich spüre. Dann kannst du das auch mal ohne Unterwäsche sehen."

War ich jetzt die Schüchterne? Oder hatte er mir die ganze Zeit etwas vorgespielt, so wie es Roger und Matz immer vermutet hatten?

„Vielleicht ziehst du dich auch noch aus, bevor ich vor dem Bett erfroren bin?", forderte er mich auf und ich dachte mir, er hatte mich ja schon oft nackt gesehen. Schnell entledigte ich mich meiner Kleidung und kuschelte mich ganz dicht neben ihn in mein Bett. Dann fing er an, mich am ganzen Körper zu streicheln und ließ dabei keine Stelle aus. Irgendwann hörte ich auf zu denken und kam dann schnell zum Höhepunkt.

Was war das jetzt gewesen? Was hatte Uwe da gemacht? Ich schaute ihn genauer an und musste mich vergewissern, dass nicht ein Anderer neben mir lag. Jetzt hatte ich mich ihm doch ganz hingegeben. Nein, wir hatten zwar nicht miteinander geschlafen, aber er war in meine Intimsphäre eingedrungen, wo sich nur wenige Männer auskannten. Also, irgendwie schämte ich mich auch noch dafür, aber es war jetzt passiert. Oh mein Gott, so weit hatte ich es nicht kommen lassen dürfen!

„War es schön für dich?", fragte er zärtlich an meinem Ohr. Ich wusste nicht, was ich sagen sollte.

„Warum hast du das gemacht?" Ich war immer noch verzaubert darüber, wie erfahren und zärtlich er mich gestreichelt hatte. Unfassbar, so hatte das noch kein Mann hinbekommen. Mein Gott, jetzt hatte ich schon Erfahrungen mit manchen Männern gemacht, aber so etwas hatte ich noch nicht erlebt.

„Hast du das jeden Mann gefragt, mit dem du ins Bett gegangen bist?"

„Nein, natürlich nicht. Aber du?"

„Ich will heute noch nicht mit dir schlafen, aber ich wollte dir zeigen, dass ich keine Angst habe, dich sexuell zu streicheln."

„Mein Gott Uwe, das hätte nicht passieren dürfen."

„Bereust du es jetzt?"

„Nein, natürlich nicht, aber ich habe mich dir ganz hingegeben."

„Ist das nicht der Sinn dieser Sache?" Er nahm meine Hand und legte sie auf sein erregtes Glied.

Ich kam mir vor wie eine Anfängerin. Zaghaft begann ich ihn zu streicheln, und auch er kam schnell immer mehr in Ekstase. Plötzlich legte er sich auf mich, aber genauso plötzlich war alles zu Ende. Er konnte nicht in mich eindringen.

„Du bist nicht enttäuscht, dass wir nicht miteinander geschlafen haben?"

„Nein, natürlich nicht, Uwe. Ich bin immer noch sehr überrascht. Was ist nur los mit dir?"

„Ich weiß es auch nicht. Die ganze Zeit habe ich mir vorgestellt, es so mit dir zu tun. Ich könnte dich wieder verwöhnen."

Er fing wieder an, mich zu streicheln, und ich war hin und weg. Anschließend streichelte ich ihn auch, bis er zum Höhepunkt kam und dann lagen wir erschöpft nebeneinander. Das Geschehene blieb eine Weile für mich unfassbar.

Er war zwar am nächsten Morgen etwas verlegen, aber das legte sich schnell wieder. Ich fragte ihn, ob wir zusammen frühstücken wollten.

„Lissy, es war sehr schön, heute Nacht deine erregten Empfindungen zu erleben. Hoffentlich bist du nicht enttäuscht, dass wir nicht miteinander geschlafen haben?"

„Nein, ich bin überhaupt nicht enttäuscht. Du bist der zärtlichste und gefühlvollste Mann, mit dem ich je intim war. Solche tiefen Gefühle habe ich noch nie gespürt. Ich wusste gar nicht, dass man sich stundenlang streicheln kann. Du hast mich total überrascht!"

Als meine Mutter an der Tür klingelte, machte ich ihr strahlend auf.

„Mein Gott, du lachst ja über das ganze Gesicht. Aber ich kann mir schon denken warum. Ich habe draußen auf dem Parkplatz Uwe gesehen, als er wegfuhr. Er war wohl die ganze Nacht bei dir?"

„Ja, stimmt."

„Und ihr habt?"

„Nein, nicht ganz, aber andere Dinge halt", druckste ich rum: Ich hatte keine Lust, näher darauf einzugehen.

„Dann legt er so langsam seine Schüchternheit ab?"

„Schüchtern? Du wirst es nicht glauben, aber ich war die Schüchterne. Wenn ich es nicht besser wüsste, dann würde ich ihn als einen sehr erfahrenen Mann in dieser Hinsicht einstufen. Von wegen schüchtern!"

„Vielleicht hat er sich nur nach seinem Gefühl gerichtet."

„Und was machen die anderen Männer? Oh mein Gott, dagegen war Roger ein Waisenknabe ohne Erfahrung."

„Nun ja, meine liebe Tochter, wenn ich es mal so direkt sagen darf: Es gibt viele Männer die tausend Frauen hatten und doch eine Niete im Bett sind. Ex und hopp, fertig. Das nennt man doch so? Aber ich glaube, ich lasse das Thema jetzt besser."

Wir frühstückten, und es wurde noch sehr lustig. Aber zwischendurch musste ich immer wieder an die letzte Nacht denken. Dann durchzog mich ein Kribbeln von den Füßen bis in den Kopf. Wie es Uwe jetzt gehen mochte? Mutter und ich fuhren zu der Villa, die sie gekauft hatte. Tante Frieda war auch da und nahm mich in die

Arme. Sie hatte wirklich viel Ähnlichkeit mit meinem Vater, aber schließlich war sie ja auch die Schwester von ihm.

„Der Pool im Garten ist aber neu! Wann hast du den denn einbauen lassen?"

„Diese Idee ist nicht auf meinem Mist gewachsen. Mein Sohn Sylvester wollte es unbedingt so. Aber er ist ja zu seiner Freundin Monika nach München gezogen."

„Und wann willst du ins Seniorenheim?"

„Nächste Woche ist der Umzug", erzählte sie uns.

Mutti und ich waren am Abend mit Uwe in der Pizzeria verabredet. Er war schon da, als wir ankamen. An seinem Gesicht konnte ich erkennen, dass er schlechte Laune hatte, und ich entdeckte auch den Hauch von Schminke.

„Es tut gut, dich zu sehen", begrüßte er mich trotzdem sehr herzlich und drückte mich ganz fest an sich. Es wurde ein schöner Abend, denn wir drei verstanden uns prächtig. Seine schlechte Laune war auch schnell wieder verflogen. Irgendwann sagte meine Mutter zu ihm:

„Ich kann gut verstehen, warum meine Tochter so in sie vernarrt ist. Sie sehen nicht nur blendend aus, sondern sind auch noch sehr intelligent und charmant dazu."

„Mama, lass das bitte." Ich wusste ja, dass da noch mehr kommen konnte, wenn sie so drauf war. Aber sie ließ sich nicht stören.

„Lissy hat mir erzählt, dass sie eine Frau werden möchte. Aber wenn ich etwas dazu sagen darf, das wäre dann ein großer Verlust für die Männerwelt. Solche Männer wie sie gibt es nicht so oft."

Am liebsten hätte ich ihr ans Schienbein getreten, aber an Uwes Gesicht konnte ich erkennen, dass es ihm überhaupt nichts ausmachte, darüber zu reden. Er sagte zu ihr:

„Vielen Dank für das Kompliment, das an meine männliche Seite geht. Aber ich wünsche mir schon lange eine Frau zu werden und hoffe, dass ich bald mein Ziel erreicht habe. Davon kann mich nichts mehr abbringen", antwortete er und sah angespannt zu mir herüber.

„Ich habe gelernt, dass es Dinge im Leben gibt, die sich ganz plötzlich verändern können, und dann gibt es auch noch dieses Sprichwort, das sagt: -*Sage niemals nie*-." Meine Mutter schaute uns beide an. Dann kam der Kellner und brachte uns die geschmackvoll zubereiteten Pizzen.

„Dir geht es heute nicht so gut, Uwe. War was in der Firma?", fragte ich ihn und hoffte, dass es nichts mit Roger zu tun hatte.

„Na ja, ich wollte dich mal sehen, wenn sie dir die Wohnung gekündigt hätten!"

„Wieso hast du die Wohnung gekündigt bekommen? Du wohnst doch noch gar nicht so lange drin."

„Wegen Eigenbedarf. Es ist eine rollstuhlgerechte Wohnung, und dort zieht jetzt der Opa meiner Vermieterin ein."

„Nun, dann können sie nichts dran machen. Das ist ein Notfall im Eigenbedarf. Wann müssen Sie denn ausziehen?", fragte meine Mutter.

„Am besten gleich, spätestens aber in drei Monaten."

„Nun, ihr Problem könnte sich jetzt und hier sofort erledigt haben, wenn sie wollen. Ich hätte sofort eine Bleibe für sie. Es ist ein Haus mit Pool", antwortete sie und er schaute überrascht auf.

„O, natürlich wäre das herrlich, aber das kann ich mir sicherlich nicht leisten."

„Darüber machen sie sich mal keine Gedanken, das können wir zusammen regeln." Und zu mir gewandt meinte sie dann:

„Siehst du Lissy, jetzt hätten wir schon einen Mitbewohner für dich. Das wäre doch schon eine schöne Wohngemeinschaft?"

Uwe und ich schauten uns ungläubig an. Ich hätte gerne in diesem Moment seine Gedanken gelesen. Was war das für eine Vorstellung, *er und ich* zusammen in diesem wunderschönen Haus. Nachdem er sich von dieser Überraschung erholt hatte, bekam er glänzende Augen und fragte meine Mutter:

„Ja, ich würde das sehr gerne annehmen. Aber wird es ihnen nicht hinterher leidtun, wenn ich in den nächsten Monaten eine Frau werde?", fragte er vorsichtig.

„Nein Uwe, darüber brauchen Sie sich keine Gedanken zu machen, das müssen Sie ganz alleine mit meiner Tochter klären."

Beide schauten mich gespannt an, und ich fühlte mich ziemlich überrumpelt. Konnte ich wirklich mit dieser Situation umgehen, wenn aus Uwe eine Frau wurde? Nach dieser Nacht?

„Lissy, du brauchst mir jetzt keine Antwort zu geben, wenn du noch darüber nachdenken willst. Ich kann das verstehen", sagte er zu mir, weil ich schon zu lange überlegte.

„Nein Uwe, das ist schon in Ordnung. Wir können es ja als Wohngemeinschaft miteinander versuchen, und wenn es nicht klappt, wird sich eine andere Lösung finden."

„Und die Nachbarn? Was werden die sagen, wenn zuerst ein Mann einzieht, der später eine Frau ist?"

Meine Mutter ergriff das Wort und sagte, dass sie sich noch nie an Nachbarn und deren Geschwätz gestört hätte. Ihre Tochter sei doch eigentlich auch so!

„Das ist doch so, Lissy?"

„Uwe müsste eigentlich wissen, dass ich mir darüber keine Gedanken mache. Ich lehne Menschen ab, die immer nur über Andere tratschen und an niemandem ein gutes Haar lassen."

„Ach ja, wo wir gerade beim Thema sind. Hat sich Deine Freundin Traudel mal wieder bei dir gemeldet?", fragte mich meine Mutter.

„Die habe ich ganz vergessen. Als sie damals zu mir gesagt hat, ich könnte mich ja wieder bei ihr melden, wenn es mir besser ginge, ist diese Freundschaft in meinem Herzen gestorben. Und soweit ich weiß, war Roger bei ihnen und hat erzählt, was mit Uwe los ist. Du kannst dir ja jetzt vorstellen, was solche Menschen wie sie dazu sagen. Traudel wird Uwe abgestempelt haben, so wie sie all den Anderen ihren Stempel draufgesetzt hat. Sicherlich habe ich auch einen von ihr bekommen. Warum sollte ich mich bei solchen Menschen noch melden?"

„Gut, wann könnte ich denn einziehen?", fragte Uwe meine Mutter.

„Du kannst sofort, musst aber bestimmt noch streichen. Lissy, wann willst du in die Villa einziehen? Vielleicht könnt ihr ja gemeinsam renovieren!"

Die Vorstellung, mit Uwe Tag und Nacht zusammen zu sein, wenn auch in getrennten Zimmern, brachte mich jetzt total durcheinander. Aber bevor ich etwas dazu sagen konnte, meinte Uwe:

„Ich würde mich sehr freuen, wenn du gleichzeitig mit mir einziehst", und er sah mich mit leuchtenden Augen an.

„Ich werde sehen, wie ich das hinkriege. Aber ich freue mich natürlich darauf, mit dir in einer Wohngemeinschaft zu leben. Ich denke auch, dass wir miteinander auskommen werden. Außerdem haben wir beide Berufe, in denen wir öfter unterwegs sind."

Als ich dann alleine zu Hause auf meinem Sofa saß, fragte ich mich lange, was sich meine Mutter wohl dabei gedacht hatte. Am Montagmorgen bekam ich von meinem Chef den Auftrag, nach Mauritius zu fliegen, also fuhr ich heim zum Packen. Meine Mutter fragte mich:

„Hast du mir nicht erzählt, dass du in der Buchhaltung anfängst?"

„Ja, das ist auch so. Ich soll nur in Ausnahmefällen einspringen. In Mauritius ist eine Mitarbeiterin vom Urlaub nicht zurückgekommen und einfach verschwunden."

„Vielleicht ist sie krank geworden?", fragte meine Mutter kopfschüttelnd.

„Es sind jetzt drei Tage her, seit das Büro unbesetzt ist. Sie hat sich nicht gemeldet. Mein Chef vermutet, dass sie zu ihrer Mutter nach Dresden gereist ist. Die Nachforschungen haben so viel ergeben, dass sie ihren großen Sohn von der Schule und ihren Kleinen vom Kindergarten abgemeldet hat. Ihr Lebensgefährte weiß angeblich auch nicht, wo sie abgeblieben ist."

„In der Weltgeschichte herumfliegen, na, so gut müsste man es mal haben", schwärmte mir Mutter vor. „Du musst noch deine Kündigung schreiben für die Wohnung hier."

„Das habe ich schon im Büro gemacht. Bringst du sie zur Post?"

„Ich war heute bei deinem Vermieter. Wenn du vorher ausziehen willst, hätte er gleich einen Nachmieter, hat er mir gesagt."

„Also, dir scheint es ja nicht schnell genug zu gehen, dass ich hier rauskomme?" Ich musste lachen, war aber meiner Mutter dankbar, dass sie das für mich erledigt hatte.

„Kannst du Uwe sagen, dass ich weg musste?", fragte ich sie, als sie mich zum Flughafen fuhr.

„Selbstverständlich sage ich ihm Bescheid. Aber warum rufst du ihn nicht noch in der Firma an?"

„Nein danke, nachher habe ich noch Roger dran."

Kapitel 35

Es lagen elf lange Flugstunden vor mir. In meinem Koffer befand sich ausschließlich Sommerbekleidung: Ich hoffte, dass die Auskunft von meinem Chef auch richtig war, dass dort am Indischen Ozean jetzt Temperaturen von um die dreißig Grad herrschten. Bevor das Flugzeug zur Landung ansetzte, flog der Pilot noch eine Runde um die ganze Insel, die so groß war wie Hamburg mit all seinen Vororten.

Mit einem Taxi fuhr ich direkt zum Reisebüro. Die Putzfrau, die auch einen Schlüssel hatte, wartete schon auf mich. Es herrschte ein heilloses Durcheinander, und es gab viel Arbeit, die ich erledigten musste. Ich war froh, dass das Reisebüro direkt neben dem Hotel lag. Ohne noch an diesem Tag die schönen weißen Traumstrände der Insel bewundern zu können, fiel ich müde und abgespannt in mein Bett. Am nächsten Tag teilte mir mein Chef mit, dass Kerstin jetzt wohl in Dresden bleiben würde. Also musste ein Ersatz für sie gesucht werden.

Eine Halbtagskraft bot sich sofort an, gerne auch für den ganzen Tag zu arbeiten. Ich erklärte ihr, wie sie die Buchungen erledigen musste, die per Mail nach Deutschland geschickt wurden. Heike war sehr aufnahmebereit, und so konnte ich schon für die nächsten Tage einen Rückflug buchen.

Am letzten Tag zeigte mir Heike die tollen Strände der Insel. Wir fuhren an rot leuchtenden Flammenbäumen vorbei und bewunderten die violetten Berge und die größten Wasserlilien der Welt. Mit einer Eisenbahn ging es durch Zuckerrohrfelder, und an der Ostküste sahen wir uns die Wasserfälle an. Zu denen konnte man nur mit dem Boot fahren, aber dafür hatte ich jetzt leider keine Zeit.

Menschen unterschiedlichster Hautfarbe und Religionen lebten hier auf der Insel friedlich miteinander. Es gab Chinesen, Kreolen, Inder und Afrikaner.

Als ich wieder in Deutschland auf dem Flughafen landete, empfingen mich graue Regenwolken. Das Thermometer hatte die Nullgrenze erreicht. Mich fröstelte es stark, ich war auch viel zu dünn angezogen. Ich hätte Mutti fragen sollen, ob sie mich abholen konnte, aber jetzt war es zu spät. Mein Zug ging in wenigen Minuten, und ich musste mich beeilen, zum richtigen Bahnsteig zu kommen.

Eine knappe Woche war ich jetzt auf Mauritius gewesen. Ob Uwe schon in die Villa eingezogen war? Als ich zu Hause gegen elf Uhr morgens ankam, war ich total müde. Wie immer hatte ich im Flugzeug nicht gut geschlafen, aber ich war viel zu aufgeregt, um mich jetzt aufs Ohr zu legen. Ich rief meinen Chef zu Hause an.

„Wenn sie wollen, können sie mir gleich die Unterlagen vorbei bringen. Ich müsste auch noch mit ihnen reden."

O je, hoffentlich hatte ich keinen Fehler gemacht.

„Es tut mir leid für Sie, aber ich müsste Sie am Mittwoch nach Edinburgh schicken, allerdings nur für zwei, drei Tage. Dafür dürfen sie auf unsere Kosten am Montag und Dienstag freinehmen."

Natürlich hatte ich nichts einzuwenden und fuhr gut gelaunt zu Uwes Wohnung. Eigentlich müsste er doch da sein, es war doch Wochenende? Aber er war nicht da. Vielleicht war er ja schon dabei, in der Villa zu renovieren?

Schon von Weitem sah ich eine Menge Autos davor stehen. Ich entdeckte auch den Wagen von Uwe. Außerdem den Leihwagen meiner Mutter und den von Matz. Die anderen Autos kannte ich nicht. Da hatte ich sie ja alle auf einem Platz, dachte ich mir und betätigte die Klingel. Matz öffnete mir die Tür. Er war von Kopf bis Fuß mit weißer Farbe beschmiert und hatte einen Pinsel in der Hand. Als er mich sah, rief er ins Haus hinein:

„Hier kommt noch ein Helfer."

Uwe tauchte hinter ihm auf und fragte erstaunt:

„Du bist schon aus Mauritius zurück?"

„Ja, kann ich reinkommen?" Ich schob ihn und Matz zur Seite und trat in den Flur.

„Warum hast du nicht angerufen? Ich hätte dich doch am Flughafen abgeholt." Dann nahm er mich in seine Arme und ich konnte sehen, dass Matz unsere Umarmung misstrauisch beobachtete. Meine Mutter kam jetzt auch in den Flur und küsste mich liebevoll.

„Du bist schon zurück? Das hat sich ja gar nicht für dich gelohnt, Kleines", meinte sie. „Du wirst sicher hungrig sein!". Sie nahm mich an die Hand und führte mich ins große Wohnzimmer. Dort war auf einem Tisch ein kleines Buffet mit verschiedenen Salaten und belegten Brötchen angerichtet. Am Tisch saßen schon zwei mir unbekannte Männer, die tüchtig aßen. Der eine von ihnen stand sofort auf und reichte mir die Hand.

„Hallo Lissy, ich bin Gerd. Schön, Sie kennenzulernen."

Uwe stellte mich dem anderen Herrn vor, der Michael hieß und ein Arbeitskollege von Uwe, Matz und Roger war. Auch er meinte, dass es ihn freuen würde, mich jetzt endlich einmal kennenzulernen. Irgendwann erzählte mir Uwe leise, dass er endlich seinem Chef anvertraut hätte, was er demnächst vorhätte. Ich sah ihn entsetzt an, und Matz zog seine Schultern hoch, als müsste er sich für diese Situation entschuldigen. Da Uwe hier so offen darüber erzählte, schienen es alle zu wissen. Matz konnte meine Sprachlosigkeit scheinbar nicht mehr ertragen und sagte:

„Am Mittwoch ist Roger auch zum Chef gegangen und hat dem erzählt, dass Uwe ihm seine Frau ausgespannt hätte. Du kannst dir jetzt vorstellen, was in der Firma los ist."

Und Michael grinste jetzt übers ganze Gesicht, als er dazu sagte:

„Tja, und der Chef denkt jetzt, alle wollen ihn verarschen!"

Gerd, der anscheinend nicht in diese Problematik eingeweiht war, schaute von einem zum anderen, und meine Mutter fragte Uwe, ob sie es ihm erklären dürfte."

„Natürlich darfst du das, Monika."

„Gut, dann werde ich das gleich mal tun." Sie schnappte sich den verdatterten Gerd, und dann fuhren sie zu Tante Frieda.

Meine Mutter hatte Uwe also schon das ‚Du' angeboten. Sonst war sie doch nicht so schnell damit? Die Zwei waren sich anscheinend äußerst sympathisch. Ich fragte ihn, wo sich denn mein Zimmer befinden würde, denn anscheinend war alles schon verplant.

„Direkt neben meinem Schlafzimmer. Ich hoffe, du bist damit einverstanden. Es ist das größere Schlafzimmer mit dem großen Balkon."

„Ja, ist mir Recht. Ich hoffe, du schnarchst nicht so laut", versuchte ich etwas lustig zu sein, denn Matz schaute so grimmig.

„Aber du weißt doch, dass ich das nur ab und an tue", schmunzelte er. Ich dachte mir gleich, o je, das hatten Matz und Michael jetzt bestimmt auch gehört. Der Blick zu Matz bestätigte meine Befürchtungen, denn er sah ziemlich entsetzt aus. Uwe nahm mich an der Hand und ging mit mir auf die Terrasse.

„Ich freue mich riesig auf den Sommer und das von dir versprochene Nacktbaden im Pool", sagte er grinsend zu mir. Matz verschluckte sich hinter mir an seiner

Cola und fing an zu husten. Da ich sehr müde war, verabschiedete ich mich und ging zu meinem Wagen.

Plötzlich legte sich eine Hand auf meine Schulter. Matz war mir gefolgt.

„Lissy, warte mal, ich müsste mit dir reden."

„Entschuldige Matz, aber ich bin jetzt sehr müde. Ein anderes Mal gerne."

„Geht das diese Woche?"

„Ruf mich morgen an Matz, dann können wir ja was ausmachen. Ich muss jetzt wirklich los, weil ich von der Reise so geschafft bin. Sei mir bitte nicht böse."

Irgendwann am späten Abend, es war schon dunkel draußen, küsste mich Uwe wach.

„Wie süß du aussiehst, wenn du schläfst."

„Ich habe dich gar nicht klingeln hören? Wie viel Uhr ist es denn jetzt?"

„Gleich dreiundzwanzig Uhr. Du hast vier Stunden geschlafen."

Ich gähnte ihn lange an und er musste darüber schmunzeln. Dann ging er in die Küche und machte uns einen Tee. Ich schleppte mich langsam ins Wohnzimmer und legte mich aufs Sofa. Uwe erzählte mir, dass sie mit dem Streichen fertig geworden waren und er wohl schon am nächsten Tag mit dem Umzug beginnen konnte.

„Soll ich deinen Umzug gleich mitmachen?"

„Oh, lass mal, so schnell kann ich jetzt nicht. Ich muss erst einmal alles einpacken. Bring du deine Sache über die Bühne, und ich werde dann sehen."

„Du bist vorhin so schnell abgehauen. War was?"

„Nichts, ich war nur sehr müde. Warum hast du deinem Chef reinen Wein eingeschenkt? Bist du dir wirklich so sicher, dass du dich umoperieren lassen willst?"

„Ja, das bin ich. Warum hätte ich also noch warten sollen, es ihm zu sagen?"

„Hast du keine Angst, dass du deine Stelle verlieren könntest?"

„Ich glaube nicht. Er und seine Frau haben volles Verständnis gezeigt."

„Und das hatte er auch noch, nachdem Roger bei ihm war?"

„Das weiß ich nicht. Matz hat mir gesagt, dass er nach dem Gespräch mit Roger fluchend in der Firma rumgerannt ist und die Welt nicht mehr verstand."

„Das kann ich mir gut vorstellen. Roger wird an dir kein gutes Haar gelassen haben. Für ihn bist du der größte Weiberheld, den er jemals gesehen hat."

„Sie werden schon sehen, wenn ich Frau geworden bin."

„Was hatte eigentlich unsere letzte Nacht zu bedeuten, wo du Sex mit mir hattest?" Na, das sollte er mir jetzt mal genauer erklären, darauf war ich sehr gespannt.

„Ich weiß auch nicht mehr, wie das passieren konnte, dass ich fast mit dir geschlafen hätte. Ich werde in Zukunft besser darauf achten müssen, dass ich nicht mehr schwach werde."

Es war enttäuschend, diese Worte von ihm zu hören. Ich hätte ihm mitten ins Gesicht schlagen können, so wütend war ich darüber. Kühl antwortete ich dann:

„Ich akzeptiere deine Entscheidung, und auch ich werde in Zukunft darauf achten, dich nicht mehr so nah an mich heranzulassen. Da sich das Verhältnis zwischen uns erst einmal abkühlen muss, werde ich noch mit dem Einzug in die Villa warten."

„Warum bist du jetzt so unnahbar? Ich dachte, gerade du kannst mich besser verstehen, wenn ich Frau werde."

„Mit dem gewissen Abstand sicherlich. Aber mit solchen Gefühlen, die ich für dich habe, kann ich das nicht mehr. Nicht nach dieser Nacht."

Ich wusste, dass es für uns beide jetzt wichtig war, Abstand voneinander zu bekommen, denn nur so konnte ich wieder für ihn da sein. Aber so, wie es im Moment um mich stand, war ich sicherlich die falsche Ansprechpartnerin.

„Soll ich jetzt gehen?" riss er mich aus meinen Gedanken und ich nickte.

„Noch eines, Uwe. Ich bitte dich, in Zukunft nicht einfach so hier herzukommen, und ich bitte dich, mich auch nicht mehr so zu küssen. Verhalte dich mir gegenüber distanziert, so wie man das gewöhnlich einer Freundin gegenüber auch tut."

„Wenn du das so willst!"

„Ja, ich bestehe drauf."

Dann ging er ohne den gewohnten Abschiedskuss. Am nächsten Morgen holten meine Mutter und Gerd mich zum Frühstück ab. Er sagte mir, dass Uwe sehr mutig sei, so etwas Heikles seinem Chef zu erzählen.

„Meine liebe Tochter", fing dann meine Mutter an. „Du weißt, dass du das mit Uwe in der Hand hast!"

„Ich weiß nicht, was du damit meinst, Mama."

„Du willst doch nicht zulassen, dass er in sein Unglück rennt?"

„Es steht nicht in meiner Macht, für einen anderen Menschen so eine Entscheidung zu treffen. Nur er alleine ist dafür verantwortlich."

„Das tut er doch nur, weil er sich so verrannt hat und aus dieser sexuellen Verklemmtheit alleine nicht raus kommt."

„Aber er muss das trotzdem selbst entscheiden. Ich möchte nicht, dass du dich da einmischst", forderte ich sie auf. „Wenn ich mich wieder gefangen habe, kann ich auch wieder für ihn da sein, egal welche Entscheidung er treffen wird. Er könnte ja auch mal seine sexuellen Probleme mit seinem Psychologen besprechen. Vielleicht sagt der ihm dann, dass diese nicht mit einem Wechsel seiner Person einfach verschwinden werden."

„Wenn ich was dazu sagen darf!", meldete sich Gerd zu Wort.

„Ich konnte sehr gut beobachten, wie Uwe dich ansah, als du kamst. Seine Liebe strahlte nur so aus seinen Augen. Jeder im Raum hat das gesehen. Ich würde nicht so schnell aufgeben."

„Stimmt", bestätigte meine Mutter. „Als du in Mauritius warst, haben wir Uwe jeden Tag getroffen und viel Zeit miteinander verbracht. Er hatte doch eine ganze Woche Urlaub. In jedem Wort von ihm, das er über dich sprach, war so viel Liebe für dich drin. Um so einen tollen Mann kämpft man."

Wie einfach meine Mutter und all die Anderen sich das vorstellten, dachte ich mir und machte mich auf den Nachhauseweg. Als ich in meine Wohnung kam, fand ich eine dunkelrote Rose und ein paar Zeilen von Uwe auf meinem Tisch. Er schrieb mir, dass er die ganze Woche in der Schweiz sei und nach seiner Rückkehr am Freitagabend sehr gerne mit mir essen gehen würde. Am späten Abend rief Matz an und wollte noch vorbeikommen.

„Hast du mal auf die Uhr geschaut, Matz? Es ist schon fast einundzwanzig Uhr!"

„Ja, ich weiß. Ich komme auch nur ganz kurz bei dir vorbei, bin quasi ganz in deiner Nähe."

Er duldete scheinbar keine Widerrede, und nach ein paar Minuten summte es schon an meiner Tür. Das war aber sehr nahe von mir, dachte ich und öffnete ihm.

„Na, was gibt es so Dringendes, das man nicht auf morgen schieben kann?" fragte ich ihn sofort.

„Willst du wirklich mit Uwe zusammenziehen?"

Seine Frage erstaunte mich sehr. Ich schaute ihn fragend an.

„Warum fragst du mich das, Matz?"

„Ihr macht euch doch gegenseitig kaputt!"

„Warum nimmst du das an? Ich glaube, dass dich unser Liebesleben nichts angeht, wenn wir denn eins hätten! Aber ich kann dich beruhigen, wir gründen nur eine Wohngemeinschaft."

„Wenn das Roger erfährt, dann hat Uwe in der Firma nichts mehr zu lachen", antwortete er mir, und sein Blick sah zum Fürchten aus.

„Oh, da muss Roger aufpassen, dass ich nicht vorbeikomme und für klare Verhältnisse sorge. Du kannst ihm auch gerne liebe Grüße von mir ausrichten und ihm mitteilen, dass er nur ja vorsichtig sein sollte, mit dem was er sagt oder macht."

„Das kann ich ja mal versuchen, aber ich glaube, das hat wenig Sinn. Und du überlegst es dir noch einmal, ob du wirklich mit Uwe zusammenziehen willst."

Dann verabschiedete er sich, und ich machte mir über das Gespräch so meine Gedanken. Wie viele Leute sich da in unsere Beziehung einmischen wollten; das war schon sagenhaft. Aber was ging mich das ganze Geschwätz von Anderen an? Ich musste alleine wissen, was ich mir zu muten konnte und was nicht. Schließlich war ich doch alt genug. Ich war mir jetzt hundertprozentig sicher, dass ich mit Uwe zusammenziehen wollte. Nur wann, das wusste ich noch nicht.

Am Mittwoch um fünf Uhr morgens ging mein Flug nach Schottland ins sagenumwobene Edinburgh. Mein Hotel lag an dem berühmten See Loch Ness. Um diese Uhrzeit tummelten sich auf der großen Terrasse des Hotels schon sehr viele begeisterte Touristen mit Ferngläsern. Sie waren, wie wohl jeden Tag, auf der Jagd nach dem Seeungeheuer Nessie. Ich dachte immer, das sei ein Witz, wenn ich von diesen Touristen gehört hatte, aber jetzt sah ich es mit eigenen Augen, dass es sie wirklich gab.

Mit der Reiseleiterin, die mich schon im Hotel erwartete, fuhr ich auf eine Burg, und sie erzählte mir auf der Fahrt dorthin, dass dort etliche Szenen für den Kinofilm Highlander gedreht worden waren. In dieser Burg war ein kleines Büro unseres Reiseunternehmens. Ich suchte mir bestimmte Papiere zusammen, und wir konnten wieder zurückfahren. Frau Berlin, die aus Amerika stammte, arbeitete mit mir bis in die Nacht hinein. Auch am nächsten Tag war noch eine Menge zu tun. Es blieb mir nicht einmal Zeit, irgendwelche Besichtigungen zu machen, die Zeit war knapp.

Kapitel 36

Am Freitagnachmittag kam ich müde und abgespannt zu Hause an. Ich hoffte, Uwe noch zu sehen. Ich sehnte mich so sehr nach ihm, dass es schon wehtat, und wusste gleichzeitig, dass dies nicht gut für mich war. Ich sah hastig meine Post durch und fand eine Notiz, die mir Mama hinterlassen hatte. Siggi aus Siegburg hatte sich wieder einmal gemeldet, ich möge doch auf seinem Handy zurückrufen. Woher hatte er meine Telefonnummer? Ich stand doch gar nicht im Telefonbuch. Ich war damals siebzehn Jahre alt gewesen, als wir für drei Monate zusammen waren. Wenn er was von mir wollte, konnte er mich ja wieder anrufen, er hatte ja jetzt meine Telefonnummer. Sonst gab es nichts Wichtiges an Post, und ich machte mich ungeduldig auf den Weg in Uwes Wohnung. Ob er schon da war?

Hatte er nicht für dieses Wochenende seinen Umzug in die Villa geplant? Aber warum hatte er dann noch nichts eingepackt? Na, da hatte er aber noch viel zu tun. Als ich gerade gehen wollte, kam er mir im Treppenhaus entgegen.

„Ich komme gerade von deiner Wohnung, Lissy. Aber das wird uns ja demnächst nicht mehr passieren, wenn wir umgezogen sind", begrüßte er mich herzlich und schlang seine langen Arme um mich. Wieder bekam ich ganz weiche Knie. Ich dachte an die gewisse Nacht, die es wohl nicht mehr geben würde.

„Wolltest du dieses Wochenende nicht in die Villa ziehen?"

„Doch, morgen fahre ich die ersten Möbel rüber", antwortete er mir.

„Aber du hast doch noch gar nichts eingepackt?"

„Das geht morgen ruckzuck, du wirst staunen. Ich habe außerdem die ganze nächste Woche Urlaub. Wann wird dein Umzug sein?"

„In ein paar Wochen, Uwe."

„Gott sei Dank hast du dir das nicht anders überlegt. Ich freue mich auf unsere Wohngemeinschaft", sagte er. Uwe strahlte über das ganze Gesicht und wirbelte mich herum.

„Weiß Roger es schon?"

„Ja, Matz hat es ihm gesagt. Was war ich froh, dass ich diese Woche in der Schweiz war. Matz hat gemeint, dass Roger am Rad dreht. Sein Chef hat ihm schon mit Kündigung gedroht, wenn er damit nicht aufhört."

„Ja, so etwas habe ich mir schon gedacht. Wahrscheinlich komme ich nicht drum herum. Ich muss mit Roger reden."

„Oh Lissy, ich weiß nicht, ob das so eine gute Idee ist!"

„Ich fahre jetzt auch gleich zu ihm, dann habe ich es hinter mir."

Rogers Auto stand vor der Tür, also musste er zu Hause sein. Als er mir die Tür öffnete, sah ich in seinem Gesicht, dass es ihm jetzt gar nicht recht war. Er bat mich auch nicht, hereinzukommen.

„Was ist Roger? Darf ich nicht hereinkommen?"

„Wenn du unbedingt willst, bitte. Ich habe aber noch nicht aufgeräumt", meinte er und winkte mich mit einer Handbewegung herein. Hatte er mir nicht im Schwimmbad lautstark erzählt, dass er immer, wirklich ohne jede Ausnahme, eine aufgeräumte Wohnung hätte? Ja, er wäre ein perfekter Hausmann geworden, genau das Gegenteil von vorher!

„Ich fasse mich kurz", antwortete ich ihm. Dass ich hier einmal mit ihm gelebt haben sollte, erschien mir jetzt wie in einem anderen Leben. Alles war mir so fremd, wirkte kühl und es roch nach abgestandener, rauchiger Luft. Und seine nicht aufgeräumte Wohnung, so wie er es nannte, konnte man durchaus als *Saustall* bezeichnen. Auf dem Wohnzimmertisch lagen leere Pizzapackungen. Jede Menge benutzte Gläser standen herum, und seine Schmutzwäsche lag auf dem Sofa und auf den Stühlen verstreut. Auf dem Boden hatte er Briefe und jede Menge Prospekte verteilt. Ein paar Aschenbecher mit zahllosen Zigarettenkippen standen auch noch herum. In der Küche verdreckte das Geschirr wohl schon wochenlang vor sich hin. Ich blieb sicherheitshalber stehen. Nein, hier wollte ich nicht mehr Zeit verbringen als unbedingt nötig.

„Na Schatz, was willst du mit mir besprechen?", fragte er und schob sein Kinn etwas nach vorne. Das tat er immer, wenn er sich in den Vordergrund stellen wollte. Wahrscheinlich kam er sich so interessanter vor.

„Ich wollte über uns reden!"

„Du hast es dir bestimmt wegen der Scheidung überlegt. Ich habe dir gleich gesagt, dass wir uns das jetzt finanziell nicht leisten können. Das große Auto, das ich gekauft habe, verschlingt fast mein ganzes Geld. Und außerdem habe ich mir eine große Musikanlage auf Pump gekauft. Du hast ja gesagt, Musik sei so beruhigend. Und außerdem: Die neue Waschmaschine und der Trockner müssen auch noch bezahlt werden. Bis ich das abbezahlt habe, wird es wohl noch dauern", erklärte er mir und zündete sich eine Zigarette an.

„Also das mit der Scheidung läuft so weiter, Roger. Es wird für uns beide besser sein, wenn wir geschieden sind. Aber darüber wollte ich jetzt nicht reden."

„Und über was sonst?" Er schaute mich grimmig an und sog gierig an seiner Zigarette.

„Bevor du es von jemand Anderem hörst, sage ich es dir lieber selbst. Uwe ist in Tante Friedas Villa gezogen, und ich werde auch dorthin ziehen."

Roger sah mich an, als ob er jeden Augenblick explodieren würde. Ich ging vorsichtshalber ein paar Schritte zurück und dachte mir, es sei am besten gleich zu verschwinden.

„Schatz, das macht mir gar nichts aus. Tu das nur", überraschte mich jetzt seine Antwort. „Matz hat mir so etwas schon angedeutet. Wie du siehst, bin ich im Bilde. Du weißt doch hoffentlich, dass Uwe ein Frauenheld ist?"

„Das interessiert mich nicht, Roger. Uwe und ich gründen nur eine Wohngemeinschaft. Ich muss jetzt auch wieder gehen."

„Ja, ja. Der hat an jedem Finger eine Frau, aber wenn du so etwas willst? Sage mir hinterher nicht, ich hätte dich nicht gewarnt."

Draußen auf der Straße hörte ich dann, wie Roger laut fluchte. Ich war froh, dass er sich wenigstens bei unserem Gespräch zusammengerissen hatte. Er wollte sich wohl auch keine Blöße vor mir geben.

Uwe kam erst gegen Mitternacht und weckte mich mit einem Glas Champagner.

„Ich möchte mit dir auf unsere gemeinsame Zukunft anstoßen", sagte er feierlich.

„Auf unsere Wohngemeinschaft, Uwe. Nicht auf unsere gemeinsame Zukunft."

„Wie auch immer, Lissy. Auf jeden Fall freue ich mich darauf, mit dir zusammenzuleben, oder zu wohnen, wie du das ausdrückst. Hast du es Roger gesagt?"

„Ja."

„Und, wie hat er reagiert?"

„Er hatte es schon von Matz gehört."

„Dann bin ich ja erleichtert. Bevor ich es vergesse, Lissy. Am nächsten Wochenende findet in Speyer ein Grillfest der Selbsthilfegruppe statt. Bella würde sich freuen, wenn du auch mitkommst."

„Wenn ich nicht wieder kurzfristig weg muss."

„Ich würde gerne heute Nacht bei dir bleiben. Meinst Du, das würde gehen?", fragte er und wartete gespannt auf meine Antwort.

„Tut mir leid. Das ist gegen unsere Abmachung", entschied ich schnell, bevor ich noch in Versuchung kam, und schob ihn in Richtung Tür.

Am nächsten Tag half ich ihm beim Umzug, und auch Matz und ein paar andere Kollegen waren gekommen. Gegen Abend befanden sich all seine Sachen in der Villa, und als ich sein Bett frisch bezog, fragte er mich, ob ich die Nacht über dabliebe.

„Es wäre besser, du fragst mich nicht mehr. Es wird keine gemeinsamen Übernachtungen mehr geben. Von meiner Mutter soll ich dir ausrichten, dass du morgen früh bei ihr zum Frühstück eingeladen bist. Ich hole dich um neun Uhr ab. Wäre dir das Recht?"

„Du hast ja Recht, Lissy. Das mit den Übernachtungen lassen wir lieber. Aber aufs Frühstück darf ich mich freuen?"

Zu Hause telefonierte ich mit meiner Mutter und gab ihr grünes Licht für den nächsten Morgen.

„Du bist heute Nacht nicht bei ihm geblieben?", wunderte sie sich.

„Nein, Mama. Uwe hat doch eindeutig beschlossen, eine Frau zu werden, und ich stehe absolut nicht auf Frauen. Also muss ich die Vernünftigere sein und blocke all seine Zärtlichkeiten ab."

„Und woher weißt du, dass er wirklich Frau werden will?"

„Er sagt es doch immer wieder!"

„Aber meint er das auch so?"

„Ich denke schon. Er hat mir sogar schon ein paar Mal vorgeworfen, ich würde ihn nicht Frau werden lassen."

„Vielleicht ist er sich doch nicht so sicher, wie er immer tut?"

„Was denkst du von ihm?"

„Dass er ein toller Mensch ist, ein sehr gut aussehender junger Mann. Wenn ich jünger wäre, o mein Gott, der würde mir auch gefallen."

Als ich ihr eine gute Nacht gewünscht hatte und auflegte, klingelte das Telefon: Siggi war am anderen Ende der Leitung. Ich fragte ihn gleich, woher er meine Nummer hätte.

„Von Roger. Ich würde dich gerne mal wiedersehen, Lissy", sagte er.

„Oh, da wirst du in der nächsten Zeit Pech haben. Ich habe gerade neu angefangen zu arbeiten und muss demnächst umziehen. Da habe ich nicht viel Zeit. Gib mir einfach deine Nummer, und ich rufe dich dann nach meinem Umzug an."

„Oh, ich glaube, es wird besser sein, ich rufe dich wieder an. Meine Frau ist so eifersüchtig."

„Du bist wieder verheiratet?"

„Ja, aber wieder einmal unglücklich. Ich weiß auch nicht, irgendwie habe ich kein Glück mit den Frauen."

„Das tut mir aber leid, Siggi. Jetzt bitte nicht böse sein, ich bin sehr müde. Ich melde mich bei dir. Alles Gute dann."

Jetzt wollte ich aber Uwe noch telefonisch Gute Nacht sagen.

„Ich wünsche dir auch eine gute Nacht und ich empfinde es als ein riesengroßes Glück, dass es dich gibt. Schlaf gut, meine Maus. Ich darf dich doch so nennen?"

„Ja, du darfst", antwortete ich und musste schmunzeln. Was das wohl für eine Wohngemeinschaft werden würde?

Kapitel 37

Am Sonntagmorgen holte ich ihn kurz vor neun ab, und wir fuhren zu meiner Mutter. Bis um zwölf saßen wir dann mit ihr und Gerd fröhlich beim Frühstück.

„Wann ist eigentlich der Scheidungstermin von dir und Roger?" fragte sie mich.

„Meine Anwältin meinte, so Ende August, Anfang September."

Gerd erzählte noch von seiner Familie und von seiner Farm in Amerika und lud mich und Uwe dorthin ein.

„Mal sehen, wann wir Zeit zusammen hätten", sagte ich, denn ich wusste ja nicht, was die Zukunft bringen würde.

Um dreizehn Uhr brachte ich Uwe zurück in die Villa und fuhr zu Charly, der es wieder schon seit Tagen nicht gutging.

„Nicht böse sein Lissy, aber ich gehe jetzt ins Bett."

Gut, dann eben nicht, dachte ich mir und ging zu meiner Wohnung, wo gerade Walter auf dem Parkplatz ankam.

„Du wolltest sicherlich zu mir?", fragte ich ihn überrascht und sah, dass er sich von seinem Unfall gut erholt hatte.

„Ja, hast du vielleicht Lust mit mir einen Kaffee trinken zu gehen?"

„Gerne."

„Und du willst wirklich zu Uwe ziehen?", fragte er mich, als wir im Eiscafé saßen.

„Ja, zum ersten März, wenn ich das schaffe."

„Seid ihr jetzt ein Paar, wenn ich fragen darf?"

„Du darfst fragen. Nein, wir sind kein Paar."

Plötzlich stand Martina an unserem Tisch und fragte, ob sie sich zu uns setzen durfte. Walter schaute sie ablehnend an, aber sie setzte sich trotzdem hin.

„Sag mal, Lissy, wo findest du eigentlich immer diese schnuckeligen Kerlchen? Letzte Woche hatte ich dich auch schon mit einem gesehen."

Martina war wie immer geschmacklos gekleidet. Ihre Brüste hingen fast zur Hälfte aus ihrer Bluse heraus, und der Minirock war auch viel zu kurz geraten. Ihre Augen hatte sie mit einem dicken Eyeliner umrandet, und um den Hals hing wohl ihr ganzes Schmuckkästchen.

„Ruth hat mir gesagt, dass du in diese tolle Villa von deiner Tante Frieda ziehst. Ich kann mich noch ganz gut erinnern, wie ich immer auf dem Schulweg daran vorbeiging. Ist die nicht zu groß für dich?"

„Uwe wohnt auch dort. Das ist der, den du letzte Woche mit mir gesehen hast. Er ist gerade eingezogen."

„Du lässt aber auch nichts anbrennen, wie?"

„Wie geht es deinen Kindern?", fragte ich sie, um vom Thema abzulenken.

„Die sind bei meinem Mann. Ich brauche im Moment eine Familienauszeit. Und wer bist du?", richtete sie ihre Worte an Walter, der immer weniger von ihr begeistert schien.

„Ich bin Lissys Japanischlehrer und heiße Walter", stellte er sich distanziert, aber doch höflich vor.

„Ich glaube, ich werde auch mal so einen Kurs belegen. Gehst du dann auch mit mir aus?"

„Man wird sehen", antwortete Walter und ich bewunderte seine Diplomatie.

Martina erzählte uns, dass sie jetzt auf Astrologie und Horoskope umgesattelt hatte und außerdem Engelskarten legen würde. Wenn ich mal ihren Rat bräuchte, dann sollte ich sie anrufen.

Als sie sich wieder von uns verabschiedet hatte, sagte Walter zu mir, dass ihm diese Freundin aber gar nicht gefiel.

„Das ist keine Freundin von mir. Wir waren nur in der Grundschule zusammen."

Kurz darauf verabschiedete ich mich von ihm und fuhr nach Hause.

Montags war im Büro immer viel zu tun. Gegen Abend war ich daher reichlich erschöpft. Als ich dann endlich zu Hause war, rief ich meine Mutter an.

„Ich soll dir ausrichten, dass Uwe seinen Urlaub abbrechen musste, er ist in die Schweiz gefahren", teilte sie mir mit. „Ich soll dir ganz liebe Grüße ausrichten."

„Oh je, dann kommt er ja in der Wohnung gar nicht mehr weiter?"

„Doch, ich habe ihm versprochen, dass Gerd und ich ihm etwas unter die Arme greifen."

„Das ist aber lieb von euch."

Kapitel 38

Am Sonnabendnachmittag fuhren Uwe und ich nach Speyer zum Grillfest der Selbsthilfegruppe. Uwe war sehr aufgeregt, aber ich wunderte mich, dass er ganz und gar nicht weiblich gekleidet war, was ich eigentlich erwartet hatte.

Als wir nach zwei Stunden Fahrt dort ankamen, waren schon an die 40 Leute da. Die Grillhütte lag mitten in einem Wald und war größer, als ich gedacht hatte. Überall standen Tische und Bänke aus massivem Holz. Sie waren mit blaurot karierten Papiertischdecken geschmückt. Überall hingen bunte Luftballons in den Bäumen.

Uwe ging gleich zu Bella und einigen Anderen, und ich suchte mir schon einmal einen Platz. Ich konnte von dort beobachten, dass er sich mit Bella zu zwei scheinbar magersüchtigen Mädchen setzte und mit ihnen angeregt zu plaudern begann.

Lieber Gott, waren die erschreckend dünn! Nachdem ich eine halbe Stunde alleine am Tisch saß, setzte sich die Leiterin der Selbsthilfegruppe, die auch dieses Buch geschrieben hatte, plötzlich zu mir und fragte mich, ob sie mir Gesellschaft leisten dürfte.

„Sie sind die ganze Zeit alleine, habe ich gesehen. Mit wem sind Sie denn gekommen?"

„Mit einem Bekannten", antwortete ich ihr und zeigte in Uwes Richtung, der scheinbar gerade dabei war, diese zwei Frauen anzubaggern, wie auch immer.

„Ah, das ist ein Neuzugang?"

„Ja." Was sollte ich sonst sagen?

„Sieht aber gar nicht so danach aus, als ob er wirklich eine Frau sein will?", meinte sie, nachdem sie ihn beobachtet hatte.

Vielleicht war das jetzt die richtige Gelegenheit, ihr meine Skepsis anzuvertrauen, was ich von der Selbsthilfegruppe hielt?

„Ich möchte Sie jetzt nicht vor den Kopf stoßen, aber was und vor allem, wie Sie das so alles in dieser Gruppe besprechen, finde ich nicht in Ordnung."

„Wie meinen Sie das jetzt?", fragte sie mich. Irgendwie war es mir, als ob ich jetzt mit dem Mann in ihr sprach. Nach all den Jahren, die sie wohl schon umoperiert war, kam sie mir immer noch nicht als Frau rüber. Oder dachte ich nur so, weil ich wusste, dass sie mal ein Mann gewesen war?"

„Wie ich das meine? Ich finde, dass Sie diese Menschen viel zu schnell in nur die eine Richtung drängen. Sie werden ja noch dazu ermutigt, sich umoperieren zu lassen. Das finde ich schrecklich."

„Für manche dieser Menschen gibt es keine Alternativen", sagte sie mir und schaute mich prüfend an. Ich erwiderte ihren Blick.

„Sie lassen ihnen doch überhaupt keine Alternativen übrig!" Mir konnte es ja egal sein, was diese Frau jetzt von mir dachte. Und dann fragte ich sie schnell: „Und Sie brauchen mir nicht vorzumachen, dass Sie heute glücklicher sind als vor ihrer OP!"

Oh je, dachte ich, das hätte ich jetzt nicht sagen dürfen. Bestimmt forderte sie mich auf, das Fest zu verlassen. Das war mir jedoch egal.

Sie sah mich lange und traurig an.

„Sie haben Recht! Es war vielleicht ein Fehler. Wenn ich noch einmal vor der Entscheidung stehen würde, dann würde ich diese Geschlechtsumwandlung nicht mehr machen."

„Mein Gott, warum sagen Sie das dann nicht den Anderen?"

„Ich kann doch nicht mehr anders!"

„Was seid ihr doch für eine verlogene Gesellschaft", brach es zornig aus mir heraus und hätte es gerne jedem hier ins Gesicht geschrien. Aber dazu hatte ich kein Recht, und sie tat mir auch plötzlich sehr leid. Dann stand sie auf und ließ mich alleine zurück. Eine Frau, die ganz in der Nähe stand, fragte mich, ob sie sich zu mir setzen dürfte.

„Was machst du eigentlich hier in unserer Gruppe? Du bist doch kein Transsexueller."

„Ich bin mit Uwe gekommen."

„Dann bist du Lissy, seine Freundin?"

„Ja, stimmt. Und wer sind Sie?"

„Seit zwei Jahren heiße ich Nicole und vorher war ich der Norbert aus Köln. Ich bin eigentlich gekommen, um den Anderen zu sagen, dass es ein Fehler war, dass ich das gemacht habe. Es geht mir heute seelisch schlechter als vorher. Aber egal, mit wem ich hier spreche, es interessiert keinen", erzählte sie mir.

„Das finde ich gut, dass Sie so ehrlich sind", antwortete ich ihr und fragte mich gleichzeitig, warum es ausgerechnet diese sehr großen Männer waren, die unbedingt Frauen werden wollten? Hier gab es niemanden, der unter 1,80 Meter war.

„Bist du einverstanden, wenn dein Freund eine Frau wird?"

„Es wird alleine seine Entscheidung sein, ob er das tun will. Aber ich denke auch, dass es ein sehr großer Fehler wäre. Ich finde es aufrichtig und großartig von dir, dass du das jetzt hier den Anderen erzählst. Könntest du das auch Uwe sagen."

„Ja, das kann ich gerne tun", antwortete sie mir und machte sich auf den Weg zu ihm.

Ich stand auch auf und ließ mir eine Bratwurst von einer sehr kleinen jungen Frau geben, die sich als Mann verkleidet hatte. Bella gesellte sich zu mir und fragte mich:

„Was wollte denn Nicole von dir, Lissy?"

„Sie erzählte mir von ihrer OP, die sie jetzt bereut", sagte ich ihr nicht ohne Unterton. Ich wusste ja, dass Bella noch nicht operiert war.

„Ja, die nervt hier jeden. Das sollte sie lieber lassen. Aber vielleicht war ihr Problem sexueller Natur?"

„Was meinst du damit?" Ich war jetzt neugierig geworden.

„Nun, hat sie dir nicht erzählt, dass sie noch nie Sex hatte? Sie hat als Mann nie mit einer Frau geschlafen! Aber das kann sie dann nicht mit uns vergleichen. Schau mal, ich war fünfzehn Jahre verheiratet und habe sogar drei Kinder."

„Uwe hat auch nie mit einer Frau geschlafen", sagte ich.

„Dann ist er vielleicht auch nicht richtig transsexuell, Lissy. Das sollte er mal mit seinem Psychologen besprechen."

„Aber für dich ist es doch auch noch nicht zu spät?"

„Nein, für mich kommt jetzt nichts mehr Anderes in Frage. Ich möchte jetzt auch nicht mehr darüber reden. Sei mir bitte nicht böse, aber ich gebe dir den Rat: Versuche nicht, mit diesen Menschen hier darüber zu reden, sie werden dich nicht verstehen. Für manche hier ist es einfach die letzte Lösung."

Ich sah, wie Uwe mit Nicole den Grillplatz verließ und zu einem Spaziergang aufbrach. Es kamen noch ein paar andere Menschen zu unserem Tisch, die darüber sprachen, wie man sich die Brust wegbandagiert, damit sie nicht mehr so auffällt in dem Herren-Hemd. Diese Frauen, die keine mehr sein wollten, waren klein, und sie würden auch als Männer klein und schmächtig bleiben. Was für eine verkehrte Welt!

Als Uwe mit Nicole von ihrem Spaziergang zurückkam, war sein Gesicht wie versteinert. Scheinbar fiel ihm jetzt ein, dass ich auch noch da war.

„Na Lissy, gefällt es dir hier?"

„Nun ja, ich dachte, ich sei mit dir hier, aber du hattest ja die ganze Zeit was anderes zu tun. Wenn du die zwei dünnen Frauen suchst, die sitzen hinten in der Ecke!", und ich deutete mit meinem Zeigefinger ans andere Ende des Platzes.

Seine Augen blitzten zornig auf, und seine Stirn legte sich in zahlreiche Falten. Als er endlich etwas sagen wollte, kam Bella zu uns.

„Na, ihr zwei Süßen, wie lange bleibt ihr noch hier?", und Uwe antwortete ihr schnell, dass wir gleich fahren würden, denn wir hätten ja noch zwei Stunden Fahrt vor uns.

Er hatte mich nicht gefragt, ob ich auch schon fahren wollte, sondern es einfach alleine entschieden. Auf der Fahrt nach Hause unterhielten wir uns nicht viel. Jeder versuchte für sich alleine, die Eindrücke dieses sonderbaren Tages zu verarbeiten.

Als wir in der Villa ankamen, verabschiedete ich mich gleich von ihm und fuhr in meine Wohnung. Vielleicht bekam ich ja noch einige Kartons für meinen Umzug gepackt. Vor meiner Tür saß Martina mit zwei Koffern und sprang gleich auf, als sie mich sah.

„Na endlich kommst du! Ich warte schon seit Stunden auf dich. Charly wollte mich nicht hineinlassen."

Darüber wäre ich ihr auch fürchterlich böse gewesen, dachte ich mir und bat sie herein.

„Ich brauche unbedingt ein paar Tage Unterschlupf. Mein Mann soll mal sehen, wie er mit den drei Kindern klarkommt. Bitte lass mich bei dir schlafen", bettelte sie.

„Also, bei mir kannst du nicht bleiben, ich habe keine Schlafmöglichkeiten für dich. Vielleicht lässt dich Ruth bei sich wohnen, die hat doch ne Menge Platz in ihrem Haus. Ich ruf sie mal an."

Ruth war nicht begeistert über meinen Vorschlag und sagte mir, dass sie mit Martina absolut nichts zu tun haben wollte.

„Ich gebe dir den guten Rat, lass die Finger von ihr, das ist eine ganz falsche Schlange."

„Ruth hat mir gesagt, dass sie keinen Platz hat", erklärte ich Martina.

„Dann muss ich auf der Straße übernachten", sagte sie dramatisch und griff zu ihren Koffern.

„Bleib noch und lass mich überlegen."

„Lissy, meinst du nicht, ich könnte in der Villa übernachten? Dort ist doch eine Menge Platz!"

„Ich weiß nicht, ob Uwe das Recht ist. Aber ich kann ihn ja mal anrufen."

„Nicht gerne, Lissy", meinte er, als ich ihn am Telefon danach fragte. „Aber nur für eine einzige Nacht, wenn es denn wirklich unbedingt sein muss."

Aber dann fiel mir doch noch die kleine Pension um die Ecke ein. Auch dort rief ich an. Der Preis für eine Übernachtung war nicht teuer, fünfundzwanzig Euro musste sie doch verkraften können. Sie bedankte sich dafür und verschwand schnell, worüber ich auch sehr froh war. Als Martina gegangen war, duschte ich und ging ins Bett.

Am nächsten Tag, es war Sonntagmittag, holt Uwe mich ab, und wir brachten meine Mutter und Gerd zum Flughafen. Auf der Rückfahrt meinte er dann:

„Das nächste Mal bist du bitte vorsichtig, wen du mir da einquartierst. Also, wenn ich dir jetzt erzähle, was die heute Nacht mit mir vorhatte, dann…"

„Von wem redest du eigentlich?", wunderte ich mich.

„Na von deiner Freundin Martina natürlich."

„Willst du damit sagen, dass Martina bei dir ist?"

„Ja natürlich. Aber du hast sie doch zu mir geschickt."

„Nein, habe ich nicht. Ich habe ihr ein Hotel bei mir um die Ecke besorgt."

„Sie ist aber zu mir gekommen, Lissy. Und heute Nacht kam sie ganz nackt zu mir ins Bett!"

„W a s ?" Ich hatte mich jetzt wohl verhört?

„Ja, du hast richtig gehört. Sie war nackt, und ich musste sie mehrmals auffordern, wieder zu gehen. Dann habe ich meine Tür abgeschlossen. Heute Morgen hat sie sich dann entschuldigt und mich für heute Mittag zum Essen eingeladen."

„Aber da wirst du doch nicht hingehen?"

„Warum nicht?"

„Das glaub ich jetzt nicht! Dieses versaute Weib scheint dir auch noch zu gefallen?"

„Ach, du bist ja verrückt. Ich will doch gar nichts von ihr. Sie hat mir erzählt, dass sie ihren Heilpraktiker macht und demnächst eine Praxis eröffnet. Da könnte sie mir dann auch etwas helfen, wenn ich Frau bin."

„Ach nee, und das glaubst du?"

„Warum nicht?"

„Weil sie noch nicht einmal einen Hauptschulabschluss und auch sonst keinen anderen Schulbesuch absolviert hat. Scheinbar ist sie auf der Suche nach einem neuen Mann. Aber da fällt mir gerade ein, sie scheint irgendwie auf dem Niveau von Angelika zu sein. Hab ich recht?"

Ich hätte jetzt explodieren können, wie naiv war er denn nur? Gott sei Dank kamen wir vor jetzt meiner Wohnung an. Ich war auf hundertachtzig, als ich ihm dann folgende Worte an den Kopf knallte:

„Na dann viel Spaß, vielleicht kommst du ja mit solch einer Nutte besser zurecht."

Ich stieg sofort aus, schlug die Wagentür mit voller Wucht zu und dachte zugleich, dass jetzt wohl alle Scheiben platzen würden. Ohne noch einmal zurückzublicken, ging ich ins Haus. Im Wohnzimmer flog meine Handtasche im hohen Bogen auf den Boden und entleerte sich auf dem Teppich. Ich ließ dort alles so liegen und wählte Walters Nummer. Wir wollten uns noch ein letztes Mal treffen, bevor er nach Japan flog. Walter kam zu mir, und ich machte uns einen Kaffee.

„Und wann wird dein Umzug jetzt sein?", fragte er mich.

„Wenn ich das wüsste, Walter. Aber ich glaube, damit lasse ich mir noch ein wenig Zeit."

„Oh, hast du dich mit Uwe gestritten?"

„Das könnte man so sagen", antwortete ich ihm und raffte alle Utensilien vom Boden auf. Dabei entdeckte ich den Brief von Uwe, den er mir wohl heimlich zugesteckt hatte.

„Dann lies ihn doch jetzt, mich stört das nicht so sehr, als wenn du nur noch draufstarrst."

Walter schnappte sich seine Tasse Tee und ging auf den Balkon.

Uwe hatte den Brief vor dem Grillfest geschrieben. Er schrieb darin, dass er sich mit mir gut vorstellen könnte, ein Kind zu bekommen. Jetzt war er wohl total übergeschnappt, dachte ich mir und folgte Walter auf den Balkon.

„Uwe kann sich vorstellen, mit mir ein Kind zu haben", musste ich ihm ganz ohne Vorwarnung gleich erzählen. Walter war sehr erstaunt. Ungläubig sah er mich an und zog seine rechte Augenbraue nach oben.

„Hattest du mir nicht erzählt, dass er sich jetzt ganz sicher ist, eine Frau zu werden?"

„Genau das. Lass mal, ich habe es endgültig satt mit seinen Spielchen. Lass uns jetzt einfach ins Kino gehen". Ich zerriss vor Walters Nase den Brief von Uwe in tausend klitzekleine Einzelteile. Dann merkte ich, dass ich wohl meinen Geldbeutel mit all meinen Ausweisen bei Uwe im Auto vergessen hatte: Er war nirgends zu finden.

„Na, dann fahren wir vor dem Kino eben bei ihm vorbei", meinte Walter. Mir blieb nichts anderes übrig.

An der Villa angekommen, klingelte ich vorsichtshalber, obwohl ich ja einen Schlüssel hatte. Das Dachfester des großen Badezimmers wurde geöffnet, Martina streckte ihren Kopf heraus und rief mir zu, dass sie aufmachen würde. Aber es vergingen doch noch einige Minuten, erst dann öffnete sie in Uwes Bademantel, den sie so weit offen stehen ließ, dass ihre Brüste komplett heraushingen. Ich fragte sie, wo Uwe sei. Sie grinste über das ganze Gesicht und meinte leise:

„Der kann jetzt nicht."

„Gut, dann sage ihm, er möchte mir bitte die vergessene Geldbörse heute Abend vorbeibringen. Es reicht, wenn er sie mir in den Briefkasten wirft."

Kochend vor Wut, stampfte ich mit rotem Gesicht zum Wagen. Uwe schrie aus dem Dachfenster, ich sollte mal warten, aber ich ignorierte ihn vollkommen und drängte Walter, sofort loszufahren.

„Du glaubst doch nicht, dass Uwe mit der…?" Walter schaute mich angewidert an.

„Ist doch egal, was ich glaube! Der kann mit solchen Schlampen ins Bett hüpfen, so oft er will. Mich interessiert das nicht mehr."

Als der Film endlich anfing, war ich froh, dass es sehr dunkel wurde. Mir war so übel, dass ich mich fast übergeben hätte. Uwe und diese Hure, die sich noch nicht einmal die Zähne putzte, die nach Zigarettenrauch und sonst was stank. Mit so einer ging er ins Bett? Walter griff nach meiner Hand und wollte mich damit trösten. Vielleicht sah er auch meine Tränen, die mir die Wangen herunter liefen. Ach, warum hatte ich mich nicht in ihn verlieben können?

Nach dem Film, von dem ich nicht viel mitbekommen hatte, gingen wir in Uwes und meine Lieblingspizzeria. Am Nebentisch saß eine große Damengruppe. Manche von ihnen sahen immer wieder zu Walter herüber. Wirklich schade, dass Walter mir nicht auch so gut gefiel, denn er hätte mir die Welt zu Füßen gelegt. Nach dem zweiten Glas Rotwein fühlte ich mich wieder etwas besser und lachte sogar schon über einige Witze von ihm. Als ich ein drittes Glas bestellen wollte, meinte er:

„Meinst du nicht, dass es jetzt genug ist? Du verträgst doch nicht so viel Alkohol. Ich zahle jetzt und bringe dich nach Hause.

Uwe wartete schon vor der Tür.

„Ich wollte mit dir reden, Lissy. Was hast du vorhin bei mir gewollt und warum bist du nicht hereingekommen?", fragte er mich aufgeregt.

„Ach so, ich hätte euch noch beim Liebesspiel zusehen sollen? Für solche Neigungen gibt es reichlich genug Swingerklubs."

„Was redest du da für einen Quatsch? Liebesspiel und Swingerklub, was soll das?"

„Ja, ist gut. Ich wollte nur meinen Geldbeutel bei dir holen. Du kannst ihn mir ja jetzt geben und dann verschwinde wieder. Ich habe dein ganzes Hin und Her endgültig satt."

Und zu allem Mist fing ich jetzt auch noch an, vor Walter und Uwe in Tränen auszubrechen. Dann schrie ich nur noch, dass Uwe abhauen sollte. Walter nahm mich am Arm und sagte:

„Komm Lissy, ich bringe dich hinein, und dann fahre ich mit Uwe in die Villa und hole deine Geldbörse."

Und zu Uwe gewandt, meinte er: „Ich komm gleich nach."

Ich ließ mich von Walter in meine Wohnung bringen und setzte mich in einen Sessel. Er fragte mich dann fürsorglich, ob er noch etwas für mich tun könnte.

„Nein danke. Entschuldige bitte."

„Ja, ist schon in Ordnung, Lissy. Ich fahre jetzt und bin gleich wieder zurück. Dann können wir ja mal darüber reden."

Als Walter nach einer Stunde immer noch nicht zurück war, versuchte ich bei Uwe anzurufen, aber es ging niemand dran. Was sollte das jetzt wieder? Ich wurde immer unruhiger. Als ich mich nach einer weiteren Stunde Wartens entschloss hinzufahren, rief Walter endlich an.

„Entschuldige Lissy, dass ich mich jetzt erst melde, aber ich bin immer noch bei Uwe. Wir haben so lange geredet."

„Aber ich habe doch schon mehrmals versucht anzurufen?"

„Wir saßen im Garten und haben das Telefon nicht gehört. Ich bin jetzt gleich bei dir. Bis bald." Und Walter legte auf.

Was hatten die Zwei nur so lange beredet? Ich war sehr aufgeregt, neugierig und angespannt, als er endlich zurückkam.

„Uwe und ich haben uns einmal richtig ausgesprochen. Er weiß auch, dass ich dich liebe. Und er hat mir gesagt, dass er dich auch liebt."

„Soll ich jetzt lachen oder weinen? Dann sag mir mal, warum er mit dieser Schlampe im Bett war?"

„Er hat gesagt, dass er mit dieser Martina überhaupt nichts am Hut hat. Nichts mit ihr, nichts mit der Angelika oder sonst einer anderen Frau. Er liebt nur dich. Es muss alles ein Missverständnis sein."

„Martina hat es aber gesagt!"

„Ich soll dir ausrichten, wenn du zu ihm kein Vertrauen hättest, und ihm nicht glauben würdest, wäre es besser, wenn sich eine Lösung finden würde, nicht zusammenzuleben."

„Was würdest du denn glauben, wenn bei mir ein nackter Mann die Tür öffnen würde? Und am Dachfenster konnte ich noch sehen, dass Uwe auch nichts anhatte. Die Situation war doch eindeutig."

„Ich kann dir erzählen, was wirklich passiert ist. Uwe war in der Badewanne und Martina hat sich ausgezogen, als sie dich unten an der Tür wusste. Sie hat es ihm und mir gegenüber zugegeben, und er hat sie dann in meinem Beisein aus dem Haus geworfen. Jetzt ist er tief enttäuscht, dass du ihm so etwas zutraust. Ehrlich gesagt, ich wäre an seiner Stelle genauso eingeschnappt."

„Und das hat zwei Stunden gedauert?"

„Wir haben noch viel über uns und über dich geredet. Ich habe ihm auch gesagt, dass ich wegen ihm überhaupt keine Chance gehabt hätte und er es sich mit dieser Operation noch überlegen solle, wenn er dich doch so lieben würde. Aber ich habe ihm auch gesagt, dass er dich gar nicht verdient hätte. Dann hat er mir gestanden, dass ihm in der letzten Zeit, auch schon öfter Bedenken kamen, dass sein Entschluss, Frau zu werden, vielleicht doch falsch sei."

„Oh, das wäre gut für ihn, wenn er sich noch Zeit nehmen würde und noch besser, wenn er endlich erkennt, dass er ein toller Mann ist. Auch wenn es mit uns wohl nicht mehr klappen wird."

Dann hatte dieses Ganze hin und her vielleicht doch noch seinen Sinn gehabt, dachte ich mir und nahm Walter zum Abschied ganz fest und lange in die Arme.

„Du weißt, du kannst jederzeit zu mir nach Japan kommen, wenn du es dir noch überlegen willst. Oder wenn dir Deutschland auf den Kopf fällt, oder irgendwas anderes. Ich würde mich freuen. Aber bevor ich jetzt auch noch in Tränen ausbreche, fahre ich besser. Ich melde mich, wenn ich in Japan angekommen bin. Also, mach es gut, Lissy."

Kapitel 39

Am nächsten Tag ging es im Büro schleppend voran und ich war froh, dass ich endlich Feierabend hatte. Im Briefkasten fand ich eine Nachricht von Uwe, dass er nach Braunschweig müsse. Er fragte, ob ich seine und Tante Friedas zurückgelassene Pflanzen gießen könnte, es wäre doch schade, wenn sie kaputt gingen. Und er bedankte sich im Voraus noch dafür und unterschrieb mit einem lieben Gruß. Nachdem ich die Blumen versorgt hatte, fuhr ich zu Ruth, die mich schon erwartete.

„Na, du siehst aber auch nicht glücklich aus. Dabei wollte ich dich jetzt mit meinem Scheidungskram volllabern. Dann schieß du mal zuerst los."

Und ich erzähle ihr, was so in den letzten Wochen alles passiert war und auch diese Sache mit der Martina.

„Du willst ja nicht auf mich hören, Lissy. Ich hätte dir das alles voraussagen können. Das mit Uwe ist nicht einfach und das mit der Martina kannst du dir selbst in die Schuhe schieben. Ich hatte dich vor ihr gewarnt."

„Hinterher ist jeder schlauer, findest du nicht auch?"

„Es gibt keinen Transsexuellen, der sein Vorhaben ändert. Du musst dich endlich von ihm lösen."

„Ja, du hast Recht. Dann wird es besser sein, ich ziehe gleich in die WG zu ihm."

„Du hast dich jetzt wohl versprochen, oder habe ich falsch verstanden?"

„Nein, hast du nicht. Ich habe gesagt, ich ziehe zu Uwe in die Villa. Ich liebe ihn auch als Mensch, und er braucht mich. Das kann ich jetzt ganz klar erkennen."

„Mein Gott Lissy, was machst du da nur?"

Und dann hatte ich es ganz eilig, nach Hause zu kommen. Von dort aus rief ich Matz an und fragte ihn, ob er mir ab und an helfen würde, schon mal einige Gegenstände in die Villa zu bringen. Er versprach mir, dass er noch am selben Abend kommen konnte, obwohl es ja schon fast zwanzig Uhr war. Als es dann nach 30 Minuten an meiner Haustür klingelte und ich öffnete, dachte ich, ich sehe nicht richtig. Drei Schritte hinter ihm erkannte ich Roger, der mir frech entgegengrinste.

„Was soll denn das, Matz?", fragte ich und begann sehr zornig zu werden.

„Nur keine Panik Lissy, das ist ein Friedensangebot von Roger. Er will dir zeigen, dass alles wieder in Ordnung ist und sich entschuldigen, indem er dir jetzt beim Umzug hilft. Und wir können doch wirklich alle Hände gebrauchen!"

„Ich habe in der Firma auch mit Uwe Frieden geschlossen. Also mache dir keine Gedanken mehr und nimm einfach meine Hilfe an."

„Gut, wegen mir. Friede!" Ich reichte Roger meine Hand, die er erleichtert entgegennahm. Aber ich würde trotzdem wohl immer misstrauisch bleiben.

Kurz vor Mitternacht verabschiedeten sich meine zwei Helfer und sie versprachen, am nächsten Tag wieder zu kommen. Ich packte noch bis um zwei in der Nacht einige Sachen zusammen und legte mich die wenigen Stunden aufs Sofa, da mein Bett mit all meinen Kleidern belegt war.

Trotz der wenigen Stunden, die ich geschlafen hatte, ging ich gut gelaunt ins Büro. Dort rief mich Charly an und fragte mich, ob sie für mich ein paar Sachen in die Villa fahren könnte.

„Mensch Charly, das wäre eine große Hilfe. Der Schlüssel der Villa liegt auf meinem Wohnzimmertisch."

„Ich habe gestern von meinem Fenster gesehen, wie ihr einige Kisten und Möbel herausgetragen habt. Du hast mir von dem Umzug gar nichts erzählt?"

„Entschuldige bitte, dazu habe ich mich gestern sehr kurzfristig entschieden. Danke, dass du mir hilfst."

Charly musste den ganzen Tag für mich geschuftet haben, es waren jede Menge Sachen von mir eingepackt und in die Villa gefahren. Gegen achtzehn Uhr kamen Matz, Roger und Michael und wuchteten den Rest Möbel auf einen Transporter und bis spät am Abend waren sie sogar schon wieder aufgebaut. Bis Uwe zum Wochenende zurück war, hatte ich den Umzug hinter mir.

„Na, der wird Augen machen und sich freuen, wenn du jetzt bei ihm wohnst", meinte Matz beim Abschied.

„Ich wohne nicht bei ihm, sondern in der Villa meiner Mutter, und Uwe und ich bilden eine WG."

„Ja, ist schon gut", erwiderte Matz und lächelte in sich hinein.

Am Freitag war ich sehr darauf gespannt, was Uwe sagen würde. Gegen vierzehn Uhr rief er mich im Büro an.

„Gut, dass ich dich endlich erreiche. Ich dachte schon, dass du wieder auf Reisen bist. Ich habe die ganze Woche versucht, dich zu Hause anzurufen. Und auf deinem Handy sind zahllose SMS. Warum beantwortest du sie nicht?"

„Sorry, ich hatte überhaupt keine Zeit, und mein Handy hat meine Mutter aus Versehen eingesteckt."

„Ich komm gleich nach Feierabend zu dir. Wir müssen unbedingt miteinander reden."

„Fährst du nicht zuerst zu dir nach Hause?" fragte ich vorsichtig.

„Nein, ich komme zu dir."

Als er dann um die verabredete Zeit in meine Wohnung trat, fragte er erschrocken, ob ich jetzt doch mit Walter nach Japan ginge.

„Wer weiß, Uwe."

„Sag, dass das nicht wahr ist!"

„Hm!"

„Gut, dann muss ich es dir jetzt sagen, Lissy. Ich wollte das zwar viel romantischer rüberbringen, aber wenn ich jetzt keine Zeit mehr habe. Es ist so, dass ich nicht mehr ohne dich leben kann. Wie es mit uns weiter geht, das weiß ich zwar noch nicht, aber du kannst jetzt nicht einfach abhauen!"

Ob ich ihn noch etwas zappeln lassen sollte?

„Würde es dir etwas ausmachen, wenn wir bei dir weiter reden? Du siehst ja, hier können wir uns nicht mal mehr hinsetzen."

„Wo hast du all deine Sachen hin?"

„Alles zu seiner Zeit, Uwe. Lass uns jetzt mal zu dir fahren."

„Wenn du meinst", sagte er geknickt.

Als er die Villa aufschloss, sah er ein paar Möbel von mir im Flur stehen und schaute mich erstaunt an.

„Mensch Lissy, du bist hier eingezogen? Und ich dachte schon, du hast es dir anders überlegt. Das war eine schreckliche Woche für mich."

„Du darfst das jetzt nicht falsch verstehen, Uwe. Ich bin hier in die WG gezogen, aber wir haben keine Beziehung miteinander. Ich hoffe, das ist dir klar! Und ich möchte keinerlei Zärtlichkeiten zwischen uns."

„Ob ich dir das versprechen kann, weiß ich noch nicht. Lass es uns einfach mal versuchen. So wie du mir immer gesagt hast, dass die Zukunft für jeden Menschen offen ist."

„Schön. Dann lass uns mal etwas zu essen machen. Charly war so lieb und hat uns den Kühlschrank mit feinen Sachen bestückt."

„Na ja, du bist ja auch die ganze Zeit für sie da, wenn sie dich gebraucht hat, und das war sicherlich nie einfach gewesen. Wo wir jetzt beim Thema sind, ich habe die nächste Woche wieder einen Termin beim Psychologen. Ich werde versuchen, jede Woche hinzugehen. Und Morgen trifft sich wieder die Selbsthilfegruppe. Gehst du mit?"

„Warum nicht, vorausgesetzt ich komme mit der Arbeit hier gut voran."

Kapitel 40

Es war schon sonderbar, die Nacht im Zimmer neben ihm zu verbringen: Ich konnte einfach nicht einschlafen. Er war so nah und doch nicht greifbar, aber es war trotzdem sehr schön für mich, dass es so war.

In der Küche schenkte ich mir ein Glas Milch ein und öffnete die Terrassentür. Draußen fing es schon an zu dämmern, und ich war immer noch so aufgekratzt. Dann spürte ich in meinem Rücken einen Windhauch und Uwe flüsterte mir zärtlich ins Ohr, dass ich doch zu ihm kommen sollte, wenn ich nicht schlafen könnte.

„Lieber nicht, Uwe. Du weißt, wo das enden kann."

„Ja aber, vielleicht will ich es ja darauf ankommen lassen", sagte er zärtlich und hauchte mir einen Kuss seitlich auf meinen Hals. Natürlich hätte ich jetzt auf der Stelle mit ihm ins Bett gehen können, aber ich dachte an die andere Seite von ihm und blieb der Vernunft treu.

„Wir sprechen morgen weiter miteinander, wenn wir von dem Treffen in der Selbsthilfegruppe zurück sind. Lass mich jetzt bitte ins Bett gehen", forderte ich ihn auf, denn er hatte wie selbstverständlich seine Arme um mich geschlungen.

„Schlaf gut, Lissy." Er ließ mich auf der Stelle los.

In der Selbsthilfegruppe waren wieder jede Menge Leute da und ich suchte mir ganz hinten einen Platz. Ich hatte mich gerade hingesetzt, als die Leiterin zu mir kam. Sie bat mich, mit ihr unter vier Augen zu reden.

„Ich möchte Sie bitten, unser Gespräch auf dem Grillfest zu vergessen und den anderen hier nichts davon zu erzählen. Ich war an diesem Tag nicht so gut drauf gewesen, dass ich so etwas gesagt habe. Außerdem hatte ich viel zu viel Wein getrunken."

„In vino veritas", antwortete ich ihr und sie fragte mich, was das zu bedeuten hätte.

„Im Wein liegt die Wahrheit!", antwortete ich ihr lächelnd.

„Und was ich ihnen auch noch sagen wollte", regte sie sich jetzt auf und anscheinend waren wir wieder beim –*Sie*- angekommen.

„Lassen Sie den Uwe einfach in Ruhe, sie sehen ja, dass er immer hin und her gerissen ist."

„Ich sehe das aber ganz anders. Warum haben Sie nicht den Mut, ihren Fehler zuzugeben? Was hier in diesem Raum abläuft, entspricht doch überhaupt nicht der Realität vom wirklichen Leben da draußen!"

„Sie gehen jetzt besser, denn Sie gehören hier überhaupt nicht hin." Sie zerrte mich am Arm und zog mich in Richtung Ausgang.

„Ich werde gleich gehen, aber ich muss Uwe Bescheid geben, also lassen Sie bitte meinen Arm sofort los." Erschrocken ließ sie sofort meinen Ärmel los und ich ging zu Uwe.

„Du kannst ja nachkommen, wenn du fertig bist, ich warte draußen auf dich."

Als ich aus dem Haus trat, kam mir eine Frau, die Mann werden wollte, hinterher und fragte mich, ob Bella mich jetzt rausgeschmissen hätte.

„Ja, hat sie", antwortete ich ihr und schaute sie mir genauer an, denn vorher hatte ich sie noch nicht bemerkt. Sie war noch kleiner als ich, sehr zierlich und feingliedrig.

„Der Uwe sieht richtig süß aus. Wäre schade, wenn er diese Männlichkeit einfach wegmachen ließe", meinte sie offen und sagte mir, dass sie Andrea hieße, aber bald ein Andreas sei.

„Dann findest du, dass Uwe süß aussieht! Du siehst aber auch sehr hübsch aus. Warum bist du als Frau so unzufrieden?"

„Frauen haben es nicht leicht. Da kann man sich nicht richtig wehren. Als Kind bin ich jahrelang von meinem Vater und auch von meinem Onkel missbraucht worden, und all meine Freunde schlugen mich auch. Nein, ich will einfach keine Frau mehr sein."

„Wie alt bist du eigentlich?" Sie sah so jung aus.

„Einundzwanzig. Schau mal, mir wächst schon ein kleiner Schnurrbart", sagte sie plötzlich und zeigte auf ihre Lippen.

Ich fragte sie, wie das denn passieren konnte.

„Ich bekomme seit Wochen männliche Hormone und in ein paar Wochen nehmen sie mir die Brust ab. Bis dahin wickle ich sie mir mit Mullbinden, damit sie flach gedrückt werden."

Oh je, dachte ich mir, und kam mir so hilflos vor. Ich hätte ihr ins Gesicht schreien mögen, dass sie ihren Kummer nicht damit beseitigt, wenn sie ihren Körper verstümmeln ließ. Sie tat mir so leid und ich hätte sie gerne in den Arm genommen, oder mit ihr tagelang geredet, aber es ging mich ja nichts an. Letztendlich durfte ich mich da auch nicht einmischen. Gut, dass Uwe endlich herauskam und mit mir nach Hause fahren wollte. Auf dem Weg sagte ich ihm, dass ich in diese Gruppe nicht mehr mitkäme.

„Macht nichts, Lissy. Ich habe mich heute auch dazu entschlossen, nicht mehr hinzugehen. Es ist grausam, all diese Menschen zu sehen und zu erleben. Hast du das ältere Ehepaar gesehen, diesen fünfzigjährigen Mann, der schon vor ein paar Jahren zur Frau umoperiert wurde? Er, ich meine sie, sieht immer noch aus wie ein Mann."

„Ja, ich habe sie gesehen, Andrea, Bella, die Leiterin der Gruppe und all die anderen Figuren in diesem Theater. Ich will sie nicht mehr sehen. Und ob es für dich gut oder schlecht ist, dort hinzugehen oder nicht, das musst du ja nicht heute entscheiden."

Er empfand es jetzt offensichtlich abschreckend, vielleicht war er ja auf dem Weg zu sich selbst und wachte endlich auf.

„Ich bin froh, dass du jetzt hier bist, Lissy. Was könnten wir jetzt für heute noch anstellen?"

„Vielleicht ein Eis essen gehen?", fragte ich.

Wir bestellten uns heiße Sahne mit Amaretto und anschließend ein großes Eis. Dann schlenderten wir die Promenade entlang. Wir sahen sie wohl beide gleichzeitig auf uns zukommen und blieben wie angewurzelt stehen: Betty, Uwes Exfrau stellte sich ganz dicht vor mich und ich dachte, jeden Moment würde sie mir die Augen auskratzen.

„Ach nee, ihr seid also doch zusammen!" Und zu Uwe gewandt sagte sie: „Du wolltest dich doch umoperieren lassen? Also, an deiner Stelle würde ich nicht mehr so lange damit warten."

Eigentlich hatte ich erwartet, dass Uwe jetzt seinen Arm von meinen Schultern nahm, aber er tat das nicht. Seine Antwort bekam ich jedenfalls gar nicht richtig mit. Ich war nur froh, dass sie genauso schnell wieder verschwand, wie sie gekommen war.

„Warum hast du ihr nicht gesagt, dass das mit der Operation noch zwei Jahre dauern muss?"

„Lissy, ich wollte es dir eigentlich erst zu Hause sagen, aber vielleicht wird es keine Operation für mich geben."

„Wie meinst du das jetzt, Uwe?"

„Na, weil mir dieser Gedanke überhaupt nicht mehr gefällt. Ich kann es dir noch nicht erklären. Es ist alles noch so neu für mich."

„Und wie fühlst du dich damit?"

„Gut, nein, besser gesagt, sehr gut."

Jetzt gab es endlich einen Lichtblick am Horizont und ich freute mich mit ihm.

Wir legten Regeln für unser Zusammenleben fest. Wenn ein Schild an der Zimmertür hing: -*Bitte nicht stören*-, sollte das jeder akzeptieren. Jeglicher Zärtlichkeitsaustausch und Anbaggern waren verboten. Wir waren beide damit einverstanden. Die Spannung zwischen uns wurde mit jedem Tag größer, und daher war ich froh, dass ich nach zwei Wochen von meiner Firma aus wieder auf Reisen gehen konnte.

Kapitel 41

Dieses Mal ging es in Südafrikas Metropole Kapstadt. Es war vorgesehen, dass ich eine Woche dort blieb und dann nach Brasilien weiterflog. Unsere Reiseleiterin Sina und ich waren in nur vier Tagen mit der Buchhaltung fertig. Sie fuhr dann mit mir ans Kap der Guten Hoffnung.

Die Fahrt dorthin ging an Hügeln mit grünen Weinreben vorbei. Auf der Garden Route fuhren wir nach Knysna und aßen frische Austern. Es war schön, auf der Terrasse die Sonne zu genießen und die Seele einfach mal baumeln zu lassen. Dann ging die Reise weiter nach Port Elizabeth, wo wir uns die Bauten aus der Kolonialzeit anschauten, die immer noch gut erhalten waren. In einem afrikanischen Restaurant aßen wir gegrilltes Antilopenfleisch, das mir sehr gut schmeckte.

Schnell war die Woche vorüber und ich flog weiter nach Brasilien. Als ich dort ankam, war der Karneval gerade vorüber. Ich fand das überhaupt nicht schlimm, denn ich wäre im Sambataumel sicherlich verloren gegangen. Beim Karneval in Rio de Janeiro steht diese Traumstadt Kopf.

Jenny, die Reiseleiterin, holte mich vom Flughafen ab und bestand darauf, zuerst einmal mit der alten Zahnradbahn hinauf auf den 709 Meter hohen Corcovado zu fahren, auf dem die riesige Christusstatue stand. Von hier oben konnte man über die ganze Botafogobucht und den Zuckerhut schauen. Unser Hotel lag direkt an der berühmten Copacabana. Hier brauchte ich mehr Zeit, die Papiere zu ordnen als in Afrika. Jenny war nicht so gewissenhaft gewesen: Es war einiges in Unordnung oder fehlte ganz. Zum Schluss blieben mir nur wenige Stunden, in denen ich in das blaugrüne Wasser eintauchen konnte. Leider kam ich nicht mehr dazu, mir die unbewohnten Robinsoninseln oder die Millionenmetropole Sao Paulo anzusehen. Ein anderes Mal, dachte ich mir und dann würde ich auch in die Regenwälder mit den gewaltigen Wasserfällen fahren.

Zwei Mal hatte ich zwischenzeitlich Uwe angerufen, und ich freute mich, dass er mich vom Flughafen abholen würde. Es ging ihm sehr gut, darüber war ich sehr froh. Natürlich hatte ich Sehnsucht nach ihm, aber es war nicht die Sehnsucht nach einem lieben Freund, sondern nach viel mehr.

Gegen zwanzig Uhr landete mein Flugzeug und ich war schon sehr aufgeregt, weil ich ihn gleich sehen würde. Zwei Wochen ohne ihn waren eine lange Zeit gewesen.

„Hallo Lissy, hier bin ich", rief er mir zu und schwenkte einen kleinen Blumenstrauß durch die Luft. Ich fiel ihm überschwänglich um den Hals, und wir drückten uns lange.

„Gut siehst du aus, Lissy. Und so braun gebrannt."

Auch er sah gut aus. Ich hätte ihn am liebsten auf der Stelle überall abgeknutscht.

Auf der Rückfahrt erzählte er mir, dass er am nächsten Tag Bella im Krankenhaus besuchen würde, und fragte mich, ob ich vielleicht mitkäme.

„Oder bist du dazu zu müde?"

„Nein, das geht schon. Ich komme mit."

Ich schaute ihn genauer an, suchte in seinem Gesicht nach Restspuren von Schminke und fragte mich, ob er wohl in der Zeit, in der ich nicht da war, wieder in seine Frauenrolle geschlüpft war. Aber ich konnte nichts entdecken und atmete innerlich auf. Er hatte die Wohnung picobello aufgeräumt und geputzt. Der Kühlschrank war voll mit vielen leckeren Sachen, die ich gerne aß.

Auch in meinem Zimmer standen Blumen und eine Obstschale. Meine Wäsche war gewaschen und lag ordentlich gebügelt und gefaltet in meinem Schrank.

„Du warst wohl nicht weg, oder wann hast du das hier alles geregelt?"

„In den letzten Tagen, Lissy. Die erste Woche war ich in Braunschweig, und diese Woche haben wir Kurzarbeit."

Und dann kam er gefährlich nahe zu mir her und nahm mich zärtlich in den Arm. Wir fielen aufs Bett und es war mit unserer Beherrschung zu Ende. In Nullkommanichts waren wir beide nackt und schliefen ganz selbstverständlich miteinander, als ob wir dies schon tausendmal getan hätten. Wir fielen regelrecht ausgehungert übereinander her. Als wir dann atemlos und erschöpft nebeneinanderlagen, konnten wir es lange Zeit nicht fassen. Wir blieben beide eine ganze Weile sprachlos, bis ich dann in seinem Arm in einen tiefen erholsamen Schlaf fiel.

Als ich am Morgen erwachte, duftete es schon nach Kaffee. Ich war froh, dass Wochenende war und wir nicht ins Büro mussten. Ich zog mir ein T-Shirt drüber und ging zu ihm in die Küche. Er begrüßte mich zärtlich und hauchte mir einen Kuss auf meine Stirn. Ich fragte ihn, wann wir zur Bella führen, und er antwortete mir, dass wir erst in zwei Stunden aufbrechen mussten.

„Dann könnten wir doch nach dem Frühstück wieder zurück ins Bett gehen?"

„Wegen heute Nacht, Lissy. Also, darüber müssen wir uns noch mal unterhalten", druckste er herum. Ich fragte mich, ob er den Sex schon bereute.

„Was ist damit, Uwe. Es war sehr, sehr, schön, wenn du das wissen willst."

„Also, um das mal klarzustellen, ich habe nicht mit dir geschlafen, sondern du mit mir!"

„Was willst du damit sagen?" Das gab für mich jetzt keinen Sinn, wer mit wem geschlafen hatte.

„Na, dass du mit mir geschlafen hast."

„Willst du mir jetzt sagen, dass du keine Lust hattest? Oder dass ich dich vielleicht dazu gezwungen habe?"

„Ich weiß nicht", antwortete er zögernd und zuckte mit seinen Schultern.

„Gut, dann gehen wir jetzt wieder zurück ins Bett, dann schläfst du mit mir und wir sind quitt." Ich wusste auch nicht so genau, ob ich lachen oder weinen sollte.

„Ich wollte damit keinen Witz machen, Lissy. Aber lassen wir das besser." Dann ging er in sein Zimmer und kam erst wieder heraus, als wir zur Bella fuhren.

Die ganze Fahrt über machte er ein grimmiges Gesicht. Ich legte einfach meine Hand auf seinen Oberschenkel, um ihn zu besänftigen. Er schob sie mir sofort wieder weg.

„Lass das, Lissy. Du lenkst mich beim Fahren ab."

Als wir Bella im Bett liegen sahen, einen Mann in einem weißen Nachthemd, frisch umoperiert zu einer Frau und doch noch Mann, zeigte sich Uwe schockiert. Ich konnte ihm im Gesicht ablesen, dass er sich das nicht so schlimm vorgestellt hatte. Es war wirklich sehr abschreckend, Bella so zu sehen.

Uwe fühlte sich sehr unwohl und drängte, bald zu fahren.

„Mein Gott bin ich froh, dass ich mich anders entschieden habe. Ich weiß zwar noch nicht, was jetzt auf mich zukommt, aber alles ist besser, als so zu enden. Oh Lissy, bin ich froh, dass du mir öfter den Kopf gewaschen hast und nicht so schnell aufgegeben hast."

„Nicht ich habe die Entscheidung getroffen, das warst du ganz alleine. Aber ich bin auch sehr froh darüber. Natürlich ist jetzt alles noch so neu für dich, aber mit der Zeit wird es schon werden. Und glaube mir, es ist egal, ob du mit mir oder ich mit dir geschlafen habe."

Ich wusste, dass er dies alles erst einmal verkraften musste. Seine Entscheidung, sein Leben als Mann zu akzeptieren, das erste Mal mit mir geschlafen zu haben und schließlich der Besuch bei Bella – das war wohl alles nicht so einfach gewesen. Aus diesem Grunde ging ich schnell in mein Bett. Er brauchte jetzt diese Zeit für sich alleine.

Am nächsten Morgen fuhr ich früh ins Büro. Vorher hatte ich Uwe noch Kaffee auf den Tisch gestellt und ihm geschrieben, dass ich ihm einen schönen Tag wünschte und dass es wohl bei mir heute sehr spät würde. Und es wurde spät, denn ich hatte mit meinem Chef viel zu besprechen. Um einundzwanzig Uhr war ich endlich zu Hause.

Uwe winkte mir mit einem Brief entgegen, der den Absender meiner Anwältin trug. Sie teilte mir meinen Scheidungstermin für die nächste Woche mit. Bis dahin gingen wir sehr vorsichtig miteinander um: Es gab keine Annäherung von ihm, und auch ich hielt mich zurück. Wir wollten wohl beide keinen Fehler machen.

Dann kam der Tag meiner Scheidung, die in nur zehn Minuten vorüber war. Roger sagte mir dann anschließend auf dem Flur, dass er in der Firma gekündigt hätte und eine Stelle in St. Wendel annehmen würde. Wir wünschten uns noch alles Gute, und er gab mir zum Abschied freundlich die Hand.

Unterwegs kaufte ich eine große Flasche Champagner, eine von der teuersten Marke. Ich hoffte sehr, dass Uwe zu Hause war. Er hatte schon auf mich gewartet.

„Ich habe mir heute extra Urlaub genommen, das soll eine Überraschung sein", begrüßte er mich. Auch er hatte für uns eine Flasche vom gleichen Champagner gekauft. Was für ein Zufall!

„Auf meine Scheidung", prostete ich ihm zu, und er meinte:

„Ja, auf deine Scheidung und auf unser neues Leben. Ich liebe dich unendlich, bis ans andere Ende der Welt."

Und ich antwortete ihm:

„Ja, bis ans Ende der Welt und wieder zurück."

NEWS: 2 neue Bücher (Januar 2015)

ISBN-13: 978-3734755248   ISBN-13: 978-3734754753
Taschenbuch: 68 Seiten für 5,99 Euro   Taschenbuch: 56 Seiten für 3,99 Euro
Verlag: Books on Demand; Auflage: 1 (20. Januar 2015)   Verlag: Books on Demand; Auflage: 1 (20. Januar 2015)

Buchreihe "SCHEHERAZADE" Rezepte aus 1001 Nacht

Ein Autorenkreis widmet sich der orientalischen Kochkunst.

Viele verschiedene Autoren beteiligen sich nacheinander an diesem Großprojekt, die auf einer Idee von der Autorin Jutta Schütz basiert. In der Einleitung erzählt die Autorin Schütz (in jedem Buch zu finden) kurz die Geschichte von Scheherazade. Sie basiert auf einer alten persischen Märchensammlung mit dem Namen Hezâr Afsâna, Tausend Mythen. Anschließend kommen die Rezepte des Autors.

Siehe Webseite „Buchprojekte": www.jutta-schuetz-autorin.de/

LOW CARB

Eine kohlenhydratreduzierte Ernährungsform (Low Carb) stellt ein revolutionäres Ernährungskonzept vor - sie basiert auf der Erkenntnis, dass zu viele Kohlenhydrate in der täglichen Nahrung nicht gut sind für den Menschen.

Die Autorin Schütz schreibt seit 2007 über diese Ernährung! Informationen über Low Carb und ihre Bücher finden Sie auf ihrer Webseite: http://www.jutta-schuetz-autorin.de/

Bei Books on Demand:

Im A.S. Rosengarten-Verlag